昭通

磅礴之路

沈洋 著

作家出版社

2015 年 1 月 19 日，习近平总书记视察昭通，指出要以更加明确的目标、更加有力的举措、更加有效的行动，深入实施精准扶贫、精准脱贫，项目安排和资金使用都要提高精准度，扶到点上、根上，让贫困群众真正得到实惠。2020 年 1 月 19 日至 21 日，习近平总书记来到云南考察调研，对红军长征过昭通，在威信县召开的"扎西会议"作出了新的历史定位，指出："扎西会议"改组党中央的领导，特别是军事领导，推动中国革命走向胜利新阶段。

正是在习近平新时代中国特色社会主义思想的指引下，在伟大的长征精神的激励下，在脱贫攻坚"大决战"和乡村振兴"大会战"中，云南昭通各级干部以无比坚定的理想信念，敢教日月换新天的气魄担当，战天斗地的开拓胆识，闯出了一条奔向小康的"磅礴之路"。

——题记

目
录

引　言

"乌蒙磅礴走泥丸。"

对云南昭通而言，脱贫攻坚和乡村振兴之路，就是新时代的长征路，注定是一条坎坷之路、艰辛之道。

行百里者半九十。

坚决打赢脱贫攻坚战，巩固好脱贫攻坚成果，与乡村振兴有机衔接，实现城乡一体整体推动，需要鼓足勇气，绵绵用力，久久为功。

昭通，这个地处滇东北、辖11个县区市、有629万人口的贫困大市，在脱贫攻坚大决战中迅速崛起，在乡村振兴中脱颖而出，已然成为新时代滇、川、黔接合部的区域新地标、新轴心。

昭通，古称朱提县，设置于西汉建元六年，修有朱提城池。元朝统一全国后，修筑乌蒙城，于公元1294年、1315年在今昭阳区境内建立乌蒙军屯，开垦田地十余万亩，并设立总管万户府进行管理。这一时期，屯田军在今昭阳区用土建筑了乌蒙城，史称土城，直至今日，乌蒙城遗址依稀可辨。清雍正九年，因乌蒙城在历年的战乱中毁坏严重，决定另建新城于二木那，亦名朴窝。清雍正十年，开始修筑昭通砖城，即今昭通城，城东、南、西、北各有一城门，城门上建有城楼，东为抚镇门，西为济川门，南为敉宁门，北为趣马门。一段时期，昭通曾有"小昆明"之美誉。

进入新时代，"滇东北城市明珠""引领省际区域发展的滇川黔省际中心城市"和奋力促进"滇东北开发"的城市发展定位，无疑体现了云南对于滇东北重镇昭通寄予的厚望，压肩的重担。

如此四梁八柱的设计和定位，该有怎样的城市规划与之匹配，成为一个迫在眉睫的困局与难题。缜密覃思，昭通一改整体规划滞后的"摊大饼"式城市发展现状，绘制了"一城三区、若干小镇、产城融合、城乡一体"的发展蓝图，昭通的城市建设也由"脏、乱、差、灰、堵"走上了"净、治、好、清、畅"的蝶变之路。

城市，是时代文明进步的产物，集中体现一个地方的综合发展水平。因为脱贫攻坚的纵深推进，因为乡村振兴的持续发力，因为城市建设的深刻蝶变，昭通，这座古老城市，正发生着从外表到气质的深刻变化。

在昭通古城心脏之辕门口，放眼东边，云兴街直通抚镇门，那一排排仿古建筑，斑驳中仍显古朴与华贵。位于正东边的昭通镇署衙门，彰显着昭通这座古城的历史。滇军182师抗日出征的群雕，雄踞广场中央，昭示着昭通这座城市的英雄气概、家国情怀。位于广场正北的钟楼，曾经用于城市规划馆作展览展示之用，三层古色古香的小楼，与昭通古城的传统川南木板青瓦建筑相映成趣，浑然天成，大方中不失雅致。在建设之初，就在顶楼处设置一口巨大的钟，每逢春节或重大节庆，钟声都会响彻昭通古城，平添了这座古城的喜庆与烟火之味。如今，钟楼变身昭通新华书店的云上乡愁书院，从一楼到三楼，供人们阅读、购买图书和古玩字画。这样的功能调整，似乎更有味道，更合乎昭通人的心意，也让昭通这个刚刚被授予的"文学之乡"美誉更有人文气息。

昭通古城中心，陡街陡中显高，这高，既是地势之高，亦是气势之盛，更是心境之阔。陡街两边的两层或三层法式建筑，彰显着这座古城的开放与包容，那些拱形门洞，写满了昭通古城曾经的繁荣与兴盛。街面上的那一块块青石板，泛着幽光，浸透历史与文化。沿西街一直向西延伸，直通济川门，当年两排法国梧桐像是两列卫士，让这座城市充满安全和温馨之感。后来按照城市绿化的要求，换成了今日之桂花和泡桐，又不失清新秀丽之气象。

沿北正街直通趣马门，两边的木板楼因为年久失修，已然变身清式仿古建筑民居，虽然没了当时的古典范儿，却也在新的时代焕发出了新的气息，毕竟时代洪流滚滚向前，势不可当。

向南回头，过街楼，怀远街，文渊街，文庙，壮元桥，红学，记忆中的杨柳飘散在了时光里，文明的积淀却浸入了每一个老昭通人的血液中。

一句话，昭通这座老城，是有点历史的，是有点文化的，是有点底蕴的，是有点厚重的。

但是不得不说，这样的一座小城，其本质上还是一座建立在传统农耕文化基础之上的小城，曾经安宁、布满沧桑、经历繁华。一段时期，尤其是成昆铁路修通后，马帮时代终结，交通格局发生了革命性变化。昭通，辉煌不在，沦落为贫穷之地，成为乌蒙山集中连片贫困地区，属国家级贫困县最多、贫困人口最多的地级市。

昭通，因地处乌蒙山腹地，山万重，水千条。山高谷深，地势陡峭，山体破碎，灾害频发，是这个贫困大市最基本的地形地貌特点。

昭通的主政者们，对昭通的市情进行深入剖析，把脉问诊，得出了"五个并存"的诊断书。

处方是这样开的：

历史悠久与发展滞后并存。昭通，秦开"五尺道"、汉筑"南夷道"，是云南最早接受中原文化影响的地区，得风气之先；1935 年 2 月，红军长征途经昭通，中共中央在威信县召开了具有重大历史意义的"扎西会议"，确立了毛泽东同志在全党全军的领导地位。近代以来，受发展条件影响，昭通发展不充分、不平衡问题尤为突出。人均地区生产总值远低于全国、全省平均水平，对上级财政依赖程度高达83.8%。

区位优越与交通不便并存。昭通地处昆明、成都、重庆、贵阳四大城市的交会中心，素有"咽喉西蜀、锁钥南滇"之称，自古就是出川入滇的重要通道和中原连接南亚、东南亚的交会走廊。但交通发展严重滞后，全市仅有一条258公里通车高速公路、一条过境铁路（内昆铁路），每万人拥有高速公路0.44公里、铁路0.41公里，到2017年底才实现建制村通硬化路全覆盖，公路高等级率仅为6.5%，等外公路占比达30%。

资源富集与产业弱小并存。昭通煤、硫、硅等矿产资源储量大、品位高，有白鹤滩、溪洛渡、向家坝3座世界级巨型水电站，总装机超过3700万千瓦，是国家重要的能源基地；同时，还是中国南方最大的优质苹果基地、世界优质天麻种源基地。但产业发展的质量不高，农业和煤电烟等传统产业占大头，新产业、新业态培育不足，结构不合理，组织化程度低，技术落后，特别是贫困群众的生产经营性收入仅占人均可支配收入的19.86%，产业对经济发展和群众增收的支撑作用不明显。

文化厚重与教育落后并存。昭通历来崇文重教，近代以来诞生了抗日名将罗炳辉将军，爱国将领龙云、卢汉、曾泽生，国学大师姜亮夫等杰出人物。但教育发展供给不足，人均受教育年限仅8.6年，现有资源与人民群众日益增长的教育需求差距较大；贫困人口中，初中以下文化程度者高达92.61%，每年约有"两后生"4.5万人，多数贫困家庭子女仅接受完义务教育就外出务工。

山川秀美与生态脆弱并存。昭通境内大山、大水、大峡谷密布，有4个国家级自然保护区，江川河流纵贯，旅游资源丰富。但地理环境和地质条件较差，自然灾害频发多发，山区半山区和水土流失面积分别占国土总面积的 96.4%、45%，还有近 20 万贫困群众生活在高寒贫困、生态脆弱的恶劣环境中。

说到昭通的贫困程度，一组数据最具说服力。

2014 年末，乌蒙山片区国家级贫困县 32 个中昭通就占了 10 个，其中 7 个属于深度贫困县。昭通市 629 万人口中有贫困人口 185.07 万人，占云南省贫困人口的近 1/3。全市 2.3 万平方公里的国土面积，山区半山区占 96.4%，海拔 2000 米以上的高寒冷凉地区占 30%，人口密度每平方公里达 273 人，人均耕地面积仅为 1.12 亩，"大山大水大峡谷、天寒地冻不出种、人多地少矛盾多""一方水土养不好一方人"成为昭通最大的市情，更是致贫的根本原因。山区的贫困群众一直面临出行难、生活难、上学难、就医难、发展更难的困境。

昭通的贫困现状，引起了党中央、国务院的高度重视，党和国家领导、云南省的主要领导多次深入昭通实地调研，走访慰问，开出药方。

2015 年 1 月 19 日下午，习近平总书记视察昭通鲁甸县龙头山，在地震灾区板房学校听取了当地扶贫开发工作汇报。他指出，扶贫开发是我们第一个百年奋斗目标的重点工作，是最艰巨的任务。现在距实现全面建成小康社会只有五六年时间了，时不我待，扶贫开发要增强紧迫感，真抓实干，不能光喊口号，决不能让困难地区和困难群众掉队。要以更加明确的目标、更加有力的举措、更加有效的行动，深入实施精准扶贫、精准脱贫，项目安排和资金使用都要提高精准度，扶到点上、根上，让贫困群众真正得到实惠。

时隔 5 年，2020 年 1 月 19 日至 21 日，习近平总书记再次来到云南考察调研，对红军长征过昭通，在威信县召开的"扎西会议"作出了新的历史定位，指出："扎西会议"改组党中央的领导，特别是军事领导，推动中国革命走向胜利新阶段。

习总书记的这一重要论断，无疑给脱贫攻坚主战场昭通这个革命老区注入了一针强心剂，为红色基因的传承把脉定向。长征精神，已然成为注入每一个昭通人血脉的原始动力。

2017年1月23日，中共中央政治局常委、国务院总理李克强深入到昭通市昭阳区洒渔镇联合村余家大冲自然村，与群众交谈后说道："这房子确实不能住了，一定让你们尽快从大山深处搬出来！"

2018年6月14日，国务院副总理胡春华深入到昭通市彝良县洛泽河镇笋叶村委会罐窑村民小组搬迁群众家中了解情况。

2020年4月25日，中共中央政治局常委、全国政协主席汪洋深入到昭通市昭阳区靖安安置区搬迁群众家中了解脱贫及外出务工情况。

云南省委、省政府领导也多次深入昭通实地调研，视察指导昭通的脱贫攻坚和乡村振兴。

正是在习近平新时代中国特色社会主义思想的指引下，在伟大的长征精神的激励下，在各级领导的亲切关怀下，在脱贫攻坚"大决战"和乡村振兴"大会战"中，昭通各级干部以无比坚定的理想信念，敢叫日月换新天的气魄担当，战天斗地的开拓胆识，和广大人民群众拧成一股绳，抱成一个团，大力弘扬"敢打善拼、坚韧求成、再硬的骨头也要嚼碎"的昭通精神，一不怕苦，二不怕死，谱写了一曲决战脱贫攻坚、决胜全面小康的悲壮交响曲。探索出了一条精准脱贫的昭通路径，闯出了一条精准脱贫、决胜小康、乡村振兴的"磅礴之路"。

经过干部群众的接续奋斗，尽管纵向比，昭通的脱贫攻坚和乡村振兴成果丰硕，取得了骄人的成绩，但直到2020年，昭通依然是全国脱贫攻坚任务最重的地级市，有170余万人口的云南省第一大县昭通市镇雄县依然是全国未脱贫人口最多的县，脱贫攻坚依然是压在昭通头顶最大的磐石。面对"两个全国之最"的历史重任，昭通人不退缩，勇担当，执着坚韧，奋起直追，愈挫愈勇。

痛定思痛，穷则思变。不改变思想，就没有出路。

凤凰涅槃，浴火重生。

昭通，这个 629 万人口的滇川黔省际区域中心城市、贫困大市，呼唤成长，渴望蝶变。

作为贫困程度最深、脱贫任务最重、攻坚压力最大的地级市，在解决"就地扶贫"的问题上，何以在生存环境恶劣，资源禀赋薄弱的不利条件下，打赢脱贫攻坚"大决战"和乡村振兴"大会战"？在解决"一方水土养不好一方人"的问题上，何以克服千难万险，披荆斩棘，除旧布新，乘风破浪，拼尽全力，建成全国最大的跨县区易地扶贫搬迁安置区，同时建成全国易地搬迁规模第一大、第二大、第四大的三个跨县区易地扶贫搬迁安置区，实现 8.26 万户 35.47 万人易地搬迁，决胜全面小康，让贫困群众一步过上从原始生存状态到新时代直过式的幸福新生活？

答案值得深思。

上篇

*

凤凰涅槃

新中国成立以来，在党中央、国务院的高度重视下，我国扶贫事业取得了让世界刮目相看的巨大成就。尤其是改革开放 40 多年来，我国已使 8.5 亿多人摆脱贫困，占世界脱贫人口的 70%。

英国智库莱加顿研究所发布的 2019 年《莱加顿繁荣指数报告》称，中国在繁荣指数排行榜上位列第 57 位，较 10 年前上升 8 位。同时，10 年间，中国赤贫人口由最初总人口的 19%，大幅下降至不足 1%，"减贫成效显著"。

决胜全面建成小康社会、决战脱贫攻坚，一个也不能少！

2020 年 11 月 23 日，在中国的减贫史上，绝对是一个具有里程碑意义的日子，贵州省 66 个贫困县全部脱贫摘帽。至此，国务院扶贫办确定的全国 832 个贫困县全部脱贫摘帽。

中国已全面建成小康社会，如期实现现行标准下农村贫困人口全部脱贫、贫困县全部摘帽。

习近平总书记曾有过这样的论断：

"困扰中华民族几千年的绝对贫困问题即将历史性地得到解决，这将为全球减贫事业作出重大贡献。"

习总书记还说过，在解决怎么扶的问题上，要通过发展生产脱贫一批，引导和支持所有有劳动能力的人依靠自己的双手开创美好明天，立足当地资源，实现就地脱贫。云南昭通，为贯彻落实总书记这一重要指示，进行了全方位的艰苦实践，并探索出了一套行之有效的方法和路径。

红旗漫卷乌蒙

谋定而后动，厚积而薄发。

战略者，从全局考虑谋划实现全局目标之规划也。

毛泽东主席曾说过："调动一切积极力量，为了建设社会主义。这是一个战略方针。"

可以说，脱贫攻坚，是压在云南、昭通主政者和干部群众身上最大的磐石，扶贫经，是昭通干部天天要念的"经"。换句话说，昭通要想在 2020 年与全国同步实现小康，脱贫攻坚这块"硬骨头"必须要昭通的干部群众自己嚼碎，唯有真正打赢了脱贫攻坚这场硬仗，全面实现乡村振兴，昭通才不会拖全国奔向小康的后腿。

共产党人必须讲求实事求是，来不得半点虚假。

2017 年 3 月 5 日到昭通担任市委书记的杨亚林，在深入 11 个县市区走访调研后，立下了这样的誓言。

"做任何事都要不忘初心，想想我们脱贫攻坚的初衷是什么，就是要让老百姓脱贫致富奔小康。"

2017 年 4 月 10 日，在昭通市委理论学习中心组第一次集中学习会上，杨亚林首次提出了"133"工作思路："坚持以人民为中心、以群众工作为主线这个根本，抓住精准、统筹、务实三个关键，努力实现思想、工作、情感三个认同。"

昭通作出了坚持"双统领""双保障""双推进",探索实践"133"工作思路的战略布局。坚持以脱贫攻坚统领经济社会发展全局、以党的建设统领推动各项工作落实"双统领",强化铁的纪律和硬的作风"双保障",努力实现党的建设和脱贫攻坚"双推进"。立足昭通实际,创新实践"133"脱贫攻坚工作思路,紧扣"人的改变",全力走实群众路线,不断增强群众对脱贫攻坚的获得感、满意度。

杨亚林说:"133"工作思路就像一棵"扶贫树"。他说,群众工作就是大树的主干,资金、项目、干部力量等方面是大树吸收的营养,精准、统筹、务实"三个关键"及思想认同、工作认同、情感认同"三个认同"则是大树的树枝,所有的工作得到老百姓的认同,这棵脱贫攻坚的大树才会真正成长起来、开花结果,最终实现扶贫对象精准、项目安排精准、资金使用精准、措施到户精准、因村派人精准和脱贫成效精准的目标。

围绕"133"工作思路,昭通市委书记杨亚林,市委副书记、市长郭大进,市委副书记、市委宣传部部长朱家伟,市人大常委会主任张绍雄,市政协主席成联远等四套班子主要领导和分管领导下基层、走农家、搞调研。深入群众家中访谈,与群众面对面。田间地头办公,问题一线解决。针对昭通东西部扶贫协作、农业产业、职业教育、贫困地区劳动力输出、移民安置、城市建设、脱贫攻坚精准识别动态管理及重点工程实施等重要工作,逐项梳理,落地生根。

为了做到精准识别,围绕"133"工作思路,昭通全面开展"村村清、户户清"行动,走万家门、摸万户情,对于昭通的扶贫干部来说,绝对没有半点夸张。昭通坚持自下而上的精准和自上而下的统筹相结合,以县为主体、以行政村为基本单元、以农户为基本对象,整合5.15万名市、县、乡干部和1239支工作队力量下沉到村到户,对照村出列、户脱贫标准,逐村逐户开展全覆盖、地毯式、无遗漏排查分析,找准贫困户致贫原因和村出列短板,精准制定村级施工图、乡

（镇）路线图和县级项目库。

在昭通，因为干部务实，作风过硬，住房保障、教育、卫生、就业、产业、生态、兜底保障、农村基础设施建设和公共服务、贫困村巩固提升、乡（镇）补短板和县级补短板等每一项工作都得到有效落实，覆盖了 43.51 万户 183.86 万贫困群众。

在接受采访时，昭通市委书记杨亚林这样说：

"脱贫攻坚作为昭通最大的政治任务、最大的民生工程、最大的历史挑战，也是最大的发展机遇，我们不把扶贫当负担，誓把挑战当机遇，坚决嚼碎'最硬的骨头'。经过 1000 多个日夜的攻坚冲刺，以每天脱贫 1000 多人的速度，奋力夺取了脱贫攻坚大决战决定性胜利，昭通千百年来的绝对贫困问题即将变成历史的记忆，数百万昭通各族人民梦寐以求的小康生活即将变成美好的现实。"

资料显示，截至 2019 年末，全市建档立卡贫困人口从 2014 年的 185.07 万人下降至 15.99 万人，贫困村由 1235 个减至 104 个，10 个贫困县区摘帽 9 个，贫困发生率从 34.8% 下降至 3.4%。2020 年，全市 15.99 万未脱贫人口全部实现"两不愁三保障"，104 个未出列贫困村及镇雄县均达到出列和摘帽标准，昭通如期实现脱贫。

围绕"两不愁三保障"这个目标定位，昭通市委副书记、市委宣传部部长朱家伟给出了一组令人折服的数据："5 年来，我们着力于在基础设施建设上下功夫。累计新建和改造农村住房 55.89 万户，拆除危旧房 43.72 万间，农村群众实现住房安全有保障。215.4 万人饮水安全得到巩固提升，自来水普及率达 92.2%，农村饮水安全保障实现全面达标。累计硬化农村公路 1.86 万公里，建成公路安全生命防护工程 1.01 万公里，实现了所有行政村和社区通硬化路、通客运、网购物流全覆盖。11 个县市区义务教育实现基本均衡发展，14.35 万名'两后生'通过就读职业教育学校掌握一技之长、实现充分就业；确保全市建档立卡贫困家庭学生无因贫辍学失学。全市乡镇卫生院和村社区卫生室标准化建设实现全覆盖，符合条件的建档立卡贫困人口100%参加基本医疗保险、大病保险。贫困人口'两不愁三保障'问题得到彻底解决。"

事非经过不知难，成如容易却艰辛。5年间，昭通以脱贫攻坚为引领发生的思想观念之变、发展格局之变、产业形态之变、城乡面貌之变、文明风尚之变，成为昭通发生翻天覆地历史性巨变的动力源泉和真实写照，在乌蒙大地上奏响了一曲曲荡气回肠的时代壮歌。

5年来，昭通市在累计减贫169.08万人的同时，2019年全市经济总量、固定资产投资、金融机构贷款余额一举突破千亿元大关，地方公共财政预算支出、农村居民人均可支配收入、金融机构存款和贷款余额、全社会用电量"五项指标"增速均位列云南省第一，努力闯出了一条以脱贫攻坚统领经济社会发展的"昭通路径"。5年来，昭通市在脱贫攻坚中奋力跑出了争先进位、赶超跨越的"昭通速度"。5年来，昭通市在脱贫攻坚中锻造锤炼了为民务实、实干求真的"昭通作风"。5年来，昭通市在脱贫攻坚中树立展示了"文明友善、开放包容"的"昭通形象"。5年来，昭通市在脱贫攻坚中淬炼形成了敢打善拼、坚韧求成、再硬的骨头也要嚼碎的脱贫攻坚"昭通精神"。

昭通是革命老区，红色基因根植于昭通人民的血脉中。面对贫中之贫、困中之困、艰中之艰的深度贫困堡垒，昭通时刻以"苦不苦，想想红军长征二万五；难不难，想想当年红军来到扎西有多难"为激励，以"四个敢不敢、善不善"教育引导广大党员干部在急难险重任务中担当作为。即：面对异常艰巨的脱贫攻坚历史重任，敢不敢勇挑重担，善不善攻坚克难，确保如期完成；面对薄弱且紧迫的现代产业发展任务，敢不敢打破常规，善不善创新机制，推动高质量发展；面对昭通史无前例的大规模跨县区易地扶贫搬迁，敢不敢承担责任，善不善创新突破，确保搬得出稳得住；面对现实生活中一系列弊端和短板弱项，敢不敢直面矛盾，善不善革故鼎新，推动跨越发展。

人心齐，泰山移。人多力量大。为形成强大合力，昭通市选派6.37万名干部挂钩帮扶、5203名驻村队员和督导员一线攻坚，仅2016年以来就有27名干部的生命定格在脱贫攻坚一线。昭通，在脱贫攻坚大决战中，汇集起了万众一心、同心同德的强大攻坚合力。

在昭通的山山岭岭、村村寨寨，到处都有扶贫干部的身影，他们跋山涉水，栉风沐雨，日夜兼程奋战在扶贫一线，访农家、解疑惑、出实招、齐动手。他们奉献过、牺牲过，流过汗和血，但他们却满心欢喜，因为在他们的手上，帮助贫困群众解决了一个又一个棘手的难题，把党和政府对贫困百姓的牵挂和温暖，送到了每个人的心间，让他们原本困顿的世界，变得温情绵绵，昂然生生，欢喜一片。

2015年1月19日，习近平总书记首次离京就到昭通鲁甸龙头山地震灾区视察，作出了"把恢复重建同脱贫攻坚结合起来，恢复重建结束之日就是脱贫之时"的重要指示。5年过去了，到底龙头山镇人民群众的生产生活有些什么变化？今后有些什么打算？带着这样的疑问，笔者走访了龙头山镇。

站在龙头山镇的骡马口制高点，眼前的一片片高楼扑面而来，一个涅槃重生的龙头山镇眼前崛起，要是初来乍到，不知道这里曾经发生过一场6.5级的破坏性大地震，看到眼前一排排恢复重建的民房，还以为自己来到了某座县城呢。只见那一条条街道呈井字形在山谷里延展，山脚或山腰上，一幢幢青瓦白墙的民房错落有致，构成了一幅幅油画般的村庄，一条条柏油路串通了一个个小小村落、一户户村里人家。村后的山坡上，全种满了一棵棵一排排的花椒树，绿油油一大片，把整个山谷装点得像穿上了一件翠绿色的风衣，稍有风儿吹动，就见那绿色的巨大风衣在风中飘荡，好一派生机，好一幅国画。走在宽阔的大街上，总能看到一张张幸福的笑脸，他们的脸上，地震的阴影已然消失不见，映在他们脸上的，都是对未来新生活的无限期许。

在昆明的海埂会堂，我见到了前来参加云南省脱贫攻坚新闻发布会的鲁甸县委常委、县委办主任、龙头山镇的党委书记李善云。从他的口中，说出了一连串的数字。

5年来，龙头山镇坚持把恢复重建与脱贫攻坚一起抓，共投入17.39亿元实施恢复重建，完成了龙头山镇集镇及8个集中安置点建设，重建民房15744户、修缮加固531户；统筹推进教育医疗、公共服务等基础设施建设；新建公路74条326公里，都香高速公路穿境而过，构建起了完善的交通网络；实施管饮工程42件268公里，修建水池水窖7473个。

李善云书记还给我讲了这样一个案例：地震中，王文巧家园尽毁、亲人遇难。恢复重建后，他们一家三口住进了新楼房，每年除了有2400元的低保金和5000元的土地流转收入外，务工月收入超过2000元。王文巧一家显然是幸福的，不仅在地震中幸存下来，在各级党委、政府的关心帮助下，今天住上了新房，过上了意想不到的幸福新生活。通过这些收入数字，我仿佛看到了王文巧脸上洋溢的幸福微笑。

李善云滔滔不绝地向我介绍道："我们把脱贫攻坚与人居环境整治相结合，创建最美庭院、最美村庄，倡导文明新风，村庄面貌完全变了样。"

说起这些变化，这位在5年前那场地震时就担任龙头山镇党委书记的李善云，这位见证一个镇浴火重生过程的老书记，脸上荡起了一圈圈骄傲的红晕。

李善云接着说："我们把自强、诚信、感恩实践活动作为牛鼻子，让社会主义核心价值观的宣讲深入人心，目的就是要让群众知道，我们今天的幸福生活是怎么来的，要懂得知恩感恩，并把这种美德一代一代传承下去。在疫情防控中，全镇干部群众踊跃捐款，3天就捐了 57.5 万元，驰援湖北抗击疫情，展现了灾区人民守望相助、同舟共济、共克时艰的大爱情怀。"

对龙头山未来的愿景，李善云胸有成竹："我们将再接再厉、继续奋斗。立足千年朱提银都定位，全力加快龙头山镇省级特色小镇创建，建成 3A 级景区，实现一日游千年，千年一日游。"

李善云书记的这个愿景，我一点都不怀疑，从他在灾区这 6 年的坚守和一如既往的担当与奉献，我相信，龙头山，一定会迎来美好。

村看村，户看户，群众看干部。在农村工作中，这似乎是不二法宝。作为村级的战斗堡垒，村党总支书记就是一面旗帜，引领着一个村的航向。面对镇雄县中屯镇齐心村党总支书记成龙，我问了这样一个问题。

全国脱贫看云南，云南脱贫看昭通，昭通脱贫看镇雄，镇雄胜则云南胜。镇雄县脱贫攻坚任务艰巨，作为一位基层一线的村党总支书记，您是如何带领群众脱贫致富奔小康的？对未来有些什么样的期待呢？

成龙不假思索，像是作了充分准备一样，顺口就对答上来："2017年以前，我们齐心村 14 个村民小组中，就有 4 个村民组不通公路，住房、生产生活条件都极其艰苦，基础设施条件非常差，嫁女儿都不愿嫁来齐心，贫困发生率最高达到了 54%。这几年，我们齐心村发生了翻天覆地的变化，每个村民组的路都修好了，路灯也装上了，乡亲们都住上了安全稳固的住房，钱袋子也变鼓起来了，家家户户喝上了干净水、用上了农网电，读书难、看病贵等操心的问题已彻底解决。

"我们镇村干部对那些特别困难户，也格外关照。如村里有一户贫困家庭，只有两个老人在家，儿子长年在外务工，纳入农村危房改造后，我们的干部主动准备了建材和施工队，每天都在现场忙前忙后，让老人家如期住进了新房，也避免了其儿子回家建房影响务工。老人家特别满意，逢人就说党的政策好，各项工作也积极主动。带着感情和良心去干工作，成效是很不一样的。"

谈到村里的扶贫工作，点点滴滴成龙都记得清清楚楚。有这样敢于担当付出的基层干部，扶贫攻坚还有什么克服不了的？

昭通的广大扶贫干部，都是用真心在一线工作，用真情去打动群众，动真格的干出成效。他们远离父母妻儿，他们加班加点，熬更守夜，常年奔波在崇山峻岭，行走在羊肠小道，有的一年没有一天休息时间。累了困了，倒在路边眯一会儿。或者以办公室为家，每天工作到深夜，做报表、写材料，废寝忘食。

在昭阳区青岗岭采访，来自云南省人大常委会的这支扶贫工作队，点点滴滴都让我十分感动。对他们的感动不仅因为他们远妻别子来到这贫困山乡，更在于他们对于群众的那些不起眼的小事所流露的绵绵真情。

付邦友，昭阳区青岗岭白沙村支书兼主任，是个44岁的彝族汉子。

见到我们，他很激动，说起村里的产业滔滔不绝。

"我们村主要产业是苹果，种了480亩，还成立了苹果种植合作社。3年投产，品质好。光去年，省人大的扶贫队员就帮助我们销了40余吨。

"我们村还积极响应上级的号召，组织劳动力外出务工。今年初，尽管受新冠肺炎疫情影响，我们还是输出了520人到广东、浙江、上海就业。光是我们村的电解铝厂，就输送了150余名务工群众，有7名员工已经成为厂里的正式员工。"

谈到脱贫攻坚给村里带来的变化，付邦友更是激情满怀。

"我们村最大的变化是住房。全村274户卡户都新建了住房，其中，加固的有 62 户。在饮水方面，原来靠小水窖吃水，天下雨就有水，不下雨，吃水难于上青天。原来 1—3 组在 20 世纪 90 年代修了抽水站，4—11 组直到去年才修通了自来水。4—10 组在何家沟修了一个抽水站，8 组去年在政府的关心下，投入 153 万元修了抽水站。现在，全村人吃上了干净水、放心水。"

说话间，付邦友支书点燃了一支香烟，深深地吸了一口气。接着说：

"近两年，在云南省人大的关心帮助下，我们自然村全通了硬化路，修了 12.079 公里，通到家家户户，出门脚上再也不沾黄泥了。"

付邦友指着门外的小院坝，激动地说：

"我们村公所门前这个小院坝，原来只有一半。省人大的扶贫干部来了，看着我们连个像样的活动场地都没有，就争取经费，扩出了一倍的面积。你看，现在好多了，还可以打篮球了。

"区委组织部还给我们村修了 4 个村民小组活动场所，现在村民开会都不用到群众家里了，直接到小组活动场所，每个小组的活动场所，都有了健身器材，5 组还有一个 5 人制的足球场和篮球场呢！

"我们村干部本来文化素质就低，做一些直门子活路还可以，但要做点表格、制度啥的，就只能鼓眼望着了。幸好有省人大派出的工作队，给我们解决了大问题。"

说到省人大帮助解决的具体问题，付邦友更是来劲：

"省人大扶贫工作队给我们协调了 89 万元修抽水站，建供水厂；帮助 4—5 组自然村的道路硬化解决了 24 万元；协调解决了一辆垃圾钩背车和 14 个垃圾钩背箱；新冠疫情期间，吴明高队长从他战友那里协调了消毒液，他亲自背上喷雾器，带领扶贫队员走村串寨消毒；吴队长还协调了 10 万元社会资金和 200 余套校服等衣物给村小学。这些点点滴滴的小事，在我们白沙村百姓的心里，可是最温暖人心的大事啊！

"吴队长是 2019 年 7 月到白沙村的，每个月只能回家 5 天，经常是刚回去两三天，又因为开紧急会议啥的，返回村上。他家有 3 个孩子，大女儿在昆明理工大学读大二，一对双胞胎女儿才 3 岁，妻子原来在云南民航开发公司上班，因吴队长驻村工作，后来直接辞职在家管孩子了。"

吴明高队长是个退伍军人，半年前还是云南省武警总队的一名军人，刚转业到省人大机关信访处工作不久，就被下派到昭阳区白沙村当第一书记、扶贫工作队队长，说到家中的困难，他也有些愧疚：

"其实工作上再苦再累，对于我们军人来说，都能扛过去，最大的困难，还是家里的孩子老人全靠妻子一人照顾，心里觉得对不起他们。疫情期间，我们白沙村一共设立了 4 个卡点，我从今年 2 月 3 日到白沙驻村，两个月没有回一次家。最难忘的是去年 8 月底，我媳妇和娃娃 3 个人都感冒发烧，已经扛不住了，连煮饭的人都没有，打电话给我，希望我能回去照顾下她们。但我因为村上扶贫的事，天天晚上都要入户调查，实在是走不开，也不好意思请假，把这些难做的事都丢给队员去做。没办法，我只能打电话给老家四川中江县的四姐，请她去昆明照顾我的家人。"

说到这里，我看到吴明高队长眼里闪动着泪花，可他强忍住了，没让眼泪流下来，作为一个在部队里屡立军功的硬汉，我同样在那一瞬间，感受到了他内心的细腻与柔软。

"印象最深的还有一次。当时我们去入户，一直干到晚上十一二点，天上下着鹅毛大雪，我们动员群众上报资料领取稳岗补贴。我记得当时政府为了稳住群众外出务工，上半年每人补贴 200 元，下半年每人补贴 300 元，可是群众觉得上报材料麻烦，懒得报资料，也怕上报了材料不一定领到手，一点都不重视这件事。可是我们几个驻村干部和村上的同志商量，觉得这么好的扶贫政策，为什么不把它落到实处、让群众真正得到实惠呢？我们就分头入户做群众工作，共动员了

632人办理了补贴，确保在截止时限内完成了任务。这件事，虽然每个群众只领到500元钱，但我们觉得，对于群众来讲，一年能挣到这点钱也不容易，如果种地的话，一亩地一年还不一定能收入500元，即使去工地做小工，一天也就能挣个百来元钱。所以，我们还是很有成就感，再冷再累，我们也觉得值。"

吴明高队长还给我们介绍了湛开志家的情况。湛开志是昭阳区委宣传部干部王薇包保的贫困户，精神有点毛病，以前直接不干农活，地全部抛荒，老婆也跑了十多年了，一个人住在一间破烂的房子里。

"湛开志平时穿一件脏兮兮的衣服，蓬头垢面的，发病时见人就打。工作队的几位驻村干部就陪着王薇多次去他家安抚他，关心他，他穿的衣服是王薇送的，我也送了他一双军用鞋。在扶贫队员的帮助下，他变化最大，长头发也剪了，换上了干净的衣服，新房子我们也帮助协调建起来了，今年还种了3亩半洋芋和包谷，养了一头猪，20只鸡。"

吴明高队长说起那些特困户的变化，脸上泛着亮光，像是自家的兄弟姐妹过上了好日子一样开心。

说到贫困户的变化，支书付邦友也来了兴趣，给我们讲述了贫困户王本巧家的变化：

"王本巧47岁，个头小，带一子一女俩孩子，本就缺少劳力，去年3月又得了美尼尔氏综合征，生活陷入困境。在扶贫工作队的帮助下，今年3月卖了头牛，工作队帮助她买了张新床，又喂了头母牛，一头猪，养了20只鸡。今年老毛病又犯了，住了一周的院，吴队长又亲自去她家看望，还给她送了些药。目前来看，王本巧家已经渡过了难关，重新看到了希望。她对工作队的帮助也很感激。"

对于扶贫工作，吴明高深有感触：

"之前在武警总队工作时，对扶贫工作的认识还是不足，没觉得这扶贫工作有这么艰难。来到白沙村后，才真切感受到工作的难度，感受到了党的号召力无比强大，基层干部全天候拼搏，太不容易了。但作为一名转业干部，能够参与扶贫攻坚这项伟大的工作中来，感到很荣幸，丰富了我的人生经历，因为基层的酸甜苦辣，只有真正驻扎下来，参与其中，才能深刻感受到基层干部和群众生活的不易，以及他们身上所表现出来的那种坚韧与力量。"

接着，吴明高又给我们讲述了几位同为转业军人的扶贫队员的故事：

"廖大林今年 42 岁，2018 年 2 月来白沙村当扶贫队员。一家人分三地生活，媳妇在大理开了一家建筑公司，儿子在昆明云大附中读初二，一个人在家，生活自理，疫情期间，每天在家支两部手机上网课，传给老师看。廖大林也在网上给儿子批改作业，签名确认。他最放心不下的，也就是儿子了。

"45 岁的成志军，也是扶贫队里的一员干将，妻子搞审计工作，常年出差，女儿今年高二，靠年迈的岳母照顾。他一驻村，几乎没有时间回家，今年 4 月份，妻子带着女儿冒着大雪来看望他，真是有些辛酸，但成志军一直保持高昂斗志，工作热情一点也没有减退。

"江洪海，今年 42 岁，妻子没有工作，全职在家带 5 岁的孩子，常住昆明，岳父母跟他家一起生活，负担很重，生活的压力也很大。但自从下派到白沙村扶贫以来，江洪海没有哼过一声。而且勤奋好学，他原本是学财务的，后来搞过政工，来白沙驻村后，现学扶贫和党建工作，现在都成了我们扶贫工作队的骨干了，每天都以饱满的热情走村入户，摸底调查，用心用情。"

陪我一起去采访的和玉林，是云南省人大下派到昭阳区的扶贫工作队总队长。这个看上去温和、清瘦的中年男人，在工作上可是异常的较劲和认真。在部队时，就曾荣立过两个三等功，也曾获得优秀党务工作者称号。来昭阳区担任扶贫总队长后，他又把在部队养成的认真负责、坚韧不拔的精神带到了农村基层。

"开始说要来昭阳区扶贫时，妻子是坚决反对的。她说你以前在部队，就是因为工作太忙，常年东奔西跑的，都没有好好管过家，心想这下转业了，应该会稳定一点了，好好管下孩子，你现在又要扶什么贫，一说起就冒火。后来我又做了两三天的思想工作，妻子才终于同意。

"我来扶贫，家中只有妻子一个人全职管孩子，女儿14岁，上初二，儿子9岁，上三年级，每天接送就得几趟，周末还要送去参加培训班，还得做饭。成天忙得团团转。我来扶贫后，离昆明300多公里，回家一趟也远，一个月也就回去一二次，几乎都是周五下午回去，在家待一两天，又忙着返回昭阳工作。

"我们省人大机关共280多名干部，说到下乡扶贫，其实每家都有这样那样的困难，都得一个一个做思想工作。好在，每个干部都讲大局，一旦组织选中，都无条件服从。更何况，我们这次下派到白沙村和沈家沟村的10名干部，除了一个事业干部以外，其余9名全是军转干部，服从命令，本就是我们的天职。"

对于扶贫工作队，青岗岭乡人大主席马关速大加赞赏。

"没说的，吴队长下派时，他家的双胞胎才一岁多，可他没有半点怨言，说来就来了。省人大下派的这支扶贫工作队，真是太给力了。疫情发生后，吴明高队长通过外地老战友的资源，寄来了100多个口罩，随后省人大机关又寄来500个口罩，解了燃眉之急。吴队长还从应急管理局争取到50斤酒精、20件消毒液。不然，那段时间，我们扶贫干部进村入户开展工作只能赤手空拳了。

"为了美化乡村环境，吴队长还买了几十斤格桑花籽，沿213国道两边撒播，今年秋天，我们就可以看到，那些弯弯绕绕的山道旁边，一定会开满美丽的格桑花。"

结束白沙村的采访，在和玉林总队长的引领下，我们又来到了云南省人大机关挂钩帮扶的沈家沟村。

村支书是个 42 岁的汉子，个子不高，长得精干，脸色被高原的阳光晒得有些黝黑，这也是昭通汉子共有的特点。

"我已经在村上干了 25 年了。"

陈支书这一说，还真是让我吃惊不小。没想到，这个才 40 多岁的中年汉子，竟然有 25 年的村干部经历，不简单。那也说明，在这 20 多年里，他是经历若干的村干部了。有对比，那就更有发言权了，我很期待从他的口里，能够讲述更多的扶贫工作队的故事。

没想到，陈启学支书一开始讲述的，不是扶贫工作队，而是村里近两年的工作。看来，陈支书还是个会讲故事的人，他得先抬出成绩，再讲出成绩的人吧。

"我们沈家沟村开始种植冬早马铃薯，取得了一些成效，也给当地群众带来了些收入，但光靠这个还是不行。尤其去年以来，我们着重动员青壮年外出务工，目前，单是在我们地面上的电解铝厂上班的人，就有 300 多个，到几公里以外的靖安新区务工的有 100 多人。我们动员到省外务工的达 1200 多人，务工收入，已经成了我们村的主要经济收入了。"

陈启学支书对于水电铝项目的落成，有太深的感触。

"没有工业的支撑，群众要脱贫，那想都不敢想。就说我们村在电解铝厂务工的 300 多名劳动力，一年要为村里带回多少收入！你看，村里这些年建起这么多的小洋房，没有群众的收入增长，咋可能实现。"

陈启学说着，用手指了指窗外那些错落有致的新楼房。

随后，陈启学话题转到了省人大派驻沈家沟村的扶贫工作队员身上，向我们介绍了队长林杰。

林杰，今年 39 岁，上周刚接任工作队长。在部队时，曾参加过第四批海地维和行动。因为妻子在云南工作，2011 年，他从福建调到西双版纳，在湄公河护航 3 年半。转业到省人大机关后，开始接触地方工作。林杰尽管担任这个扶贫工作队长没几天，但一向对工作认真细致的他，对省人大机关的驻村工作队如数家珍，讲起了工作队的故事。

"2018 年 2 月 27 日，省人大机关下派队员到沈家沟，先后来过 9 人驻村，省人大机关的 170 名干部，挂包了 267 户贫困户。驻村后，我们做的第一件事，就是走村入户摸贫情，做到家底清楚，思路精准。在深入调研后，我们实施了几个项目，投入扶贫资金 1014.9 万元，建设了杜家梁子畜厩，修建了蒋家湾大桥，实施了"七改三清"项目，建设了卫生室。扶贫干部和乡村两级的干部一道，走村入户，在群众中通过召开小型院坝会、火塘会、田间会、讲党课等形式，开展自强、诚信、感恩教育，引导群众改善居住环境，养成良好的卫生习惯。

"上一任扶贫工作队长夏正云受了重伤，卧病在床还在一直牵挂扶贫工作的事。他是 2018 年 12 月的一天，在去看水源点的路上，开车掉进了沟里，导致肋骨骨折，做了一个大手术，今年 5 月才取了钢板。本来去年 10 月就可以取钢板的，但扶贫的事太多太杂，加之新冠疫情暴发，扶贫成效第三方考评进驻昭阳，钢板在他的体内一直待了一年半。"

工作队的另一位小伙子高程伟，这个戴一副黑框眼镜的老队员，今年 30 岁，一看就是一位文静的知识分子。

"高程伟从 2018 年 2 月驻村以来，轮换了两批，他都没有回去，一直坚守扶贫岗位，成了省人大第三批下派的队员。他进省人大时，才 27 岁，正在谈恋爱，本来已经订婚了，婚房都已经装修了，但因他长期驻村扶贫，未婚妻等不了他，两人最终分手了。他对电脑编程挺熟的，我们村的国办系统，全是他一个人在打理，弄得清清楚楚的，有什么问题数据，他加班加点清理，每次都能提前完成。除了完成我们村的数据录入比对，乡上和其他村有啥解决不了的技术问题，都请他出马，一招一个准，成了我们青岗岭乡的电脑奇才。由于长期伏案工作，他身体里长了结石。本来早就该去医院做手术了，可是这么忙的工作，他哪有时间去做。他说，等扶贫顺利通过普查验收，再去做手术。

"林杰，在部队时就得了甲亢，2015 年转业到省人大机关，现在甲亢各项指标都偏高，十几项指标不正常，基本都超过了 50%，现在每个月都要回昆明检查。家里也面临许多困难，两个小孩子，老大不到 5 岁，小的才 3 岁半，妻子在昆明中级人民法院办公室工作，也是个工作繁杂的岗位，很少有时间管家。今年 6 月，妻子又查出了乳腺肿瘤，只有请一个保姆在家照顾。岳父母身体也不好，岳父去年 10 月也做了一个大手术，自己驻村，也是有心无力，根本不可能回去照顾老人家的身体。"

和玉林总队长在介绍到林杰的情况时，也一脸的无奈，看得出来，他也很同情他的队员，但是扶贫工作重担就像是一座大山一样压在肩上，那是根本不能松懈的。

"现在我唯一能做的，就是多给我的这些队员打打气，鼓励一下他们，让他们再坚强一点，咬牙挺过去。

"林政宜，38 岁，老家在贵州西江苗寨，在部队时，立过二等功一次，三等功两次。2019 年 7 月 23 日来沈家沟驻村，他很能讲，经常给群众做思想工作。他给村里的群众讲了一堂党课，非常接地气。他从他家西江苗寨的变迁讲起，结合沈家沟的现状和变化，让群众很受启发，决心要好好改变家乡。一位平时都在工地打工的群众说，他今天放弃做工来听了林老师的党课，虽然没挣到钱，觉得有点亏，但听了党课，觉得自己还是值，让自己改变了陈旧观念。有一位群众听了党课，把原本堆在路边，谁去做工作都不愿移走的土堆给铲了。"

和玉林感慨地说："从林政宜同志的身上，我们看到，做好群众工作，是我们党的一大法宝。看来这条经验永远都管用。

"他家里有个大女儿上二年级，今天妻子二胎刚进产房。三天前，林政宜还在给群众上党课，直到妻子临产了，他才忙着回昆明。

"到沈家沟工作，因为常年苦累，林政宜得了痔疮，吃了些药也不管用，今年4月才去做了手术，流了一个多月的血，但他还是坚持工作，一干就是一个多月不休息。

"41岁的乔雪飞，原本是昭阳区人，1999年考上陆军学院，后到省人大机关工作，2019年回到昭阳区驻村扶贫。虽是昭阳本地人，但他父母都在昆明和他家一起居住，小孩子刚上一年级，妻子检查出心肌缺血，但因为工作忙乱，又要照顾家庭，根本没有时间去医院做穿刺检查。乔雪飞自驻村以来，一个月能回家两三天，平时住在村上，也是以村为家，本可以抽空到城里找找同学朋友玩玩，可是村上的事也太多了，他一直坚守岗位，一年下来，最多进城两三次。因为他是昭阳区本地人，他去跟群众做思想工作，很容易沟通。群众见了他都觉得格外亲切。所以工作队遇到难事，都会让他上前，很接地气。"

听得出来，和玉林很喜欢乔雪飞这个"老昭通"。

陈启学支书还给我们讲述了上届两位女队员的故事。

"李梅一，刚来驻村时，二孩才一岁多，老公也在省人大机关，她来驻村扶贫，两个孩子只有靠老公一人照顾。为了驻村扶贫方便，她还把自己的私家车开到村里来，时常私车公用，开着走村入户。才来驻村时，条件差，我们沈家沟村还不能洗澡，他们洗澡和洗衣服都是到白沙村去，那里条件好一点，弄了一个简易洗澡间。李梅一工作特别认真，有时熬通宵整理档案，从不叫一声苦。

"西玛丽珠，来驻村时36岁，孩子还小，老公在昆明工作，也是忙得不可开交。就因为两人都照顾不了孩子，经常发生口角，闹不愉快。有一次孩子生病，她从昭阳区赶回昆明，才去了几天，因为村上的工作太多，她又匆匆赶回村上。有一段时间，孩子没人照管，她曾经想在村里租间民房，把孩子带到村里照管，后来因为多种原因，没能实现。尽管心里放不下孩子，但一点也没有影响她的工作。驻村期间，她多方奔忙，争取了好几个项目。蒋家湾大桥的439万元建设资金，差点卡壳，幸好她门路广，几经周折，才终于落地。村卫生室的80万建设资金，也是她一手促成的，真是为我们村的群众操碎了心。

"李涛，在上任队长夏正云车祸受伤后，他暂时代理队长职责，对队员特别好，主动带领队员走村入户，帮助群众解决一些实际问题。大家见他都觉得这人没架子，很有亲和力。村民孙继俊生病，他利用爱人在昆华医院当护士的优势，主动介绍专家给他看病，让孙继俊很是感动。因为他这头痛的病在江苏打工时就犯了很久了，一直没治好。

"徐绍军，39岁，2019年10月转业，在部队干了19年，一直在某边防检查站从事缉毒工作，立过5个三等功。一家人常年三地分居。转业到省人大机关后不久，就被指派到沈家沟扶贫，从去年10月到现在，一直驻村。妻子在省高院工作，成天忙得焦头烂额，娃娃读书要接送，岳母脑溢血卧床，一年来，因为驻村扶贫，只能请一个人照顾岳母。"

在驻村工作中，那些感动人的小细节，常常成了扶贫干部最深刻的记忆。

队长林杰就给我们讲述了很多温馨的小故事。

"我们5个工作队员本来有2万元的工作经费，得知乐德古大洼子自然村吃水困难，我们几个队员与村干部一商量，就把2万元钱用于维修一个饮水工程。群众能吃上干净水，我们也放心。

"修建水电铝厂时，搬迁了一部分群众，为了解决他们养殖问题，我们积极协调，给他们修了42间畜厩，分部分给搬迁群众进行集中养殖，又方便，又卫生，群众很满意。

"孙培挂包陈让相家，他家在门口用木头搭建了一个简易羊厩，养了 100 多只羊，这与人畜分居的扶贫要求不吻合。为了提升人居环境，孙培跑了他家五六次，一直做不通思想工作。我和陈支书及孙培又多次上门，最终说服了陈让相，建起了一个空心砖搭的标准羊厩。

"刘昌梅的挂包户陈关才家，妻子存在智力障碍，被陈关才安排住在一间小房子里，我们工作队员去了不下 20 次，陈关才都不让进。后来我发现不对，趁陈关才不注意，摸进去一看，里面阴暗、潮湿，又脏又臭。后来我们督促陈关才，必须改善妻子的住宿条件。妻子的户口也还在大关县，要迁移到沈家沟，必须有结婚证、产权证、土地承包经营证，为了给他家办好户口迁移手续，我和陈支书跑了他家好几趟，才找全了证件。女儿陈明巧一直用老年手机，疫情期间上网课每天都要打卡，没办法，我只能用我的手机给她打卡。类似的小事不少，但不解决，就像长在我们心里的包块一样，放心不下。"

谈到沈家沟村的变化，陈启学支书动情地说：

"沈家沟是青岗岭乡 7 个村中最穷的一个村，2015 年以前，我们村的这条路到处坑坑洼洼，越野车都常常被刮底盘。2015 年 10 月 15日，我们召开了一个群众动员大会，发起扶贫冲锋，当时，干部热，群众冷，等靠要的思想还很严重。在省人大驻村干部的引导帮助下，群众的观念开始有所转变。这个转变，从一件事情开始。我们村的畜厩之前建了一半，因为资金链断裂，成了烂尾工程，欠老板十几万，要不是省人大扶贫干部的帮助，再也不可能建起来了。畜厩建好后，让沈家沟的群众看到了希望，也对省人大下派的干部多了一分信任。有了群众的认可，以后干什么事，都不在话下了。"

陈启学支书吸了口烟，继续说道：

"扶贫工作队不仅给我们村带来了新的发展理念，给我们村修桥、建房、建卫生室等基础设施，还跟群众打成一片，成了亲人，大家都建立了很深厚的情谊。我们村有个酒疯子，20 多年来，时常在村子里又骂人又打人。可是西玛丽珠和李梅一两位女队员时常给他送些东西，比如抓一把茶叶给他，或者给他送点小食品，一来二去的，还成了好朋友，在村子里不仅不会乱打乱骂人，还成天唱起歌儿，乐滋滋的。

"沈家沟村3418人，有510户贫困户1946人，在脱贫攻坚期间，全村建了900余幢新房，98%的人家修了新房，人均得到国家补助2.6万元，最高的一家有六口人，得到补助款15.6万元。

"在全村的党员大会上，我说我们沈家沟村有两大喜事，省人大机关挂钩帮扶我们，实实在在，变化喜人，这是第一喜；在帮扶干部的积极争取下，我们村今年要创建省级示范党支部，这才是最大的喜事。我相信通过这次创建，我们村的精神面貌一定会有一个大的提升。"

陈启学支书越说越激动。

说到省级示范党支部的创建，总队长和玉林又插话道：

"我们工作队争取到了省人大机关党组的支持，由省人大机关的选联工委支部挂钩沈家沟村党支部，农业农村委员会支部挂钩白沙村党支部，创建市级示范党支部，省人大机关投入60万元，把两个支部打造成引领产业发展、促进乡风文明，成为脱贫致富奔小康的示范点。

"我们就是要在群众心中播下种子，党支部强了，才有机遇。"

总队长和玉林说得斩钉截铁。

扶贫工作队长林杰也兴奋起来，滔滔不绝地说：

"在村里，我们也给自己定了一个位，指导不指示，帮办不包办，到位不越位。在群众工作中，我们经常租一辆面包车，拉上一台电视机、一台电脑、一个音箱，走村串户召开群众会，通过开展三讲三评，上党课，把老照片与现在对比，让群众真切感受到沈家沟村的巨大变化。"

青岗岭乡副乡长马波说："省人大下派的扶贫工作队，是一支最务实的工作队，每一位队员都怀着一颗为民服务的心，他们常年住在村里，为村里解决了一些疑难杂症，为群众修建了连心桥，解决了4个村8000多人的出行问题，与群众建立了亲人般的友谊。在扶贫工作队的帮助下，现在的沈家沟村，种上了1600亩樱桃，300亩车厘子，产业兴旺人欢喜，大家都高兴。像这样的扶贫工作队，即使他们走了，也永远留在沈家沟人的心中。"

初心不改赴昭阳，客树回望成故乡。

从广东东莞到昭阳区挂职的女干部赵玮辛，是个对贫困群众用心用情的人。正印证了那句俗语：巾帼不让须眉。

"如果不是应组织要求，要写一篇关于脱贫攻坚的个人自述，我还不觉得自己来昭阳挂职竟然已2年3个月了。多么快的时间啊！我竟已不知离家两年有余。"

赵玮辛说，她是一个怀揣初心踏上未知征途的探索者。

赵玮辛从小生活在沿海东莞，对内陆特别是云南知之甚少，偶尔听朋友提起，云南总是给她一种神秘、落后、古朴的印象。

"我一直想到云南来看一看，能为广大贫困地区群众做点事，这是我最大的愿望。没承想，是脱贫攻坚战让我早日实现了这个愿望。"

按照中央扶贫开发工作会议、东西部扶贫协作座谈会精神，2018年广东省加大扶贫工作力度，派驻广东省第五、第六协作工作组，同时委派包括赵玮辛在内的6名同志驻昭通市6个县区开展东西部扶贫协作工作。赵玮辛于2018年5月，从东莞市接待办公室派驻到云南省昭通市昭阳区挂职任区委常委、副区长，属广东省第五扶贫工作组组员，协助管理招商引资、对外开放、经济合作、对口协作、滇粤产业园建设等工作，担任昭阳区凤凰街道脱贫攻坚战区指挥长。

"从到岗第一天起，我便怀着满腔热血，严格按照东西部扶贫协作工作各项要求，全情投入到产业协作、人才支援、资金支持、劳务协作、携手奔小康行动中，做好精准识别、精准施策，确保精准脱贫，坚决打赢脱贫攻坚战。"这是赵玮辛在昭阳区《脱贫攻坚大实录》中的一段话。

到昭阳区挂职伊始，赵玮辛便一头扎进工作，脚踏实地，深入调研，访遍昭阳区20个乡镇（街道），多次到50个深度贫困村、37个贫困村，走进1000余户卡户家中，了解实际贫困状况，撰写民情日记和工作日志，分析致贫原因，形成调研报告，与分管扶贫工作领域领导及部门共同研究制定扶贫措施。

当赵玮辛调研得知苹果、马铃薯是昭阳区主打的农特产品后，便开始利用自身的资源，帮昭阳区群众拓宽销路，联系多家农产品销售企业及单位，把昭阳区的农特产品销出去；得知田坝乡适宜种植花椒，但是由于缺技术缺资金、农户观念落后等因素，花椒产量低，也没能成规模发展，她立即多方联系，于2018年8月11日邀请一位种植花椒并创业的专家到田坝乡进行实地操作讲解，即使下雨也引来了大量群众围观学习；2018年8月20日走访洒渔镇时，得知洒渔新立、新海小学学生冬季住宿环境恶劣，她立刻联系广东光大企业集团有限公司，帮助协调20余万元购买了宿舍供暖设备，紧急送往青岗岭白沙，洒渔新立、新海，小龙洞宁边等5所高寒地区小学，并为部分困难学校学生捐赠校服、电脑、书桌学习设备以及课外书等学习用品；2018年7月中旬，得知有12名高考成绩优秀学生，因家庭困难上不起大学，她开始为这12名学生寻找资助人，帮助12名学生全都得到了每人5000元资助，12名学生顺利进入大学学堂，同时为在东莞学习的70多名学生联系企业，暑假期间到企业务工。两年多来，赵玮辛协调筹集社会资金和物资捐赠近9000万元，竭力为解决当地贫困群众养老、教育、医疗、产业、就业、农业增收等问题贡献了自己的力量。

赵玮辛充分利用之前在东莞做接待工作结下的人脉资源优势，用心用情为昭阳区扶贫工作争取支持，用一个个实实在在的项目绘就了东西部协作的新画卷。没有项目、没有资金，帮扶就只是空口白话。2018 年以来，赵玮辛主动对接协调汇报，东莞累计投入昭阳扶贫协作财政专项资金共 1.181 亿元，资金覆盖产业、教育、医疗卫生、技术培训、劳动力转移就业等方面，惠及建档立卡贫困户 20.2 万人。东莞帮扶财政资金充分让老百姓受益，提升脱贫致富内生动力，实现东莞帮扶真扶贫、扶真贫。

2018 年，在石碣与昭阳携手奔小康及"1+8+N"对口帮扶的基础上，开展农业、教育卫计、人社、旅游、扶贫等 8 家部门间扶贫协作，推动东莞市石龙、茶山两个经济强镇帮扶昭阳区，形成了"3+1"对口帮扶模式。两年多来，签订产业合作，镇村、村村帮扶等协议 16个，发动东莞企业 49 家参与帮扶昭阳区 56 个贫困村，联系 70 余家企业捐资捐物，形成"万企帮万村"格局，惠及全区 20 个乡镇 4.95万户建档立卡贫困群众，为社会帮扶工作更上一个新台阶奠定了坚实基础。从 2018 年 8 月 21 日，结对镇（街）石碣镇、茶山镇、石龙镇分别携村及企业纷纷到昭阳区开展调研，并深入贫困乡村实地考察，了解贫困状况，商议合作事项，制定帮扶措施办法。为结对贫困村捐赠了现金和物资，帮助解决了基础设施、产业发展等实际困难，已形成脱贫攻坚的强大合力。

"昭阳的贫困问题，终究还是发展问题，瓶颈就在商业这一短板。"说这话时，赵玮辛皱起了眉头。

赵玮辛充分发挥自身优势，积极打造滇粤产业园区平台，协调推动昭阳区出台了东西部扶贫协作产业招商引资优惠办法，积极组织招商考察团到广东登门招商，2018 年 6 月 12 日，她第一次组织广东企业赴昭通参观考察，第一家电子生产企业立时电子于 2018 年 8 月 28日落地生产，到目前来访考察企业达 300 余批次，促成立时电子、立勤液晶、立鑫智能、时瑞（瑞邦）电源科技发展有限公司等 9 家企业落地，总投资 16 余亿元，预计年产值可达 8 亿元，年税收 0.5 亿余元。昭阳滇粤产业园从无电子产业发展到现今产业链已初具规模，第一家落地的立时电子也在两年时间从 1 个厂区发展到 3 个厂区。2018 年至今，实现引进企业年度实际投资达 8.055 亿元，吸纳贫困人口务工达 2650 人，带动和促进脱贫人口达 3 万余人。

赵玮辛还以昭通苹果产业品牌宣传为契机，结合滇粤产业园建设，积极协助昭通面向社会开展招商推介，先后组织 300 批次 200 余家企业赴昭阳区考察。并积极组织企业和合作社参加在深圳和昆明等举办的农特产品展销会，向海内外客商展示推介昭通的农特产品、旅游资源、政策环境等。通过大力宣传，广东的亲朋好友以及社会团体纷纷通过扶贫协作直接购买或帮助购销昭阳苹果、蔬菜等农特产品达 3.15 亿吨以上，销售价值 1.95 余亿元，带动贫困人口 3.6 万余人增收。

2018 年以来，东莞共选派 2 名挂职干部，20 名优秀骨干，到昭阳负责扶贫协作、教育、医学方面的工作指导，充分发挥了技术人才"传、帮、带"的纽带作用。

"百尺竿头，更进一步。我坚信，借着脱贫攻坚的契机，东西部一定会如雄鹰一般，在磅礴的乌蒙之巅比翼齐飞，在崛起的乌蒙大地上描绘出壮美的蓝图。"

在一篇工作日记中，赵玮辛写下了这样一段振奋人心的话。

为了习近平总书记的嘱托，为了广大贫困群众摘掉贫困帽子，外地干部驻守山村，背井离乡，泪别亲人，牵肠挂肚，只为那一句句铮铮誓言。扶贫干部，他们有泪躲着流，有痛自己忍，有难自己扛，因为他们不想在贫困群众面前丧失斗志，让群众失去拔出贫困泥淖的信心。

就为共产党人的这一理想信念，他们中的一些人，永远留在了深山。

青山处处埋忠骨，在昭通，据不完全统计，有 27 名扶贫干部，直接牺牲在了扶贫第一线。

王秋婷，出生于云南省昭通市镇雄县乌峰镇，中共预备党员。生前系云南省大关县纪委监委科员，2017 年 10 月被单位派驻大关县天星镇打瓦村，担任扶贫工作队队员，助力村民脱贫。2018 年 11 月 19 日，驾车从打瓦村返回大关县城汇报工作情况，途中与货车相撞，王秋婷经抢救无效不幸遇难。

这个如乌蒙山巅每年春夏之交盛开的索玛花一样的姑娘，把自己年轻的生命永远定格在了 26 岁的花样年华。

到打瓦村担任扶贫工作队员后，王秋婷曾立下这样的誓言："要让挥洒着热血的青春奔走在打瓦村的每个角落。"希望打瓦村群众的日子"一天比一天过得好起来"。

大关县，是国家级贫困县，这里山高坡陡，河谷纵横，大多数的土地都是坡耕地，群众就连找一块平地修房子，都难于上青天。很多自然村落，根本就不具备修公路的条件。

"原来还有那么多群众的交通条件停留在原始的人背马驮阶段。"

"2017 年 11 月 1 日，到村上熟悉情况，了解村情村貌，配合村委开展工作"，"11 月 2 日，召开党员大会宣传党的十九大精神及土地确权工作"，"11 月 3 日，今天第一次开始入户走访宣传，收获颇多，以后多多走访"。

通过王秋婷的驻村日记，我们似乎还能够感受到这位热情似火的姑娘的生命存在，可是今天，她已身埋青山，魂归打瓦。

打瓦村下辖 22 个村民小组，打堡村民小组距离打瓦村最远，而且不通公路，但王秋婷没有畏惧，义无反顾地往返于打堡村，一步一个脚印丈量着这个偏僻落后村庄的距离，目的就是遍访每一家贫困户，摸清他们致贫的真实原因。王秋婷多次在山路上跌倒，多次在风雨里跋涉，山洪暴发，她就绕道走，一直走到天黑伸手不见五指。作为一个20多岁的女孩，说不害怕，那是假话，她在风里雨里黑夜里的每一次艰难行走，都是一次修行。正是这样的修行，坚定了王秋婷作为一名预备党员的理想和信念。

王秋婷，这个表面文弱的姑娘，想要打瓦村改变，变得公路畅通，变得美丽富饶。

而在这众多的愿景里，王秋婷最想做的一件事，就是帮助修通一条公路，让山里的乡亲们上个街看个病更方便一些。因为，在她走访调查中，群众反映最集中的问题，就是路不通。

"上次我家娃生急病，走了两个多小时才送到镇卫生院，医生说，要是再晚送10分钟，就没气了。"

"我们家的化肥全是靠人背马驮运回来的，一个人一天背一包，走几十里山路，太难了。"

"我儿子在浙江打工，买了一辆越野车，回家过年只能停在镇上，无法开回来。给我们老两口买点过年货，还是得背回来，看到儿子身上叮叮当当挂满东西，走得满头大汗，真让人心疼啊！"

"我们村的小娃娃上学，每天得走20多里山路啊，要是下雨天，全身都淋透，上次我娃淋病了，一个多月没去上学。"

每一次走访贫困户，王秋婷都会听到群众的这些诉求，乡亲们的每一句话，都刻在了王秋婷的心上，让她的心一次次如针刺般疼痛。

"乡亲们的生活真不容易啊！"王秋婷常常发出这样的感叹。

在王秋婷的日记中，她曾经写下过这样一句话：

"组织赋予我的任务使我一刻也不能松懈。"

这个90后女孩，她身上背负的东西过于沉重，沉重到让她每天要在打瓦村行走2万多步，她的脚步，遍及打瓦村的22个村民小组，遍布打瓦村山山岭岭，以至于她刚驻村工作的头两个月，就走烂了从县城带来的两双运动鞋。

　　功夫不负有心人，摸清了当地群众迫切需要修通公路的愿望后，王秋婷积极向上级汇报争取，终于批准修建。2018年4月，连接打堡、白岩两个村民小组的5.62公里公路终于开工。经过3个月的艰辛努力，5米宽、5.62公里长的打堡—白岩公路正式通车，两个村民小组从最原始的生活方式直接通过这条公路，连通了现代化的交通网络，过上了新时代的新生活。

　　因为王秋婷的积极表现，打瓦村党总支新街支部，正式吸纳王秋婷为一名中共预备党员。

　　和同事在一起时，王秋婷常常发出这样的感慨：

　　"有幸参加到这场伟大的脱贫攻坚战中来，见证那么多的群众一天比一天过得好起来，觉得自己很有成就感。"

　　在王秋婷的日记中，有这样一段记录：

　　"吃过午饭就出发了，今天直接把车开到了凉峰，3个月以前自己不敢想象可以把车顺利地开上来。以前的公路坑洼不平，坡度太陡，每次都是把车开到营盘社走路上来。现在公路路基修好了，下一步马上开始硬化，以后群众出行就更加方便了，也为打瓦村的集体经济和产业发展打通了致富之路。"

　　村民王方明家有100多斤蜂蜜卖不出去，而他的两个儿子，正指靠着这蜂蜜卖了后筹备车费上学呢。正在王方明犯难之际，王秋婷来到了他家，不仅给带来了上好的包装瓶，还通过拍照片、视频上传新媒体平台，帮助做宣传推广。因为有王秋婷的帮助，王方明家的蜂蜜卖了个好价钱，及时地缓解了他愁钱送孩子上学的难题。

　　中央纪委国家监委网站和云南省纪委监委宣传部联合摄制了一部微电影《送不出的蜂蜜》，讲述的就是王秋婷的感人故事。

　　王秋婷的牺牲，感动了很多人，她也被正式追认为"中共党员"，被追授"云南青年五四奖章""云南省三八红旗手"和"云岭楷模"。

　　因为有王秋婷等一心为公、不怕牺牲的扶贫干部的接续奋斗，打瓦村发生了翻天覆地的变化，让我们来看一组打瓦村的变化数据：

1949年人均收入4.3元。

1958年第一次通公路。

2008年第一次通硬化路，硬化路共15公里。

2018年人均收入达6798元，比1949年增长1500余倍。

如今的打瓦村，公路硬化如玉带，绕山行，美如画。楼房错落山中隐，如雨后春笋。每到夜晚，星光与灯光辉映，静谧祥和，犹如世外桃源，好一个美丽新农村。

而当打瓦人沉浸在这美好新生活的每一时刻，他们都不会忘记，一个26岁、正欲出嫁的青春女孩，曾经在这片山野行走过、奋斗过，把热血洒在了这片曾经一片迷茫、现在却生机勃勃的崇山峻岭间。每每在茶余饭后，人们都会想到她，为她落泪。

李永春，男，中共党员，46岁，威信县罗布镇人。生前系昭通市威信县司法局副局长、麟凤镇挂职党委副书记、斑鸠村第一书记、斑鸠村驻村工作队队长。2019年1月9日晚在加班过程中突发疾病入院，于2月8日病逝。2019年2月11日，李永春遗体告别仪式在威信县司法局举行。

2017年10月，因脱贫攻坚工作需要，李永春服从组织安排，到麟凤镇斑鸠村任扶贫工作队长及第一书记；2018年，任麟凤镇党委副书记（挂职）。

2019年1月9日，已连续加班四天四夜的李永春，因为工作尚未做完，继续加班加点工作。当晚10点多，李永春在斑鸠村委会办公室整理白天走访贫困户材料，突发小脑出血、脑干严重受损当场昏迷倒地。当地干部紧急送李永春前往县人民医院进行抢救，但因病情严重，于当晚12点左右紧急送往四川省泸州市西南医科大学附属医院进行抢救，于1月10日9时进行手术。术后，李永春一直在重症监护室昏迷不醒，于 2019 年 2 月 8 日病逝。

"万万没想到他就这样走了，平时身体多好的一个人，怎么说走就走了。"

听到李永春去世的噩耗，他经常走访关心过的斑鸠村三望坪村民小组贫困户李克香泣不成声。

大学生村官卢晨露在李永春去世几天后，都一直平复不了内心的悲痛："我私下都是叫他'李爸爸'，因为他平时对我都是像自己父母一样，总是给我关怀，虽然严厉，但都是为了我好。我们随时加班到凌晨三四点，他都会陪着我们，事情发生得太突然了，我到现在都不能接受'李爸爸'不在了这个事实，现在都像做梦一样。我们一定会好好把工作做好，不辜负'李爸爸'的期望。"

"对待同事他是最好的搭档；对待朋友，他是最好的哥们；但是对家庭，他却不是'好爸爸''好儿子'。"

李永春包保三望坪村民小组，村里的年轻人大都外出打工了，只留下些老人和小孩子，一旦哪家有个三病两痛，出山一次都十分困难。李永春知道后，都会第一时间开上自己的私家车，去接老人、小孩子到村卫生室看病，实在严重的，他还会送到镇上或是县里治疗。

"我们夫妻二人常年在外打工，老人在家生病了都是李队长开车来接我家老人去输液，随时打电话关心孩子读书的事情，还来帮忙打扫卫生……"

建档立卡贫困户申开会一家，是李永春挂包帮扶的贫困户，为了照顾留守老人和孩子，李永春多次上门服务，嘘寒问暖，帮助他们解决一些生活上的实际困难。

三望坪的老组长吴开武说："李队长来到我们三望坪村，经常带领群众集中开会商讨发展的路子，号召党员要起带头作用，带领群众勤劳致富。"

斑鸠村支书开永军是李永春日常工作和生活的见证者，多次劝说李永春工作不要太拼了，还是要抽点时间去照顾下家里的老人。

"李永春队长来到斑鸠村工作以后，有段时间他86岁的老母亲生病住院都是由家里的其他亲人帮忙送去医院的，他都没有时间去看看老母亲。我一直劝他以调休的方式去看看，他说他没有时间回去，现在的工作很紧张，不允许他离开岗位。"

在威信县龙溪安置点，笔者见到了已故扶贫干部李永春的妻子魏仁芬。

魏仁芬和丈夫李永春都是扶贫干部。魏仁芬原在海子社区工作，后调整到龙溪社区，专门从事易迁群众的服务工作，一直在为易迁群众的事上下奔走，忙前忙后。

"看到这里的空巢老人和留守儿童，我心里就很难过，他们就像是我的父母和子女，我要尽力帮助他们。"

在家里，李永春常常这样对妻子魏仁芬感慨。

"李永春读高二时，他的父亲就去世了，是他的母亲挣钱供他上学。从小知道弱势群体生活的不易，李永春参加工作后，就一心要多为贫困群众办事，让他们的日子好一点。从他的一些照片，我看到他扶贫时满头大汗推车、干活，看上去很卖力。我也给他说，你身体不太好，还是要注意休息，可是他做不到。

"那天，我接到他的同事的电话，说李永春晕倒了，我还不信，以为是同事在和我开玩笑。"

说到这里，魏仁芬泣不成声。旁边的社区干部递过去一张纸巾，她接过擦了擦眼泪。

"后来我又打过电话去，证实了。我当时就崩溃了。

"后来才知道，为了完成走访20户农户的工作，他连续四天四夜加班，每户人家每天要走两次，他完全是积劳成疾走的。

"最后一次见面，他说回来买点牛肉去做给工作队员们吃，改善下生活。李永春平时喜欢做菜。当晚，他还端水给老母亲洗了脚，还劝说母亲每天不要太累，要注意休息，等扶贫工作结束了，一家人出去走走。没想到，他再也不能陪 86 岁的老母亲出去旅游了。

"他走后，我不忍心告诉老母亲，我怕她受不了。儿子我也没告诉他真相，他正准备高考。我只给儿子说，爸爸生病了，送到了泸州医院，要孩子去看看。儿子一听当时就哭了，他可能已经感觉到了不祥。还好，儿子争气，尽管受此巨大打击，他还是考上了大连理工大学，也算是对李永春的一种安慰吧！"

李永春牺牲后，威信县司法局选派了副局长文孝刚接过李永春队长的工作。

"纪念李永春队长的最好方式，就是接过接力棒，做到人走精神在，啃下脱贫攻坚硬骨头！"

红色扎西精神，如星星之火，在红色圣地威信的山山岭岭，在磅礴的昭通大地一路传承。

2019 年 2 月 10 日，威信县委作出决定，追授李永春同志"优秀共产党员"称号，并号召全县广大党员干部向李永春同志学习。决定指出：李永春同志一生对党忠诚，恪尽职守，23 年如一日，用心用情为群众办实事、解难事，是新时代新担当、新作为的好干部，是全县基层党员干部的优秀楷模、脱贫攻坚一线的杰出典范，为打赢脱贫攻坚战，献出了宝贵生命。

毛勇，昭通市永善县公安局交警大队民警，自脱贫攻坚工作开展以来，一直坚守一线，走访群众，帮助挂包村解决了不少的实际问题。尤其新冠肺炎疫情发生以来，毛勇一直奋战在抗疫一线，负责卡点查缉、路面巡逻、交通保畅、事故处理等工作。

疫情发生后，毛勇主动请战，他在"请战书"上这样写道："疫情当前，人人有责，本人主动申请在党和人民需要的时刻，投入到疫情防控一线……"

在抗疫一线，他在永善县溪务公路吴家河沟疫情防控卡点值守，平均每天睡眠时间不足 5 个小时，连续工作 27 天，共参与检查车辆 2580 余辆次，人员 8600 余人次，劝返车辆 210 余辆次。

2020 年 2 月 19 日傍晚，务基镇回龙村发生一起摩托车交通事故，造成 1 人受伤、部分电缆线受损。正在附近吴家河沟卡点开展疫情防控的毛勇带领辅警江云、陈炜前往处理。19 时 30 分，在赶往交通事故现场途中，三人所驾车辆被山上突然滚落的巨石砸中，造成不同程度受伤，毛勇当场昏迷，后被紧急送往永善县人民医院救治。21 时 17 分，毛勇因伤势过重抢救无效殉职，年仅 39 岁。

"作为一名人民警察，就要对得起自己身上的制服，多为群众做实事。"这话成了毛勇留给家人的最后一句话。

从警 14 年来，他多次获评"优秀公务员""先进个人"。

在两年的脱贫攻坚工作中，毛勇走遍了核桃村的山山水水，对自己挂钩帮扶的 11 户贫困户的基本情况烂熟于心，完成了 60 余次入户调查，参与交警大队 11 批次遍访、回访，撰写驻村工作日记 23 篇。

2019 年 10 月的一天凌晨，永善县桧溪镇得胜村村民张清勇从家里骑摩托车去县城的路上，摩托车冲下了深沟，当场昏迷。毛勇火速赶到事故现场营救，第一时间将张清勇送往医院，张清勇保住了一条命。

"到现在，我都不相信，这么好的毛警官说走就走了。

"毛警官是我的救命恩人，我们一家人一辈子都感激他。"

听到毛勇牺牲的消息，张清勇悲痛地说。

"现在雪太大了，你们的车没套防滑链不安全，不能上路行驶，但不要着急，我来帮你们。"

2014 年 1 月 6 日，永善县莲峰镇大荡村村民梁开友和几名亲友驾车赶集为病逝的父亲采办物资，在莲峰镇交警中队卡点被拦了下来。在得知这一情况后，毛勇带领同事开出卡点的皮卡车，火速套上防滑链，帮梁开友一家解决了采办应急物资的难题，让梁开友一家十分感动。

"那个总是笑嘻嘻、喜欢帮助人的毛警官怎么说走就走了，他还没抽过我一根烟啊！"

流着泪说这话的，是毛勇的帮扶户杨再堂。

杨再堂一家靠种地为生，有5个正上学的子女，属因学致贫户。为挣钱供孩子们上学，杨再堂打算搞养殖，但苦于没有垫本。为了帮助杨再堂一家渡过难关，毛勇主动帮忙协调，为老杨家贷到了5万元的产业贴息贷款。因为毛勇的帮助，杨再堂挺过来了，一家人过上了安逸的小日子。

青山为证，江河垂泪。毛勇同志被追授2020年"云南青年五四奖章"、2019年度云南十大法治新闻人物特别致敬奖、全国抗击新冠肺炎疫情先进个人。

2020年9月10日，永善县举行毛勇同志全国抗击新冠肺炎疫情先进个人奖章和荣誉证书转授仪式。受昭通市委书记杨亚林和市委副书记、市长郭大进的委托，市委常委马忠华代表昭通市委、市政府为获得全国抗击新冠肺炎疫情先进个人的毛勇同志家属转授奖章和获奖证书。

马忠华动情地说：毛勇同志的牺牲不仅是其家庭的重大损失，也是政法战线的重大损失，同时还是永善乃至昭通的重大损失。毛勇同志用生命谱写了政法铁军"特别能吃苦、特别能战斗"的英雄壮歌，用满腔热血唱响了人民公安、政法干警"撼人心魄、感天动地"的生命乐章。

陈健，这位出生于云南省昭通市彝良县奎香乡寸田村的乡村医生，这个值得尊敬的90后姑娘，因为一场车祸，永远定格在27岁的花季。

正值脱贫攻坚的关键时期，彝良县同全国一道，打响了新冠肺炎疫情阻击战。照说，陈健家的困难是最大的，家里有高龄公婆需要服侍，还有一个3岁、一个刚满1岁的孩子需要她的爱抚。但疫情暴发的特殊时期，寸田村的7名村医承担的115个居家观察对象更需要陈健的监测，接到任务后，陈健二话没说，一头扎进了抗疫一线，每天骑车和步行往返路程达50多公里。

"除了做好居家观察人员体温监测、上报日常工作表册外，陈健还积极宣传疫情防控知识，再忙再苦再累她也从不抱怨。"

寸田村党委书记陈星鹏的一番话，道出了陈健姑娘的日常。

灾难猝不及防。2020年2月12日12时10分，陈健、迟焕琴在开展疫情防控宣传和日常监测工作，返回村卫生室的途中，在寸田村漆树组的李家湾子，发生了交通事故，2人均受重伤，陈健因伤势过重，抢救无效于当天15时45分去世。

一个年轻的花季女孩，就此停止心跳，永远离开了她心爱的父母和孩子，永远离开了爱她的和她爱的人们。

回忆起陈健医生的日常，寸田村卫生室所长彭德庆十分悲痛。

"第一天去给居家观察对象量两次体温，我们工作到22时，天上飘着雪、雾又大，陈健的家人打了几个电话来，说娃娃发高烧又没吃母乳，一直在哭。但她依然把工作完成后才回家去管孩子。

"她有低血糖，工作忙的时候经常下午3点左右才能吃到午饭，但她一直克服困难。

"陈健2016年考取护士资格证，2017年4月起就一直在寸田村卫生室工作，先后负责孕产妇健康管理、儿童健康管理、卫生监督协管服务和基本医疗服务等公共卫生服务项目。

"寸田村有47个村民小组、12000余人。陈健平时工作非常认真，她把辖区内每名孕产妇的预产期都记录在一个小本子上，并把它装在口袋里，随时打电话提醒孕产妇要注意的事项。"

范厚秀是个高龄产妇，刚生完小孩没几天，听到陈健去世的噩耗，眼泪止不住往下流，像失去自己的亲人一样悲痛。

"小陈医生水平高，学问大，亲人样。她把我的事情都清楚地记在本子上，随时提醒我去做检查，问我的孩子脐带是否出血，一天要喂几次奶……我的事情她记得比我自己都清楚。"

2020 年 2 月 16 日上午，陈健骨灰安葬仪式在其出生地奎香举行。村人含泪，亲人悲伤。疫情止住了村里人的脚步，不能聚众送行。但每一户人家，都打开了自家的门窗，目送陈健最后一程。在这个世代居住的古老村落，这也许是一场前无古人的送葬仪式，简朴，但却令人格外动容。毫无疑问，这场特殊的送葬仪式，已经载入了奎香这个地方的史册。

陈健牺牲后，中共彝良县卫生健康局委员会作出《关于向陈健、迟焕琴两位同志学习的决定》，号召全县卫健系统广大干部职工向陈健和迟焕琴两位同志学习；2020 年 3 月 4 日，国家卫生健康委、人力资源和社会保障部、国家中医药管理局追授陈健为"全国卫生健康系统新冠肺炎疫情防控工作先进个人"称号。陈健还进入了第 24 届"中国青年五四奖章"人员追授名单。

撒兰忠，倒在扶贫路上，是 2019 年 12 月 29 日早上。这个 53 岁、一直骑单车往返扶贫路的共产党员，来不及与妻子儿女和父母说声再见，就因为一场车祸，倒在了去往昭阳区乐居镇新河村开展扶贫工作的路上，永远离开了他至亲至爱的人。

太平市场监管所副所长崔凤鸣说："那天是 12 月 29 号，他跟我是一个组，我们 6 个人下去扶贫，我们只有一辆公车，坐不下的情况下，他都是骑自行车。那天打电话给他，电话是通的，就是没有人接。在路上，我们局里面的蒋委员就电话通知扶贫队员，说他出车祸了，人可能已经不在了。我们就紧急赶回来。到事发地长冲子，已是中午 11：30 左右。交警已经到了现场，只见他整个人都被一张塑料布盖着，放在路边。他的单车被一辆小车冲得稀巴烂，看着好惨啊。"

撒兰忠生前是昭阳区市场监管局太平市场监管所的所长，是个退役军人，于 1991 年 3 月进入原昭阳区工商局工作，先后在北闸、布嘎、永丰等多个乡镇工商所工作，曾任守望工商所所长、监察室主任、专职纪检员等职。

说到撒兰忠的工作表现，同事崔凤鸣赞赏有加："我两个在一起几十年了，他平常对所上的工作非常认真，对同事也非常关心。

"兰忠经常与贫困户促膝交谈，帮助农户打扫卫生等等，与贫困户建立了深厚的感情。当看到新河 14 组曹玉权家室内因缺钱还未安装门后，他主动拿出 300 元，让曹玉权购门安装。"

说到帮扶自己的干部撒兰忠时，贫困户曹玉权至今还念念不忘："他来了之后，帮我买了沙发垫子，又帮我把门安好，他来帮助我打过谷子，他对我们太好的。"

新河村 14 组的贫困户田孟亮还清楚地记得，撒兰忠出车祸的当天早上，他还打电话给撒兰忠，问他困惑的一些问题。

"可惜了，我再也听不到他和蔼的声音了。

"撒兰忠对我们挺好，他出事，我心里很难受。平时对我们都很好的，能帮助的都帮助了我们。"

说到撒兰忠的离去，崔凤鸣显得异常悲痛："这么多年的老朋友、老同事就这么走了，心里有说不出的难过。那天听到消息，同一辆车上的几个女同事当时就哭起来了。他身体状况应该是相当好的，每次体检他的各项指标都好好的，一样毛病都没有。他走了，大家好伤心。"

昭阳区市场监管局党委委员蒋玉琼也十分悲伤："撒兰忠同志是我们单位一位优秀的共产党员，是一名优秀的所长。他先后在多个基层市场监管所担任所长。无论他在哪个岗位，他都能够不计个人得失。兢兢业业，团结他所在所的干部职工，圆满完成局党委交办的各项工作任务。他个人多次被评为优秀共产党员、优秀公务员。他所在所的工作历来都是名列全局前茅。他现在虽然因公殉职了，但是他的一言一行始终激励着我们每一个共产党员，激励着我们每一个市场监管人，不忘初心，勇于担当，肩负起市场监管职责，维护好全区的市场监管秩序。"

在单位，撒兰忠是个勤勤恳恳、任劳任怨的好同志，多次被评为优秀党务工作者、优秀共产党员、优秀公务员。在家里，撒兰忠是个好儿子、好丈夫、好父亲。他做得一手好菜，经常在周末邀约一家人或者三朋四友小聚，为他们献上自己的好厨艺。在他车子的后备厢里，时常备有烧烤架和炊具，他常常选择节假日带上自己的家人，找个野外清静之地野炊。一家人其乐无穷，尽享天伦之乐。亲戚朋友都说，兰忠最热爱生活，大家都非常喜欢他。

撒兰忠的妻子是一个新闻单位的领导，曾经做过多年的记者和主播，她万万没有想到，自己的老公会因为一场伟大的扶贫攻坚工作，以这样的方式和自己告别。在老公出事后，她几个月缓不过气来，老公在日常生活里的点点滴滴常常让她痛不欲生。但事已至此，回天无力，她只能默默地念着老公的名字，愿他在天之灵安息；愿他挂钩帮扶的贫困户，日子一天比一天好。

陶飞，昭通市昭阳区炎山镇财政所负责人，因脱贫攻坚和疫情防控任务繁重，超负荷连续工作16天，导致病情加重，于2020年2月12日凌晨，牺牲在工作岗位上。

牺牲时38岁的陶飞，昭阳区人，中共党员。2007年1月退伍分配到昭阳区最为边远偏僻的炎山镇政府工作，历任炎山镇水管站工作人员、炎山镇财政所出纳、炎山镇纪委副书记，自2019年4月起全面负责炎山镇财政所工作。

炎山镇是昭阳区距离中心城区最远的乡镇之一，100多公里的山路，开车要近3个小时，要是冬天遇冰雪天气，根本无法通行，也是昭阳区脱贫攻坚任务最艰巨的乡镇。

说起陶飞的好，炎山镇党委书记周斌高度评价。

"陶飞为人很好，工作认真负责。

"去年，陶飞就检查出慢性堵塞性肺炎，我和镇长都劝他到医院住院治疗，同事们也劝他赶紧住院治疗，但他总说等脱贫攻坚验收完成后再说，一直带病坚持工作。

"1月23日，农历腊月廿九春节放假才回到家，陶飞原想利用假期好好陪5岁的儿子和古稀之年的父母。1月27日农历正月初三，接到镇党委根据防控疫情需提前返岗的通知，正在家中过春节的陶飞立即安顿好家中事务，毅然从昭通城里的家中返回113公里外的炎山镇政府。

"陶飞主要负责疫情防控期间全镇的资金及财务有效运行。由于炎山镇外出务工人员较多，群众居住分散，疫情防控任务繁重而复杂。"

2月11日吃完晚饭过后，已经超负荷连续工作16天的陶飞与镇社保中心主任杨江仍然值守岗位上。12日凌晨，陶飞出现一直咳嗽现象，杨江让他赶紧上床休息。

当杨江起身离开时，只听见陶飞说："杨江，我流鼻血了。"

"接报后，我迅速安排镇司法所长钟明海和杨江一道将陶飞送往最近的镇卫生院急救。由于病情严重，虽经卫生院医生全力抢救，凌晨1点08分，陶飞还是牺牲在了防抗疫情岗位上。"周斌书记说。

面对陶飞年轻的妻子和年幼的儿子，笔者不忍直视。我知道，这个30多岁的年轻女子，将不得不承担起养育儿子的全部重担。这个10岁刚出头的儿子，从此失去了父亲，将独自一人面对生活中的艰难困苦。还有陶飞年迈的父母，他们又将怎样安度自己的晚年，他们会不会时常想起，那个奋战在边远贫困山区扶贫和抗疫一线的儿子，那个鼻口流血倒在地上的可怜的陶飞。

我只在心中默念，陶飞，一路走好。在扶贫的路上，有你的同事接力。你的家人，他们都很坚强。来年的坟头，他们都会定时给你上香。

在乌蒙群山中，每一名扶贫干部，就是一面鲜艳的五星红旗，有干部的地方，就有一面有形和无形的旗帜飘扬在群众心中，广大人民群众心里就踏实，就有了主心骨。正是有这样一批舍生忘死的扶贫干部，用他们的生命筑墙，垫底，把红军长征过昭通甘于奉献、勇敢向前、不惧困难、不怕牺牲、不到长城非好汉的长征精神旗帜般高高扬起，接力传承，才有了决胜小康的全面胜利。这些在扶贫一线牺牲的勇士，他们才是真正的英雄，永远值得我们好好铭记。

新丝路从这里延长

2015 年 1 月，习近平总书记考察云南时指出，基础设施特别是交通设施建设滞后，是制约云南发展的重要因素，要着力推进路网等基础设施网络建设，形成有效支撑云南发展、更好服务国家战略的综合基础设施体系，从根本上改变基础设施落后状况。云南省高度重视，推动了以县域高速公路"能通全通"工程为引领的"五网"基础设施建设。

昭通着力实施"交通先行"战略，开启了综合交通赶超跨越的发展之路。

昭通市委书记杨亚林曾在多个州市及省直机关任职，早年还曾在乡镇当过党委书记，是个基层经验十分丰富的资深干部，对改善交通基础设施有着迫切的期望和严格的要求。谈到昭通的交通建设，他信心十足。

杨亚林说："在昭通的交通建设上，我们突出四个着力。

"我们着力构建'一环两横四纵六联络'高速公路网（一环：昭通中心城市绕城高速；两横：都香高速、昭泸高速；四纵：银昆高速、沿金沙江高速、宜昭高速、宜毕高速；六联络：昭乐高速、大永高速、格巧高速、镇毕高速、镇赫高速、镇七高速），在'十二五'建成银昆高速昭通段的基础上，规划总投资 1335 亿元新建 12 条 786公里高速公路，实现'县县通高速'目标。

　　"我们着力构建'二横四纵一枢纽'铁路网（二横：攀昭毕铁路、昭六铁路；四纵：内昆铁路、成贵铁路、叙毕铁路、渝昆高铁；一枢纽：昭通中心城市综合铁路枢纽）。内昆、成贵两条铁路已建成通车，昭通于2019年迈入'高铁时代'；渝昆、叙毕两条铁路在建，叙毕铁路将于2022年建成通车，渝昆高铁昭通东站站房面积已获批扩大至4万平方米，为将来昭六、攀昭毕等铁路交会并站分场预留了空间，为昭通打造高铁新城创造了有利条件。

　　"我们着力构建'一线四港九码头三转运'水运网（一线：宜宾至巧家500公里航道；四港：改造提升水富港，新建绥江港、溪洛渡港和白鹤滩港；三转运：白鹤滩、溪洛渡、向家坝3个电站库区翻坝转运系统）。'万里长江第一港'——水富港扩能工程中嘴作业区开港试运行、中心作业区已启动建设，全面建成后水富港将成为云南省最大的内陆港口和'公、铁、水'无缝对接的重要枢纽。宜宾至水富高等级航道整治工程获得批复立项，向家坝库区157公里三级航道整治工程施工招标已完成，即将开工建设。溪洛渡、白鹤滩库区高等级航道、电站枢纽、港口码头前期工作加快推进。

　　"我们着力构建'一中心四通用多航线'航空网（一中心：完成昭通老机场迁建，建成昭通新机场；四通用：建成镇雄、盐津、永善、绥江4个通用机场）。昭通机场迁建项目可研报告已上报国家发改委等待审查、批复，同时已启动新机场连线建设，以及相关配套设施前期工程。镇雄、盐津、永善、绥江通用机场前期工作有序推进。同时积极加大航线培育力度，昭通机场已开通至北京、上海、广州、深圳、杭州、成都、重庆、昆明、西双版纳9个城市，实现与京津冀、成渝、珠三角、长三角区域航线航班通航。

　　"除重点项目建设外，昭通市还全面完成了溜索改桥、鲁甸8.3地震灾后恢复重建、交通脱贫攻坚、高速公路服务区整治等目标任务。总体来说，我市'十三五'综合交通规划重点项目建设进展顺利，目前已累计完成投资近 1400 亿元，到 2020 年底将累计完成投资 1650 亿元，制约全市经济社会发展的交通短板进一步补齐。"

昭通市委副书记、市长郭大进，曾就读于西安公路交通大学公路系公路与城市道路工程专业，在同济大学道路与交通工程系道路与铁路工程专业攻读硕士研究生，在长安大学公路学院道路与铁路工程专业攻读博士学位，曾在国家交通部公路科学研究所、北京路桥工程监理咨询有限公司、交通运输部公路科学研究院、云南省交通运输厅等单位任职。

这位 1974 年 10 月出生于安徽安庆，1995 年 3 月加入中国共产党，1996 年 7 月参加工作，科班出身的地级市市长，原本就是一位对道路交通建设有着深厚渊源与情怀的学者型领导。调任昭通市委副书记、市长之后，其专业特长、在交通领域深广的人脉资源，以及对昭通这个山高路远、雄山大川遍布的贫困地区的深厚情感，让他对这块土地报以了极大的热情，作出了巨大的牺牲和奉献。

因为他，昭通在经历了秦五尺古道辉煌、成昆铁路开通把昭通甩在死角一蹶不振、内昆铁路建成、国道 213 高等级公路开通后，再一次起跳，实现了纵贯云南南北交通大动脉 G85 高速公路贯通，大山包一级高速公路开通，实现了除永善县外的 10 个县市区均通高速公路、新机场迁建、万里长江第一港建成的新辉煌。

谈到昭通的交通建设，郭大进思路异常清晰。

"在高速公路建设上。'十三五'期间昭通市规划新建 12 条高速公路、概算投资 1300 亿元，截至 2019 年底已全部落地建设。目前，镇毕、格巧、串佛、宜毕 4 条 196.5 公里已相继通车或分段建成，高速公路建设里程、完成投资、建设速度继续领跑全省。2020 年，云南省新增高速公路通车里程 3000 公里，昭通完成 287 公里，建成都香（烟堆山至龙头山）、宜昭一期、昭泸、镇赫、宜毕（威信至川滇界）

5 条（段），到 2020 年末，全市 11 县市区除永善县外全部实现通高速公路。另外，2020 年我们还将启动 3—4 条互联互通高速公路建设。高速公路是经济发展的'大动脉'，农村公路是'毛细血管'，我们同步推进'四好农村路'建设，2017 年底实现了到建制村全部通水泥路（或沥青路），农村公路通车里程接近 1.9 万公里。

"在高速铁路建设上。2019 年成贵铁路建成通车，镇雄、威信迈入高铁时代，从镇雄、威信到达成都、贵阳时间缩短为 1 至 2 小时，到昆明只需 3 小时。在建的叙毕铁路预计 2022 年建成通车。去年，渝昆高铁云南段正式开工建设，这是我省第一条设计时速 350 公里的高铁，届时昭通将又有 4 个县区（盐津、彝良、昭阳、鲁甸）通高铁，1 个小时左右就能从昭通到昆明、成都、重庆、贵阳。当前，我们正在与四川、贵州的有关州市对接，向国家、省争取，谋划推动攀枝花—昭通—毕节—遵义、六盘水—威宁—昭通高速铁路建设，将把昭通作为新的铁路枢纽进行建设；'十四五'期间，我们还将谋划推动沿金沙江高速铁路建设，努力向着县县都能通高铁这个目标迈进。

"在水运方面。金沙江在昭通境内有 465 公里，建有向家坝、溪洛渡、白鹤滩三座巨型水电站，发电量接近 2 个三峡电站。水富港是万里长江第一港、云南北大门，云南最大内陆港、融入长江经济带出海港、枢纽港、集散中心，2020 年 1 月，水富港扩能改造项目中嘴作业区开港试运行，3000 吨级船舶可沿长江黄金水道直达上海。我们将继续把水富港建设成为港口型国家物流枢纽，形成陆水联运开放大通道，真正实现云南通江达海的目标。

"在航空方面。昭通机场始建于 1935 年，在 1994 年改扩建复航至 2012 年近 18 年时间里，只有昭通至昆明一条航线。我们积极开通昭通到重要城市的航班航线，目前已开通直飞北京、上海、广州、深圳、杭州、昆明、成都、重庆等 10 余条航线，初步架起了昭通与京津冀、珠三角、长三角、成渝地区'四大区域'的'空中走廊'。当前，我们正在加快推进昭通新机场迁建工作，相关手续已经基本办理完毕，概算投资23亿元，力争2021年实质性开工建设，计划2—3年建成。

"我们将继续坚定不移加快综合交通体系建设，争取2022年县县通高速公路，2023年建成昭通新机场，2030年左右实现'县县通高铁'，未来昭通将成为滇川黔渝区域重要的综合交通枢纽，实现人流、物流、资金流、信息流的汇集。"

在云南省脱贫攻坚州市新闻专场发布会上，有记者提出了这样一个问题："我们关注到昭通近年来基础设施建设，特别是综合交通体系建设力度很大、成效明显，投资规模、发展速度在全省居于前列，有力地支撑了昭通的脱贫攻坚和经济社会发展。请谈谈你们的感想。"

在回答这个问题时，时任昭通市委常委、市人民政府常务副市长陈真永给出了自信的答案：

"大家都知道，历史上昭通号称小昆明，这是因为昭通自古以来是云南通往中原的必经之道，昭通曾因交通而兴旺，但也因交通而落后，未来也必将因交通而崛起。要想富，先修路，这个道理很浅显，昭通作为全国贫困人口最多的地级市，交通不通是制约昭通经济社会发展和脱贫攻坚的主要因素。

"昭通以脱贫攻坚为统揽，以综合交通建设为基础，推进高速公路、铁路、水运、航空等方面全面发展，有力地保障、促进了脱贫攻坚和经济社会发展。

"近年来，昭通的每一天都在发生着变化，城市变干净了、变漂亮了、变美丽了，变得更加吸引八方客了，一座座新城在昭通拔地而起，一批批知名企业到昭通发展，秋韵昭通、苹果之城的魅力正在显现，省耕山水城市综合体、文体产业新区、滇东北区域医疗中心、千顷池等重大项目正在加紧建设，到处是一片欣欣向荣的景象。"

说到昭通的交通史，不得不提及一条古道，位于盐津县豆沙关的五尺道。

秦孝文王元年（前250），蜀郡太守李冰招募劳力开山采石，修筑巴蜀通滇道路（僰道）。由于岩石坚硬，工程艰巨，仅修通从成都到宜宾的道路。公元前221年，秦始皇统一中国后，派遣常颏续修，并把道路扩宽为五尺，沿朱提江上溯，经今盐津、大关、昭阳、威宁、宣威至曲靖，全长2000余里，史称五尺道。

说到五尺道，人们就不禁想到一个古镇——豆沙古镇。

这个古老驿站，是五尺道的关塞要地，千百年来，来来往往的马帮和商贾，见证了这个古镇的兴衰与荣辱。

豆沙古镇位于盐津县境西南部、关河南北两岸，居住着汉、回、苗、白等民族24000多人。

自秦开五尺道以来，豆沙关就是中原与边疆人民政治、经济、文化的交流枢纽、南方丝绸之路的要冲。

豆沙镇有贫困村6个（深度贫困村1个），有建档立卡贫困人口1818户7957人，贫困发生率为37.9%。经过5年来的艰苦努力，累计脱贫1755户7755人，6个贫困村已全部实现脱贫出列。

因地处峡谷，雄山耸峙，关河奔涌，两岸青山，这里的风景美如画，那突起的岩崖，那入云的山峰，那流淌的云雾，那青翠的山林，那湿润的空气，那婉转的鸟鸣，无不标示着这方山水的灵秀。尤其在脱贫攻坚过程中，新修的那一幢幢青瓦白墙的民居，掩映在绿水青山里。那一条条硬化后的水泥路，宛若玉带般在山间扭动着腰肢，让这片山谷充满了浪漫之动感，好想去那山间走走，与大自然来一次最亲密的亲吻。

豆沙古镇，在历史长河中不知经历了多少次的战乱烽火，经历了多少沧桑苦雨。就在2006年7月22日，这里还发生了一次5.1级破坏性地震。经过地震恢复重建，尤其是脱贫攻坚的重塑，如今的豆沙古镇，两条长长的古街横卧山腰，一排排木板为墙青瓦为顶的两层川南民居古色古香，街两边商铺林立，酒肆熙攘，小吃弥香。猪儿粑、黄叶粑、桐子叶粑、腊猪脚、苕粉、酸辣粉等当地特色小吃满街有之。地上铺了一层青石板，有的石板都被千年的马蹄磨得光滑照人，让这个小镇平添了几分历史的厚度。人间烟火味，在这座古镇浸透得酣畅淋漓，体验人生百味，豆沙，无疑是一个绝佳之地。

豆沙古镇，更是个有故事、有历史的地方。我多次在五尺古道行走，百走不厌，每行走一次，都会有一种别样的感悟。

翻阅昭通历史，经过豆沙古镇心脏的"五尺道"可能要算最为抢眼的词了，究其原因，毫无疑问，因为它是云南进入四川和中原的咽喉要道，难怪古时候有"蜀身毒道"之称。对于"五尺道"的认知，于我而言也只是理性上的，想象中的"五尺道"好像全是李冰父子从石壁上开凿出来的，充满了艰难险阻，一不小心，处处皆可坠入悬崖。那是一条神圣而难以征服的险道。殊不知，当我真正踏上"五尺道"，我才知晓，是历史神化了"五尺道"在我心中的地位，"五尺道"原来也和我小时候在家乡的大山中攀爬的小道一般平常，一样经常有人在走，有人累倒，甚至死去。它蜿蜒在磅礴雄奇的乌蒙群山中，一样是石头和泥巴铺筑而成，只是因为一代又一代人的继续踩踏才成了路。

石门关一段，是"五尺道"保存得最为完好的一段。在关河左岸近乎笔直的石崖上，古人人工凿出的一级级石阶顺山势倾斜，盘旋而上，那石阶被过往行人的脚磨得光溜溜的，有的甚至能照得见人影，石阶上，不时还可看到当年马帮留下的蹄印，深达三四寸，同样磨得异常光滑，仿佛一个个天然的石臼。我一时感慨万千，这哪是一匹两匹马的足印，这可是千万匹马无数次的踩踏、无数次的磨砺才形成的呀，岁月总是那么无情，如此坚硬的石头尚且如此，何况人乎。想想这条古道曾经累垮了无数马匹，熬死了无数过客，见证了人类变迁，能不另眼看它么。

陪同前往的当地朋友又领我们观看了五尺道旁的全国一级重点文物保护单位袁滋摩崖石刻，那是唐朝时官员袁滋路过此地所题，这更让我对这条古道无限敬仰。据史载，石门关在历史上曾是云南出川进入中原的一道关口。所谓古道雄关，大概也就如此了，但见关河两岸的大山如两条青龙由上而下奔涌而来，关河之水一泻千里，狂傲不羁，不时惊涛拍岸，发出轰隆隆的声响。至石门关两山合拢，两面绝壁千仞，形成峡谷，道路就此中断，祖先们在此设关，也是理所应当之事了，这样的险境真可谓一夫当关，万夫莫开，便不由得让人想起"蜀道难，难于上青天"的诗句。我想，这蜀道再难，也莫过于此了。我们不得不佩服古人的坚韧和智慧，他们没有因为石门关的绝壁而放弃进入当时的蛮荒之地——云南，如果放弃了，那今天的云南、昭通还会是这个样子吗？我无法想象。因而我们应该感谢李冰父子，感谢古人，他们开凿古道石壁的办法虽然很土，却很实在，实在得让我们今天无不望崖兴叹。

站在石门关的绝壁上，真是一览众山小，让人心旷神怡。朋友指着对面的绝壁说："看，那就是悬棺。"我惊喜万状，把目光顺着朋友手指的方向望去，但见绝壁中部有一带略倾的石槽，里面还隐约可见棺木杂乱地摆在石崖上。我纳闷了，面对如此之险、如此之高的绝壁，古人到底凭着什么本事完成了这一壮举，给后人留下了如此之多的问号。据说，历史上古人就生活在关河两岸。想当年，关河两岸炊烟袅袅，马帮铃响，过客如织，盐贩子的川号子吼得山响，这一带是何等的繁华，哪会有蛮荒之感。

朋友一亮嗓，还真就给我吼了一首关河号子：

> 唱关河来道关河，嗨欧
>
> 河弯水急险滩多，嗨哟

剑漕、凉水（井）难飞渡，

马桑凼乱石铺满河。

九龙（滩）磨刀（溪）要启货，

庙口闪出两岔河。

新滩原本借路过，

杨柳（滩）沙坝石埝（溪）多。

石门道通过盐井渡，

铁锁桥横锁大关河。

说到关河号子，这里又不得不岔一下了。

关河，古称朱提江，发源于五莲峰南段，从南向北流经鲁甸、昭通、大关、盐津、水富5县、区、市。鲁甸县境内称龙树河，昭阳区境内称洒渔河，大关、盐津至水富县两碗乡一段称关河，两碗乡以下称横江，入金沙江。

清乾隆七年（1742）二月，云南总督张允随奏疏："昭通府地阻舟楫，物贵民艰。查盐井渡水达川江，可通商运。自渡至叙州府安边汛七十二滩，惟黄角槽等十一险滩宜大疏凿，暂须起驳，余只略修，并开纤道。其自昭通抵渡，旱路崎岖九处，开广便行。现运铜赴渡入船，脚费多省；以积省之费开修险滩，帑不縻而功可就，不独昭、东各郡物价得平，即黔省威宁等处亦可运米流通。"一为缓解铜运艰难，二为返程上运油米以济流通，关河航运于当年开工，至乾隆九年竣工。据载，每年仅转运京铜即达百万斤。

盐津县资料载：关河航道近百公里，水道迂曲，滩陡流急，更因两岸地势落差悬殊，沿江险滩年有变更，防不胜防，行船极为艰难。行下水，时有倾覆之虞；行上水，难逃背纤之苦；喊号子以统一行动，倾吐积郁，鼓舞斗志，共闯难关，便成了船工们无奈之中的选择。漫漫200多年间，关河号子响彻关河沿岸。

资料显示，关河号子分上水、下水号子，唱词多五言句、七言句，一人领唱，众人应和帮腔，或领唱上句，应和下句，音调高低，随航行经历的平水、激流、险滩等境遇而变换。关河号子无通行的套本，见人唱人，见物唱物，触景生情，即兴而歌。曲调虽有一定范式，但表达都很自由。或长调铺陈，或短章急奏，或慷慨激昂，或低沉悲凉，倾吐积郁，提神鼓劲，怎样适宜表达就怎样唱。关河停航后，关河号子并没有销声匿迹，反倒"随风潜入夜"，被更多的人所接受。

当地朋友给唱的这首关河号子中，凡有括号处均为地名，其中带"滩"的地名尤多，这也是关河流域地名的一大特色。斗转星移，世事沧桑。历史的长河淌了100多年，到20世纪60年代，关河航运仍是盐津县内客货运输的主要形式，也是昭通与四川物资交流的重要通道。20世纪70年代以后，随着昆水公路的开通，关河航运逐渐停止，关河号子也不再响彻关河两岸，它悄悄地存留在了有心人的口碑和文字中。

今天，在我的视野里，关河两岸的"五尺道"早已湮没在了乌蒙群山中，或与我们今天的小道或是公路重叠，早已变得面目全非，失去了昔日的容颜。比如石门关一带的关河峡谷，现在就有5条通道，从谷底依次顺左岸而上分为5级，即水路、铁路、公路、五尺道、高速路。它们是不同历史时期人类交通发展留下的痕迹，为人们展示着数千年来不同的交通方式带来的发展变化，形成了一个天然的交通历史博物馆。如今，整个峡谷依然是一个交通要道，更繁忙了，车辆如织，昼夜不断，隆隆作响。石门关一带的五尺道至今仍然沿用，多是到山上的豆沙镇去赶场的村民所走。岁月就是这么一把锋利的剪刀，它总是把文明剪掉，在剪口处嫁接新的文明，正如当初李冰父子开凿五尺道的方法虽土，却是当时这一带的进步一样，今天，云南出川进京不再会因为这道石门关而成为障碍。铁路、公路如一条条力大无比的长龙，出川入滇，畅通无阻，一切秩序都已被打乱，五尺道上的马蹄印也就只有成为文物的命了。

夕阳西下，我们来到了关河谷底，此时，五尺道和悬棺皆高高在上，历史在大脑中慢慢退去，我们又回到了现实中，回到了盐津下四川的公路边上。横穿公路时，我险些被狂飙的车流所吞没，我暗自庆幸自己在那一瞬间还算精灵，没有成为现代文明的牺牲品。朋友的饭馆是一幢四层吊脚楼，基脚从关河底用水泥柱子撑起来，房子属钢混结构，店面整洁干净，在关河边上还算是很气派的。落座之后，店主端上来一盆热气腾腾的鲜鱼汤，朋友告诉我，这是从关河里刚捞上来的活鱼，我馋得不行，就顾不上斯文了，抄起筷子就夹了一大块在自己碗里吃起来。

因关而设，以关而兴。豆沙镇因五尺道上的商贸往来而逐步形成，并因各种交通线路从关前经过而为人熟知、发展兴盛。

在脱贫攻坚以前，豆沙镇是一个贫困面非常大的镇，还有长胜、石缸等不通硬化路的行政村。在脱贫攻坚期间，为彻底改变全镇的贫困面貌，豆沙镇积极争取上级支持，投入巨大的人力物力，修建了2座跨河大桥，为全县最后一个不通公路的行政村长胜村打通了交通命脉，豆沙镇积极推进通村公路和村组公路硬化，累计完成硬化148.2公里，硬化率40.1%。交通的二次革命促进了豆沙镇的再次起跳，使世代生活在群山中的百姓拉近了与外界的距离，使他们跟上了现代社会的发展步伐，摆脱了贫困，走上了奔向小康的康庄大道。

如今，这个古老驿道上的小镇，已顺利实现脱贫，将在乡村振兴的道路上，借助交通大动脉的巨大优势，做足全域旅游这篇大文章，让这个古老的小镇焕发出新的生命力。

在昭通的巍巍群山间，有一条近乎全建在峡谷河道上的高速公路，如一条山间飘飞的玉带，蜿蜒入川。这就是水麻高速公路。

水麻高速公路始于水富县城南端伏龙口，连接正在建设的四川宜宾至云南水富高速公路，止于麻柳湾，与已建成的麻柳湾至昭通二级汽车专用公路相接。工程于 2004 年 11 月 8 日开工。2008 年 7 月 1 日，水麻高速公路正式建成通车。

水麻高速公路概算总投资为 92.09 亿元，平均每公里造价 6800.3 万元，项目总工期 3 年，是交通部一次性在云南批复投资最大的项目。

水麻高速公路工程沿线沟壑纵横、层峦叠嶂、地形狭窄，生态环境脆弱，断裂带、断层构造众多，滑坡、崩塌、危岩落石等不良地质随处可见，加之终年阴雨绵绵、日照少，有效工期短，使得工程的实施难度较大。由于受地形限制，老店子 1 号、2 号隧道采用螺旋展线升坡，成为螺旋式隧道。采用螺旋展线方式，在全国高速公路中尚属首例，为山区高速公路建设提供了新的展线思路。滴水岩特大桥全长 4600 米，为云南已建和在建高速公路项目中最长的公路桥。

水麻高速公路全长 135.5756 千米，结合工程特点，施工过程中有 11 个课题被列为科技攻关项目。

历史的变迁，真是让人难以想象。穿过这条关河的，除了水路、五尺古道、213 国道，人们恐怕很难想象，在这崇山峻岭之间，还会有一条内昆铁路长龙一样蜿蜒。

内昆铁路是 20 世纪末中国西南地区开工建设的又一条重大铁路干线，也是一条主要穿行于老、少、边、穷地区的扶贫线。内昆铁路全长 872 千米，北段四川省内江市（内江站）—四川省宜宾市宜宾县安边镇（安边站）、南段（梅花山站—昆明站）于 20 世纪 60 年代建成。2001 年竣工通车的中段起点为水富站，终点为梅花山站，全长 358 千米，这条铁路从四川盆地攀至云贵高原，山高谷深，地质复杂，气候多变，工程浩大，任务艰巨，新建隧道达 148.86 千米、桥梁 41.8 千米，桥隧总长占线路总长的 53.9%。该段从 1998 年 6 月开始兴建，2001 年 9 月全线铺通。内江至六盘水段又称内六铁路，六盘水至昆明段与沪昆铁路共线。

内昆铁路的修建几遇坎坷。1905年，云南就组建了官商合办的"滇蜀铁路公司"准备开发这条铁路，当时称为叙昆铁路。1909年开始勘测，1919年测量完毕，民国初年和抗战时期也进行过勘测。新中国成立后，1952年由铁道部西南设计分局再行设计，1956年开工建设。北段内江至安边140千米于1960年通车，为内宜铁路；安边至水富段（4千米）作为云南省地方铁路在1996年建成；南段梅花山至昆明370千米于1965年建成，成为贵昆铁路西段；中段于1962年因故停工。内昆铁路南北两段均已建成，剩下中段最艰险的300多千米尚待复工。内昆铁路的这段空白，大部分位于云南东北的昭通地区（现昭通市）和贵州威宁县。这一带山高谷深，有"摔死山羊弯死蛇"之称。昭通地区唯一像样的公路是213国道。这条国道与铁路平行的部分，正是20世纪50年代修建内昆铁路时留下的施工便道。这段公路，夏天塌方不断，冬天路面结冰，旅客被堵在路上十天半月是家常便饭。因为道路险峻，山地灾害频繁，车祸频繁发生。从岔河至昭通，120千米长的公路只能"双日上行，单日下行"，堪称中国最长的单行道。交通不便造成了严重的闭塞和贫困。从1905年云南计划修建叙昆线而成立"滇蜀铁路公司"，到这条钢铁大道真正连接起川滇黔三省，时光已过去将近一个世纪。可以说，内昆铁路的建设史，正是20世纪以来，中国西南交通事业发展的一个缩影。内昆铁路从四川腹地内江出发，经宜宾，下昭通，达昆明。据1995年统计，内昆铁路附近27个县，21个为贫困县，昭通地区人均年收入不足300元。因为路难行，山货运不出去，信息进不来，山民们过着几乎与世隔绝的生活。

1998年6月26日，内昆铁路新建中段工程全线开工。一条断断续续修建了近百年的铁路，开始了跨世纪的建设大会战。修建内昆铁路是党中央和国务院的重大决策。这条铁路北起四川内江，南到云南昆明，北接成渝铁路，连通襄渝、成昆、宝成等铁路，南接贵昆、水柏铁路，连通湘黔、南昆铁路，是沟通云、贵、川、渝三省一市的又一条主要干线，成为西南地区南下出海的便捷通道。内昆铁路的建成对改善沿线交通状况、完善西南路网布局、实施西部大开发战略、促进西南地区经济和社会发展、加快沿线人民脱贫致富、增进民族团结具有重要意义。2001年竣工通车的中段起点为云南水富站，终点为贵州梅花山站，全长358千米，途经四川、云南、贵州3省的宜宾、昭通、毕节、六盘水等4市地的10个县。同时，宜宾至水富段进行了电气化改造，扩建了六盘水铁路枢纽。

内昆铁路中段，特别是大关至昭通段，位于由四川盆地向云贵高原抬升的险恶崇山峻岭，其中大关至田梁子短短30多千米，海拔高度相差达到600至700米，穿过盆地气候与高原气候过渡的终年雾区，一年中浓雾天气占300天以上。大部分线路位于长大隧道，险峻的山腰上，线路一侧是陡直的山壁，另一侧则是深达到几百米的悬崖深渊，桥高路陡，甚至一些车站位于桥上或隧道内，其施工条件极其艰苦，施工环境极其恶劣。

所有专家都认为，把内昆铁路称作"地质百科全书"一点也不为过。这里地质灾害频繁，危害最烈的是岩堆、软土、岩溶、滑坡、危岩落石和泥石流。由于岩堆，内昆线地质钻探的工作量比一般铁路增加了1倍。对付岩堆，建设者的上策是"躲"，实在躲不了，就采用锚固桩坡脚预加固等技术，全线91处岩堆都处于稳定状态。软土在内昆线上竟也"别具一格"地分布在斜坡上，光是李子沟站就发生设计变更30次。内昆线上长5194米的朱嘎隧道，是中国最长的瓦斯隧道。负责进口段施工的铁18局，调集价值4000万元的机械设备，针对高瓦斯、大涌水、软弱地质的特点，组织技术力量进行科研攻关，成功地解决了高瓦斯隧道通风的难题。铁18局在南昆线建成世界V撑第一高桥——八渡南盘江特大桥的那支队伍，负责施工内昆线南段的李子沟特大桥。该桥全长1023.5米，其128米的大跨、联长529.6

米的悬灌连续梁，都是内昆线四大桥之首。位于内昆线南段的花土坡特大桥，最高墩110米。

施工单位中铁17局面临重重难关：一是地质不好，桥位紧邻断层，昆明端桥头侧有一个滑坡体；二是施工难度大，深基、高墩以及连续悬灌梁的线型控制，都缺乏经验；三是气候恶劣，风速高达每秒27米，十分不利于高墩和悬灌梁的施工。施工人员在59岁的全国劳动模范、中铁17局内昆指挥部指挥长王宜强的带领下，硬是提前完成了花土坡特大桥主体工程。2000年10月，中国铁路工程总公司内昆线召开了"内昆铁路水昭段科技创新推先大会"。在新线建设中，由施工单位组织召开科技大会，还是第一次。

中国铁路工程总公司内昆指挥部常务副指挥长石天吉，年近六旬。40年前在内昆线工地时，他还是一个小伙子；40年后他再上内昆，已经是一名指挥北段3万多建设者的运筹帷幄的指挥员。在他和同事们的指挥下，内昆北段提前完成铺架任务，工程质量优良率96%。在内昆线，科技真正成为施工企业市场竞争的利器。

作为文明施工的标志，内昆铁路的环保工作已经走在全国前列：全线1022万立方米的工程弃渣，全都没有弃入河谷，而是采用了各种工程措施予以集中处理。有了隧道弃渣，施工单位宁可用汽车拉到20千米外的山顶，也不"就便"倾倒在河中。铁道部内昆铁路建设指挥部因此领取了"全国水土保持先进单位"的奖状。

对于昭通市尤其是盐津县而言，内昆铁路的修建，极大地方便了当地群众出行。辖区内车站就有滩头四等站、普洱渡四等站、临江溪四等站、盐津北四等站、盐津三等站、豆沙关四等站6个站点。同时，在昭通市境内的彝良县和大关县设站，在昭阳区设立大站。这些站点，成了当地人赶集的驿站，昭通苹果等沿线土特产，正是通过这些站点，运送到四面八方，让外地人尝到了昭通的味道。

因为沾了脱贫攻坚的光，除了水麻高速公路，内昆铁路的修建为盐津当地的发展带来极大便利，石花公路，这条不起眼的公路，则更显其独特魅力。

石缸贡茶是盐津县豆沙镇石缸村的特产，这两年每到清明时节，山上的茶农便纷纷忙碌起来，每年的茶叶总是供不应求。但在几年前，却还是另一番景象。那时，村里的茶叶运不出来，村外的人也买不到正宗的石缸茶，满山的茶叶只有少量农户自己家里炒来待客。

究其原因，几年前的石缸村还是一个交通闭塞的小山村，村里通往村外的公路是一条坑洼不平、晴通雨阻的山道，又窄又陡又危险。交通不便严重制约了石缸村的经济社会发展，那时候村里有哪家能建起两层的小平房就是村内的大户了，石缸村也逐渐成了远近闻名的落后村。

2016 年，可谓峰回路转，这一年，投资 5200 万元连接县城至水田新区的石花公路一期工程开工建设，到 2019 年初，全长 11.24 千米的一期标准县乡道路全面完工。从这时开始，石缸村迎来了巨大的飞跃。

原本破败的山村开始出现了一幢幢高低错落的平房，有些地方还出现了造型别致的别墅和小洋房。村内坪子村民小组的组长说"前些年建房，单是运输建材的运费都足以修半层楼了。现在，货车直接送到家门口，运费节省了一大截"。

同时，村内村外的联系也加强了。做了十几年手工茶的老徐说"这两年炒茶的人又多起来了，公路修通以后，进出方便，村里的东西出得去，村外的人也进得来了，新鲜茶叶的收购价格都提高到了30—40 块钱 / 斤，手脚利索点的群众一天采摘的茶叶能卖 300 块钱"。

正是有了石花公路的建设，村内的群众收入增加了，曾经的危旧板壁房也换成了崭新的楼房，这使得石缸村 2019 年实现了高质量的脱贫。

也正是因为石花公路的建设，石缸村在乡村振兴的道路上越走越宽阔。如今，村里办起了以本地山上出产的新鲜竹笋为原材料的原生态干笋加工厂，办起了养殖规模达 200 头的肉牛养殖场，以及可以生产红茶和绿茶的茶叶加工厂。

山上的群众把日子过得越来越舒心的同时，大家已经在憧憬着更美好的未来，有的群众已经着手扩大茶园种植规模，有的群众正在准备打造山间民宿，还有的群众准备开个农家乐，都准备着借石花公路二期连通县城之机顺利接续发展，使石缸村更加富裕。

石花公路的成功建设直接承载了石缸村 2600 名群众对美好生活的向往，也构筑了这个物产丰富的美丽山村的梦。

昭通的交通建设，水富港无疑是一个绕不开的话题。

水富港是长江干线航道管理的起点，长江、金沙江、横江在此交汇，因此有"万里长江第一港"之美誉，是云南"三出境、两出省"水运交通重要枢纽，云南南北大通道，沟通沿长江各地与南亚次大陆的重要节点，金沙江下游 700 多千米水电站库区两岸水运物资翻坝转运的最后一站，云南省能够实现 3000 吨级以上船舶江海直达运输的唯一港口。水富港也是国家"一带一路"倡议的重要节点、云南省融入"长江经济带"的重要门户，通过水富港向北连接重庆、武汉、上海三大长江航运中心，融入成渝经济区、长江经济带及上海自贸区，向南连接昭通、昆明以及东南亚、南亚等市场经济体，融入中国—东盟自由贸易区、孟中印缅经济走廊，同时也是长江发展战略实施"延上游、通支流"的主战场，战略地位举足轻重。

水富港始建于 1974 年，因修建云南天然气化工厂而建设云天化大件码头。1986 年启动水富港一期建设，工程投资 1565 万元。2007年 1 月启动一期改扩建，工程投资 1.5 亿元，建设 1000 吨级件杂泊位、多用途泊位和重大件泊位各 1 个，设计年货物吞吐量 63 万吨，2010

年 10 月投入试运行。2016 年，启动水富港二期改扩建，投资 24.6 亿元，设计年货物吞吐量 540 万吨，目前中嘴作业区开港试运行，中心作业区已启动建设。当前，正在规划水富港三期改扩建，主要建设内容为将水富港总泊位增加到 17 个，改建内昆铁路桥，连通金沙江大桥，年货物吞吐量 3800 万吨，20 万个 TEU，估算投资 44.7 亿元。

水富港扩建，有着其深远的背景。

水富港作为长江上游区域性重要港口以及第三亚欧大陆桥和云南参与长江经济合作区域性现代物流港，将凭借独特的区位优势，成为第三亚欧大陆桥物流节点的重要组成部分，其在云南经济社会发展中的重要作用将日渐显现。

水富港的建设，有着其重大的发展意义。

水富港的发展重点是依托长江黄金水道资源，拓展港口岸线和纵深，配套多种有效集疏运系统和"一关两检"等设施，建设功能完备，"水、铁、公"联运，对外开放的长江上游重要绿色智慧枢纽港口。

目前，除水富港二期扩建加快推进外，宜宾至水富高等级航道整治工程获得批复立项，向家坝库区 157 千米三级航道整治工程施工招标已完成，即将开工建设，溪洛渡、白鹤滩库区高等级航道、电站枢纽、港口码头前期工作加快推进。

随着水富港的建设发展和这些重大项目的实施，它将被建设成为以集装箱、大宗散杂货为主的装卸储存、中转换装、措施联运、临港开发、现代物流、综合服务的综合型港口，打造成云南省融入国家长江经济带和"一带一路"的核心交汇点。将加快推动水富至绥江综合交通枢纽一体化发展，有效促进西部区域运输、流通、商贸等相关行业快速发展，迅速改善港口腹地的投资和发展环境，有力带动昭通市及邻近地区的经济发展，为昭通加快融入长江经济带、加大对外开放步伐、打赢脱贫攻坚战、实施乡村振兴战略等提供强力支撑。

2020 年 1 月，习近平总书记再次赴云南考察，要求云南主动服务和融入国家重大发展战略，以大开放促进大发展，加快同周边国家互联互通国际大通道建设步伐。云南省委、省政府也要求昭通加快对内对外开放步伐，抓住交通基础设施和各项公共事业大幅改善的契机，奋力促进滇东北开发。

雄关漫道真如铁，而今迈步从头越。

昭通市再一次立于风口。经过深入调研后，提出了"十四五"规划的基本思路。

在谈及昭通市"十四五"及今后综合交通发展思路时，昭通市委副书记、市长郭大进如是说：

"围绕昭通服务和融入国家'一带一路'、长江经济带、西部陆海新通道、新一轮西部大开发等国家重大战略，我们对全市综合交通作了一个总投资 5370 亿元的规划（其中'十四五'至少落地 2100 亿元），重点构建'一沿两纵两横'大通道，'一核两极四中心'大枢纽，'公、铁、水、航、管'融合发展畅通全国的大物流，人、车、路高效协同的智慧交通，'交通 + X'融合发展的综合交通。"

说到交通对一个地方的革命性改变，大山包国家公园可谓典范。

大山包，一个遗落人间的天堂。

在昭通，大山包无疑是一个必去之地。不去不知道她有多美，去了就舍不得离开。

大山包最高海拔 3364 米，192 平方千米的土地上，分布着高山草甸、淡水湖泊、高原湿地、高山峡谷。其景观元素之丰富，在世界其他地方，很难找到。

如果说这些自然景观其他地方也能拥有的话，那大山包每年有1300 多只黑颈鹤飞临越冬，这可是世界独一无二。黑颈鹤是国家一级保护动物，是目前仅存的 15 种鹤类中唯一生活在高原的一种鹤，全球只有近万只，每年飞到大山包越冬的就有六分之一。因此，国家林业和草原局曾命名大山包为中国黑颈鹤之乡，大山包，毫无争议地成为全球最大的黑颈鹤越冬栖息地。同时命名的还有四川的若尔盖地区，那里是黑颈鹤的繁殖地。

黑颈鹤体型大，伸长脖子可达一米多高，全身灰白的羽毛像是穿了一件朴素却质地上好的衣服，看上去典雅、大方、高贵。脖颈处有一段黑得发亮的羽毛，头顶有一小块红斑，远远看去，像是盖了一枚印在头顶。别小看这一小块红斑，正是这一块不起眼的红，让黑颈鹤卓尔不群，其高雅气质瞬间燃爆，超凡脱俗。

黑颈鹤一般选择在每年农历的九月初九从西藏和青海湖畔飞回大山包越冬，到第二年的三月初三，再飞回青海或者西藏，抑或西伯利亚。

黑颈鹤飞到大山包，可谓进入了天堂。它们一般在车路村的大海子和合兴村的跳墩河湖畔栖息，在大山包广袤的高山草甸上，小山包像蒙古包一样一个连着一个，山包与山包之间，沟壑与溪流纵横蜿蜒，整个大山包境内，不是草甸，就是湿地，最适合黑颈鹤越冬生存。

黑颈鹤们每天醒得可早了，天蒙蒙亮，就有一只哨鹤警觉地环视四周，起飞巡航，看看有没有外来威胁，如有敌情，便会凄厉地叫几声，所有的黑颈鹤家族便静默不语，继续站立水中潜伏。如果哨鹤没发现敌情，那这一天，便是黑颈鹤们平安愉快的一天。哨鹤便一飞冲天，带头飞向远方。其他的鹤族成员便一只只挨个起飞，像是列队巡航的一架架战机一样，一会儿排成人字，一会儿排成一字，在蓝天翱翔。

白天，黑颈鹤们会来到湿地或者山坡上，去觅食，它们或三三两两出行，或成群结队撒欢。大多时候，它们会一家三口活动，或是一对相恋的鹤出游。它们在草甸、湿地、庄稼地四处漫游，悠闲觅食。真是过上了一种闲云野鹤般的日子。

到了下午1点，它们就会飞回到大海子湖泊的坝埂附近，因为在那里，有黑颈鹤管护局聘请的一位老奶奶常常会带着她的儿媳陈光会，去给黑颈鹤投食。给黑颈鹤吃的，大多是包谷籽，忙的时候，就老奶奶或者陈光会单独去，背上背一个竹背篓，里面装了几十斤包谷籽，她们穿过松软的草甸，涉过溪水，抵达投食地。多年了，这似乎已成惯例。每到这个时候，黑颈鹤就会从山山岭岭飞来，降落在附近的湿地上，再一步一步漫步过来，和其他的鹤聚在一起，这像极了飞机的降落。

黑颈鹤是会跳舞的，每到中午，当投食员把背篓里的包谷籽撒在草甸上，黑颈鹤们吃饱喝足后，就有了嬉戏跳舞的闲情，开始单脚站立，翅羽灵动，有调皮的鹤儿还会与小伙伴们打闹追逐。更有情侣含情脉脉凝目相望，或结伴漫步水边。好一幅人鹤相处的和谐美景。

天黑以后，黑颈鹤也到了休眠的时间。它们纷纷从四面八方的山坡飞回大海子和跳墩河湖泊的水边，沿浅水处一排排单腿站立在水中，把头缩在翅膀的羽毛中。一排排，一团团，像是一群潜伏防敌的士兵，伪装成水草，随时可以逃命或者反击。夜，静得只能听见风声和水声。黑颈鹤似乎更喜欢这样的夜晚，它们不喜张扬，不事繁华，唯独喜欢这样静谧的山乡之夜，尽管它们异常警觉，也时刻提防夜袭，但实际上，随着近年来保护工作的精细化，护鹤意识的提升，黑颈鹤已没啥劲敌，当地群众都把黑颈鹤当作宝贝一样对待，像对待自家的儿女一样护在心窝，慢慢地，黑颈鹤也不再警惕，变成了大山包与人和谐相处的一个物种。它们与大山包高原草甸上那些奔跑的猪、牛、马、羊成了最亲密的朋友，一起漫步草场，一起觅食，一起玩耍。在细雨中、在阳光下、在轻风里、在雷暴中共同体味大自然带给它们的乐趣。

到大山包拍鹤，是摄影家们最大的乐趣，每到冬季，就会有来自海内外的摄影家涌上大山包，住在大山包小镇大阳窝那些干净清爽的小旅店中，每天天不亮就起床，扛上照相器材，赶赴大海子或者跳墩河湖畔，占据最佳的拍摄位置，拍摄黑颈鹤迎着朝阳起飞的最美状态。这些摄影家，不怕苦、不怕累，把拍到每一帧精美图片作为自己的最大目标。

摄影家孙德辉先生，一生与黑颈鹤结下了不解之缘。他每年冬天都坚持到大山包拍摄黑颈鹤，这个常年戴一顶太阳帽的高个子男人，因长时间行走在大山包高原上，脸被晒成了高原红的古铜色。为了拍黑颈鹤，他时常披一件当地人的羊毛披毡，蜷缩在草丛中，一动不动，像是潜伏在战场上一样，埋伏好等待黑颈鹤的光临。最近的一次，孙德辉先生只与黑颈鹤相隔不到一米的距离。为了保护好黑颈鹤，孙德辉还发起成立了黑颈鹤保护志愿者协会，协会会员遍布昭通市甚至国内外各级机构，每年都会开展丰富的公益保护宣传活动。由于组织有力，活动丰富，实效明显，黑颈鹤保护志愿者协会获得了不少荣誉。至今，这个协会先后换了王昭荣和牟延安两任会长，活动一直正常开展，在昭通深入人心，对黑颈鹤的保护起到了重要的助推作用。孙德辉先生还把黑颈鹤与当地村民的关系、人退鹤进的关系、脱贫攻坚与黑颈鹤的关系等作为拍摄主题。在他的镜头里，大山包的民居、装束、风情、民俗、生存状态、生活变化都有大幅度呈现。他用自己的镜头，记录了大山包的变迁，尤其是脱贫攻坚取得的巨大变化。

昭阳区摄影家协会主席祝明，多年来一直坚持在大山包拍摄黑颈鹤。为了拍摄更真实的瞬间，他在跳墩河的湖畔湿地中搭建了一个小窝棚，每到冬天，他就会来到大山包，晚上住在小窝棚里，等第二天天亮之前，拍摄黑颈鹤起飞与日出交相辉映的瞬间。

说到拍摄大山包的摄影家，大雄无疑是绕不开的一个。这个80

后小伙，利用自己在大山包镇政府工作的有利条件，从对照相机一窍不通，到现在成了最懂大山包的人。因为常年住在大山包，不存在因为冰雪天气封路等原因失去拍摄的最佳时机。大山包属典型的高原山地气候，可谓一山有四季，十里不同天。尤其在鸡公山大峡谷一带，上一分钟和下一分钟，瞬息万变。因为近水楼台，加之对摄影的酷爱，大雄总是能抓住拍摄的最佳时机，近10年的积累，他拍摄了数千张关于大山包的图片，这些图片，也成了大山包生态保护与脱贫攻坚的有力见证。

马来西亚华人摄影家卢汉州先生，从20世纪80年代一直坚持到大山包拍摄黑颈鹤，一去就是十天半月，住在大阳窝小镇上的小酒店里，每天早出晚归，翻山越岭，去捕捉那些动人的瞬间。记得1995年的春节，卢汉州先生又背着他的照相器材来到了大山包，当时大雪封山，卢汉州先生被困在了大山包，我邀请他到我家过春节，还给他当向导。每天帮他背着几十万元的照相器材，穿上长筒水鞋，朝着黑颈鹤聚集最多的地方大海子进发，我俩每走动一步，脚都陷入了一尺多深的雪中。好几次，那雪粒都灌入了我的长筒水鞋中，又冰又滑。卢先生是外地人，对这样的艰苦生活开始还不适应，但慢慢地也就克服了。"常年在外拍片，啥困难我都能克服，大山包这点雪，不怕。"

大雪覆盖的大山包，漂亮极了，大地白茫茫一片，在阳光下反射出一道道雪光，整个天空和大地成了一片金晃晃的光亮世界。大地干净、静寂、广博。黑颈鹤一只只、一群群或天空飞翔，或大地停落，成为雪地上的一个黑点，或一团浓墨，点点染染，整个大地俨然一幅清新淡雅的水墨画。

当黑颈鹤那一声声咕嘎的欢快的鸣叫声次第响起之时，卢汉州先生兴奋不已，扛着摄像机或奔跑或直立或蹲守，恨不得每一次美丽的飞翔都能进入他的镜头。

见卢先生都如此，我还能说什么呢。作为本地人，尽管我也怕冷，但有了卢先生火一样的激情，我也受到了鼓舞，一直陪了卢先生好些天，直到他拍到自己满意的好片子。

大山包，除了闻名中外的国家一级保护动物黑颈鹤，还有一道雄奇壮美的鸡公山大峡谷。到大山包，给人的都是蒙古草原一般的感觉，却没想到，当你走到天边尽头处，一道断崖大峡谷横亘眼前，令人震撼。地理专家考证，这是地壳运动的结果，玄武岩的大断裂形成了眼前的大峡谷。一座似雄鸡头的险峰异峰突起，高昂巨头。尤其云海翻滚的时候，鸡公山俨然一艘巨轮航行于大海之上，气势非凡。

大山包之所以深受摄影家的喜爱，还因为那满坡的马铃薯、苦荞、燕麦和一地的湿地野花，以及在蓝天白云下那奔跑的孩童、耕作的农人、闲适的牛羊。正是这些美丽、丰富、多彩的元素，使大山包成了摄影家和科考旅游爱好者的天堂。

然而，这样一个有着国家 5A 级景区潜质的处女地，却没有一条像样的路，一度成为通往大山包的一道巨大屏障。说到昭通城通往大山包的这条路，我感慨颇深。

我出生在大山包，七八岁第一次进城，是父亲带我去的，还记得，当时是 20 世纪 80 年代，我们坐上了每天一趟的班车，人像是排大蒜一样挤在中巴车内，汗臭味、叶子烟味、酒味各种味道混杂在一起，让人差点窒息。

80 年代，昭通到大山包只有一条省管公路，是一条不到两米宽的土路，遇到雨天，到处坑坑洼洼，难以通行。时常有大货车被陷在路上，挡住车流。这一堵，有时是几个小时，有时是一天甚至两天，两头的车队堵得像是两条长龙。被陷在坑里的车，有的倾斜达四五十度，眼看就要歪倒在地，吓得过往行人赶紧躲得远远的。司机就找来熟人帮忙，过往的其他车辆的司机也搭把手，有的挖土，有的垫木板和石头，有的用千斤顶帮着支撑，有的则开个车子在前面用根钢索拴在被陷车子前面的挂钩上，加足马力拖拉被陷的车辆。每一次营救，都会把一干人马累得满头大汗，把堵在路上的人也等得急猴似的。直到终于通了，心里悬着的石头才终于落下来，看到了希望之光。

在大山包通往昭通城的路上，是必须要翻过一座大山的，这座大山叫阿鲁白梁子。解放前，凡是进昭通城的过往行人，走路也必须翻越这一座屏障一样的大山。那些挑夫和做生意的小商人，每次挑着货物汗流浃背地爬上山垭口，经常被土匪洗劫一空，惨的丧命山野，幸运的人逃走了，但金银财宝和货物却被打劫了。

解放后，1958 年修通了这条公路，由于没有硬化，道路坑洼不平，即使天晴，正常情况，从西边鲁甸县的龙树镇翻越大山到东边的昭阳区的苏家院镇，都得一个小时左右。这条道路因山高坡陡，狭窄艰险，翻车是常有的事。一遇洪水季节，经常冲断公路，或者塌方阻断交通。每次从大山包进城，凡未翻越这座大山，人们心中总是放心不下，绷着一根弦，眼前总是浮现出那些翻车死人的场面。尤其到了冬天冰天雪地之季，因阿鲁白梁子海拔高，气候严寒，每年总有一两个月时间冰雪覆盖，但却阻挡不了来往的车流。为了生存，那些驾驶员们总是想尽各种办法，给车挂上防滑链条，再难也要上路，再险也要翻山。因为这样的冒险，翻下山的车辆也不计其数，但几十年来，还是不停地有人去冒险，去挑战，因为他们总是相信，不会有事的，他们技术过硬，运气绝佳。他们为了改变生活而做出的种种努力，让许许多多渴望改变的人，丧生阿鲁白梁子。

直到 2017 年 9 月 28 日，随着大山包一级高速公路宣布开通，人们惊奇地发现，原来翻越阿鲁白梁子需要一个小时的时间，而现在从阿鲁白梁子的山脚打通了一条 3 千米长的隧道，只需要 3 分钟就能穿过。如此穿越，真有穿越时空的味道。今天，从昭通城到大山包，由原来的最长十几个小时到四五个小时再到后来两个小时，现在只需要不到一个小时的时间。

这条全长 40 余公里的一级高速公路，沿途经过昭阳区的永丰镇、苏家院镇和鲁甸县的龙树镇、新街镇，还成了国道 G356 的重要一段，通过这段路，可以直通四川凉山州，打通云南、四川的交通大动脉。

尤其重要的是，因为这条高速公路的修建，使养在深闺的大山包国家公园惊艳面世，原来因为交通不便，阻止了向往大山包的探秘者，如今，这条公路的建成，使大山包一下子变成了一个离昭通城只有一小时车程的旅游探险和科考目的地。如此巨变，让人叹为观止。

人们惊喜地看到，因为脱贫攻坚战略的实施，大山包变得不一样了，由人人不愿去，谈山色变，成了人人向往的天堂。

大山包，未来可期。

为了使前往大山包旅游科考者能有一个优质的食宿悠闲地，昭通还在大山包公路的起点、昭通城南郊凤凰山脚开发了凤凰山温泉文旅小镇，在龙山寨规划开发了苹果小镇，在昭通城北开发了朱提小镇，以永丰镇绿荫村万亩荷花和稻田开发的千顷池湿地公园也正在推进之中。

尤其让人眼前一亮的，是昭通引进温德姆酒店集团，在昭通北郊文体新区会展中心旁，建设了一个五星级酒店。酒店为群落式建筑组成，单体建筑最高三层，全是坡屋顶，青瓦灰墙，尽显华贵气质。

温德姆酒店南侧，是昭通最大的水体公园——省耕国学文化公园。省耕国学文化公园，原本只是一个满足昭通城南部农田灌溉的水库，脱贫攻坚实施以来，昭通走"产城融合之路"，改善营商环境，打牢发展基础，做实基础设施。通过规划先行，将省耕塘改造成了国学文化公园，围绕 1600 余亩水体，规划了内环步行道和外环车行道，建设了国学文化广场、二十四孝广场、诗词歌赋广场、天时文化广场等一系列中小型文化广场，建成了仿古群落式的昭通书院和乡愁书院，建了码头及临水廊道，整个公园绿树成荫，曲径通幽。公园建成后，吸引了中国前十强的碧桂园、红星美凯龙、中梁地产、融创等知名房地产企业入驻开发。目前，围绕省耕湖周边，各地产商开发的项目基本售罄，项目推进如火如荼。省耕公园的修建，极大地提升了昭通的城市品位，成了昭通人每天傍晚必去的打卡休闲地，大大地改善了昭通的人居环境和生活质量。

由于城市居住环境的快速提升改善，加之昭通年平均气温只有13度，是远近闻名的避暑胜地，有"秋城"美誉，就连昭通周边的四川、重庆人，都纷纷到昭通购房。省耕公园周边的房子，就成了这些渴望来昭通避暑的人的首选之地。

而温德姆酒店，就坐落在省耕公园以北不到1000米的地方，住在这里的客人，可以呼吸到省耕湖水清新的气息，还可以在每天晚餐后去休闲锻炼，感受昭通之夏的秋韵。

中国作协副主席、中国报告文学学会会长、著名作家何建明先生第一次入住时，惊叹地说："没想到在昭通这样的贫困地区，还有这么好的酒店，这样的酒店，就是在北京，也很难找到。这也充分说明，昭通干部的思想很开放，昭通脱贫的步伐加快了，只有构建更好的营商环境，为各路人才提供好吃住行的服务，才能引来更多的凤凰，也才能促成大开放、大开发、大发展。"

昭通，这个在历史上曾经"乌暗蒙蔽"之地，因为路，一通百通。"昭明通达"之气象，已然显现。

教民务农的现代版本

昭通，曾有过悠久的农耕文明史。

人类的文明史，大抵都与河流有关。黄河流域和长江流域就是明证。人类邻水而居，繁衍生息。

昭通博物馆，至今仍保存着一颗出土于昭通北郊闸心场过山洞的人牙化石，该化石的出土，证实10万年前，早期智人"昭通人"就在这里繁衍生息。

史载，在距今2700年左右的西周末至春秋中期，昭通坝子因千顷池畔得天独厚的自然地理条件，农耕经济发展较快，一位从高山上战败虎狼、砍荆棘开道路来到昭通坝子，以"教民务农"为业、名叫杜宇的部落首领，率领他的子民，在"纵广五六十里的"千顷池畔开荒种田，修沟打塘，理渠垄埼，放牧养禽，使昭通坝子这块蛮荒之地变得更加美丽富足。这个不安于现状的昭通人的祖先，带着他的妻子梁利和他的部落，沿朱提江而下，日夜兼程、不顾劳累直接进入了川西平原，在那个更广阔的地盘上发展他的事业，继续传播他所掌握的先进的农耕技术。

在那个以农为生的时代，杜宇凭着对农耕技术的理解和把握，教蜀王鱼凫氏的蜀民种植稻、菽、桑、麻等农作物，使蜀地的农业生产得到了前所未有的发展。得到蜀民拥戴的杜宇凭着他博大的爱民情怀、过人的智慧和胆识，在蜀地代鱼凫王称帝，号望帝。对于这一史实，在西汉史学家、文学家扬雄所写的《蜀王本纪》曾有过如下记载："……有一男子，名杜宇，从天堕，止朱提。有一女子，名利，自江源井中出，为杜宇妻。乃自立为蜀王，号曰望帝。"可见，在杜宇时代，昭通千顷池畔的农耕文明就已相当发达，影响深远。

到了西汉移民屯田时，牛耕技术已经传到了昭通坝子，那时，昭通坝子的千顷池水域宏阔千里，水质清澈见底，周围水草丰茂。千顷池畔阡陌纵横，炊烟袅袅，鸡犬相闻，"昭通人"过着一种日出而作、日落而息、男耕女织的悠闲生活。

汉武帝通夜郎、西南夷后，为进一步加强对"南夷"地区的治理，增加赋税，以减轻朝廷的负担，于元封二年，扩大了对"南夷"地区移民屯垦的规模和力度。任何事物都有它的两面性，移民屯垦促进了农业生产的进步，加速了对"南夷"地区的开发，但由于人口密度增大，这片古老土地已经超过了它应有的承受力，不堪重负，按当时的农业水利设施和已有的耕作方式，显然已经适应不了时代发展的需要了。加之当时气候干旱，天灾经常发生，还要向当地官府上缴赋税，老百姓生活十分困难。

在这种举步维艰的情况下，一个被昭通人称为"文齐皇帝"的地方官横空出世，力挽狂澜。文齐上任后，当他看到朱提大地干旱缺水、百姓求雨心切的景况时，万分忧虑，带着技术人员踏遍了昭通的山山水水。终于，功夫不负有心人，就在昭通坝子的北面山脚，也就是今天的昭阳区北闸镇大龙洞，文齐惊喜地发现了"龙池"，凭他多年走南闯北的丰富阅历，文齐感觉到了这股清泉的无限生命力。在文齐的主持下，这股清泉得以引出，并沿文齐在昭通坝子建筑的网一样的沟渠，流淌到了每一块土地。昭通坝子再一次焕发了蓬勃生机，发生了历史性的变化。短短的几年间，昭通坝子的子民们年年丰收，安居乐业。昭通的农业耕作技术，再一次迈出了历史性的关键一步。这个时任犍为郡都尉的文齐，也因为"穿龙池，溉稻田"而在朱提农耕文明史上创造了新的辉煌，写下了壮丽的诗篇。

为了纪念文齐"穿龙池，溉稻田，为民兴利"的恩德，对文齐万般尊重的朱提百姓为他"立祠"祭祀。2000年后，昭通人民再次捐资在大龙洞和省耕湖畔为文齐铸建了铜像。文齐，这个引水灌溉昭通坝子、滋润万民的地方官，永远活在了昭通人民的心中。

风雨沧桑挡不住历史的脚步，岁月的车轮总是一往无前。

公元1274年，元世祖忽必烈任赛典赤为云南行省平章政事，赛典赤主政云南期间，采取了一系列改革举措，革新吏制，轻徭薄赋，兴修水利，发展生产，奉行民族和睦、民族团结政策，使云南进入了一个和平发展的关键时期。

元朝虽然统治时间不长，也就是近百年的历史，但一直没有放弃对乌蒙地区的治理和开发，"为户军近10万，对于开发乌蒙无疑起到了积极的作用"。正是因为元朝继续奉行了派兵屯垦的政策，使得乌蒙地区出产丰饶，百姓富裕，农业经济又大大地向前迈进了一步。

这一繁荣昌盛的景象，在马可·波罗于公元1289年前后从昆明返回大都途经乌蒙时大加感慨，作了这样珍贵的记录："环墙之城村甚众"，"其地有甚饶。居民以肉、乳、米为粮，用米以最好香料酿酒饮之。"

明代继续和发展了元代的屯田制度，认为"纾民力，足兵食，边防之计，莫善于此"。据万历《云南通志》记载，明代来云南屯田的商民人数达40万—50万，屯垦133万亩，占全省总耕地的近一半。

建立在小农经济基础之上的封建专制政权，始终把农业看作经济发展的命脉，当作事关国计民生的大事，始终坚持倾全力发展农业生产。至清朝乾嘉时期，为了在改流后的昭通府尽快恢复农业生产，清政府继续采取了移民垦荒、兴修水利等有效措施。

雍正十二年，先后从云南、曲靖、澄江三府，"资遣务农之家一千户，户三十亩，给牛具，颁籽种，发币金盖房栖止"。由于朝廷高度重视移民之策，各项措施落到实处，仅在恩安县内移民户数就达1700户，有人耕种的田地面积增加到34000余亩。

到乾隆二十一年（1756），仅相隔20年左右，"黔蜀江楚之贸迁至此者，渐次承业"，户数增到7000余户，耕种田地达78000多亩。到乾隆四十五年，水田旱地增到201342亩。据《滇南志略》记载：道光年间，昭通府五属有民田561388亩。

由于采取了优惠的招垦措施，大量移民源源不断地拥入昭通，朝廷把抛荒土地和土司领地分给"兵民夷户"，并"立清界限"，"给予执照，永远为业"，扶植了大量自耕农，乌蒙大地的农耕经济又进一步得到了发展。

清政府还积极从外地引进一些适合昭通种植的粮食品种。迄至雍正年间，昭通种植的粮食作物还十分单一，坝区只种植水稻，山区只有荞麦。乾隆时期，清政府引进了高产农作物包谷和洋芋。包谷和洋芋这两种农作物，原产于美洲，后传入欧洲大陆，对欧洲农业生产起到了巨大的作用。而在我国，直到明万历时期才在福建首先引种。对于包谷和洋芋这两个品种的引进种植，学者方国瑜曾有过这样的记述："传至云南普遍种植，则在公元17世纪中叶以后，就在这时，云南各地开发山区农业生产，得到这两种山区高产的农作物，对于发展山区经济起了重大作用。"

把土地当作命根的昭通人，世世代代在这片古老的土地上耕耘，他们把大脑与土地、双手与土地的关系拉到了零距离，他们把人对于土地的依赖和开发发挥到了极致，使得昭通这个地方，自有了人类以来，就从来没有放弃过对这块土地的经营和改造。也正是在这个过程中，昭通人的祖先们从历史的深处披星戴月一路走来，创造了一个又一个振奋人心的新辉煌。

善于在土地上创造奇迹的昭通人，多年来一直在编织着一幅绚丽多姿的彩锦。今天，放眼昭通大地，这里已不再是一片不毛之地，更不是一处蛮荒之所，现代农耕文明的种子早已经播撒在了每一个可以生根发芽的角落，规模化、产业化和高度组织化已不再是一些陌生的新名词，现代农业科技的春风抚过了乌蒙大地，使这块稻浪馨香、牛壮鱼肥、果蜜花艳的古老土地焕发出了勃勃生机。

尤其近几年来，昭通在发展高原特色农业种植上下了大功夫。在发展苹果、竹子、马铃薯、天麻、花椒、特色养殖六大高原特色产业上，取得了前所未有的成绩。

说起昭通六大高原特色产业，昭通市委书记杨亚林特别自豪。

"我们突出做好产业培育这篇大文章。产业散、小、弱本就是昭通最大的短板弱项。在 2017 年全市精准识别摸底调查中，贫困群众生产经营性收入仅占 20.22%。为此，我们坚持以新理念新机制新技术引领新发展，充分借鉴云南烟草发展模式和经验，按照良种良法、高度组织化和集约化模式、党支部 + 合作社'三个全覆盖'和'村村有亮点、组组有看点、户户有支撑'的要求，持续推动苹果、竹子、马铃薯、天麻、花椒、特色养殖'6 个百亿元'高原特色产业加快发展。目前，在实现'此苹果非彼苹果'蝶变的同时，以高度组织化、规范化为前提，全市苹果种植面积近 80 万亩，正朝着百万亩果园的目标迈进，规划建设的 600 万亩竹基地已建成 450 万亩，300 万亩马铃薯正逐步实现'昭通大洋芋、世界马铃薯、扶贫大产业'的蜕变。特别是昭通海升现代农业公司规范化种植的 10 万亩苹果示范园，成为全国最大单体连片矮砧密植苹果种植基地，'红蛇''华硕'等优良品种每亩最高收益突破 10 万元，苹果树真正成为了'致富树''摇钱树'。"

一座城市抑或一个地方，如果没有产业做支撑，那这座城市是没有动能的，一段时期，昭通，这座依托传统自然经济发展起来的城市，产业散、小、弱，拿不出拳头产品。

为了解决城市发展动能的问题，昭通曾做过很多探索。烤烟，曾是昭通唯一可依托的重要支柱，至今依然不可替代。昭通曾经历过发展传统苹果种植，但到 20 世纪 90 年代种植水平相对较低，单打独斗的种植模式难以形成规模效应，再加上销售不畅，苹果滞销，一些种植户开始砍苹果树，改种玉米。

在昭通，苹果种植已有 80 年历史。1940 年，留美博士吴镜漪从美国引进 158 棵苹果树，种植在昭通昭阳洒渔李仲举家的庄园内，从此开启了昭通苹果种植的历史。

昭通苹果的种植，经历了 20 世纪 40 年代到新中国成立、20 世纪 50 年代至 90 年代、2000 年到 2015 年、2015 年至今的 4 个发展阶段。从第一棵苹果树落地昭通，到今天全市苹果种植近百万亩，经历了从印度青、金帅、红将军、青香蕉等早、中、晚熟品种到今天的红露、黑卡、华硕、富士的升级换代，其间耗尽了无数科研人员的心血，凝聚了各级领导干部与千万果农的辛劳和汗水。

"昭通苹果，是上天赐予昭通人的最好礼物，是贴在昭通人脑门上的标签，要把昭通苹果打造成全国高端苹果塔尖上的 10%，实现'此苹果非彼苹果'的华丽转身。"

近几年来，昭通引进龙头企业海升集团，并与海升集团联合成立了昭通超越公司，专门运营发展苹果产业，通过高度组织化，大力推广苹果矮砧密植技术，打造了昭阳红苹果品牌，连续举办了三届昭通苹果展销会。种好苹果、卖好苹果两手抓，两手都见效。

在昭阳区永丰镇和布嘎乡交界地段，艳阳下的山山岭岭，目光所及，那些从农民群众手上流转过来的土地上，满山遍野都是苹果树。阳春三月，苹果花开或白或粉，繁成一片花海，一排排标准化建设的苹果树像一排排列队待检阅的士兵，其阵势令人震撼，树上结满了圆润的大苹果，红彤彤，一个个火一样，一抹抹霞一样，每亩地可种 191 株，每株树结 28.5 公斤苹果，亩产 4—5 吨，产值近 10 万元。在技术上，完全可以控制其个头大小、味道酸甜度，实现精细化管理。如今，昭通苹果主要种植于昭阳区和鲁甸县，以昭阳区为主，昭通苹果种植已达 80 万亩，一座 100 万亩苹果园、100 万人口高度融合的苹果之城，呼之欲出。

追溯昭通苹果的种植历史，我们可以更深入地看到昭通苹果的潜力所在。

昭通苹果是云南引种最早、分布最集中的西洋树种，已有近 80 年种植历史，历史上自古就有"北有烟台，南有昭通"的说法。目前昭通已成为中国西南冷凉高地优质苹果生产基地，全国苹果生产最适宜区之一。与全国其他苹果产区相比，昭通苹果色泽鲜艳、肉质细脆、甜酸适度、汁液丰富、风味浓郁，具有"成熟早、甜度好、香味浓、口感脆"的特点。

昭通着力攒紧"苹果"这个主打产业，使之规模与质量、品牌与效益同步提升，实现"此苹果非彼苹果"的根本性转变，一座"城在园中、园在城中、半城苹果满城香"的美丽画卷徐徐展开，百万人口与百万亩苹果高度相融的半城苹果满城香的"苹果之城"正在乌蒙山中奋力崛起，"秋韵昭通、苹果之城"的独特魅力不断彰显。

经过长达 80 年的引种、培育和发展，昭通苹果种植面积和产量分别占云南省 114 万亩、99 万吨的 58.77%、65.66%，成为西南冷凉高地苹果种植面积、产量最大的地区，稳居全省乃至西南冷凉高地产区首位。

如何擦亮品牌，举起昭通苹果向高端消费、高端市场迈进的"敲门砖"，这是昭通苹果产业发展的一道必答题。昭通以打造"绿色品牌"为契机，大力实施品牌战略，"昭阳红"苹果品牌的"金字招牌"应运而生。借助各类农业展会、产销对接会、品牌推介会、苹果展销暨"昭阳红"品牌发布会，推动了昭通苹果走出西南、走向全国乃至国际市场，全方位打造"品天下苹果，还看今昭""晒出高原红才叫昭阳红"的品牌形象，品牌战略实施力度不断加大，国内影响力得到全面提升。在京东、淘宝、天猫等网上渠道销售昭通苹果的企业、合作社、店铺近 1500 家，近 4 年来网上销售昭通苹果超过 883.3 万件。目前，昭通苹果市场已由西南拓展至东部沿海城市和东南亚及南亚国家等地区，全市苹果市外销售占比超过 80%。同时，全面推进"三品一标"认证，着力提升区域、企业、产品竞争力。

从上市企业陕西海升集团与昭通共同组建的昭通超越农业有限公司总经理李炳伟口中，我们找到了昭通苹果的关键密码。

李炳伟，这个成天在苹果园里和市场之间奔忙的中年男人，以其独具匠心的现代新农人理念，带领团队在昭阳区永丰镇打造了全国单体最大矮砧密植苹果种植示范园 10 万亩，建成了全国单体最大苹果冷链物流园。

说到李炳伟，得先说说昭通超越农业有限公司。这家位于云南省昭通市昭阳区永丰镇新民社区、专门为打造苹果产业而组建的公司，于 2018 年 3 月 1 日成立，注册资本 1000 万元，由国家级农业产业化重点龙头企业海升集团投资 70%、昭通市昭阳区农业投资发展有限公司投资 30% 共同成立，走"公司 + 党支部 + 合作社 + 农户"的发展模式。

讲起苹果创业之路，李炳伟有说不尽的故事。

"我是 1998 年参加工作，一直从事浓缩苹果清汁深加工业务。2012 年海升集团从浓缩苹果清汁加工向上游种植端转型。2018 年海升集团尚处于战略转型关键时期，昭通市为实现脱贫攻坚目标，寻求产业支撑，决定推广现代矮砧密植苹果种植模式。在这种情况下，我来到昭通，涉足现代农业领域，目前公司业务主要涉及高原特色水果苹果、车厘子、水果胡萝卜等种植和销售。

"现在市场不缺水果，缺好品质的高端水果。现代农业转型升级，更多反映出来的是核心竞争力的问题。只有打造属于自己的核心竞争力，才能把握住发展机遇。我们公司就是一手抓品质管理，一手抓品牌建设，生产出好品质水果。这为公司的技术创新及稳定经营提供有力的市场支持。"

对于当今农业产业存在的一些突出问题，如何培养形成一个良性高效的农业产业，需要社会上哪些重要力量支撑，李炳伟有自己的思考。

"从我们公司这些年的发展来看，农村农业要解决以下问题：首要的是解决农业收入低的问题，传统农业种植，如玉米、大豆含劳务收入每亩不足 1000 元；其次要解决生产效率低的问题，传统农业种植主要靠人力耕作，标准化程度低，难以通过机械化生产管理来提高效率；再就是解决好专业化的问题，目前国内从事农业生产的主要是六七十年代的人，耕作模式粗放，农业专业水平普遍不高；还要解决规模化的问题，目前国内农业主要以家庭生产为主，土地零碎，规模化、集约化程度不高，难以实现较好的经济效益；同时还要解决好品牌化的问题，如规模小、散、弱，品质参差不齐，专业化程度又低，根本无法形成品牌效应。

"一个良性高效的农业产业，必须要有多方力量助力，方能显其效力。高素质的产业工人、先进的技术团队、地方及集体经济的广泛参与、地方政府强有力的支持，这些因素都是不可或缺的。"

对于公司目前的主营业务，尤其是苹果产业的发展和优势，李炳伟如数家珍。

"在昭通，我们大面积推广现代矮砧密植苹果种植模式，矮化砧木树体矮小，枝叶简单，叶果比仅为 20：1，传统乔化树为 50：1，这种种植模式，使得 75% 的营养用于果实生长，消耗于枝干的营养较少；且树高为行距的 80%，树冠窄薄（小于 1 米），光截获率为70%—75%，采光充足、着色好、糖度高，还苹果以阳光、自然味道，保证了果实的高品质。

"矮砧密植种植技术生长的苹果，每棵树有 35—45 个侧枝，每个侧枝 50—60 厘米，拉枝角度 90—120 度，挂 4—5 个果，每棵树约挂果 28 公斤，平均亩产 4—5 吨，相比乔化树 2—3 吨高 30%—40%，实现了高产出。

"矮砧密植技术可实现第一年开花，第二年挂果，和传统乔化树栽植四五年挂果相比实现了早挂果。

"矮砧密植技术利用优质大苗建园，大幅压缩幼树期，栽植三四年就可达到丰产，和传统乔化树栽植三四年开花，六七年丰产较早收回投资。

"采用先进的水肥一体化技术，提高肥料的吸收利用率，实现节肥 60%。

"采用国际先进的精准滴灌技术，每亩用水量仅为 80—120 方，和乔化树每亩用水量 450—650 方相比，实现了节水 70%。

"采用宽行距窄株距密植，每亩种植可达 191—220 株，较乔化树 35—50 株相比，节省土地 70%。

"采用宽行密植、行间覆草种植模式，选用合适的砧穗组合，从根本上减少整形修剪和调势促花的用工，实现了疏花疏果、割草、打药等环节机械化作业，相比乔化种植模式节省人工 80%，同时改善果园微环境和土壤结构，实现可持续发展。"

和李炳伟对话，仿佛自己进了一个苹果讲堂，对苹果的栽种、采收、储藏、包装、运输、营销，各个环节都了然于心。

最让李炳伟记忆犹新的，莫过于自己亲身经历的那些动人故事，他沉醉其中，也分享于人。

"我们昭通苹果的品牌起名为'昭阳红'，寓意党的扶贫政策引领乌蒙大地 100 余万人脱贫致富奔小康的美好愿望。"

对于昭通苹果品牌"昭阳红"的内涵，李炳伟也有自己的独到见解。

"品质中国，昭阳红"，民以食为天，食以安为先。"昭阳红"践行中国品质标准，打造行业新标杆。

"昭阳红，中国红"，"昭阳红"因昭阳区得天独厚的自然条件孕育而成，高海拔，低纬度，近270天的光照，使"昭阳红"红得诱人、红得发紫。这红代表我们伟大祖国各项事业蒸蒸日上、老百姓日子红红火火的"中国红"。

李炳伟对于苹果品牌的打造，自然有一套自己的路数。

在打造"昭阳红"这个品牌上，李炳伟更是不遗余力。

先有"品质"，后有"品牌"。"向阳而生，佳果天成""品天下苹果，还看今昭"。

这些都是李炳伟的品牌经。

"为了成功打造'昭阳红'品牌，我们想了很多办法。成立了'昭阳红'苹果研究院，实现'此苹果非彼苹果'的华丽转变。培育了'昭阳红'苹果交易市场，打造南方优质苹果第一品牌。建立了'昭阳红'苹果科技集成示范园，筛选优质品种，打造中国南方的苹果传奇。完成了GAP、绿色品牌认证，打造'昭阳红''七统一'产业链，即统一脱毒种苗、统一种植标准、统一采收标准、统一贮存条件、统一质量标准、统一冷链配送、统一品牌销售。"

通过发展现代特色苹果产业，助推精准脱贫，这是李炳伟主动认领扛于自己肩上的担子，在他的心里，只有农民群众真正得到了实惠，增加了收入，才是最硬的道理。

"我们公司主要通过以下模式助推贫困户增收。通过土地流转增加财产性收入。土地流转费达900元/亩，每5年增加200元/亩，涉及25000多农户，每年支出土地流转费用5400万元以上。通过园区务工增加工资性收入。果园大田及工业项目可安排永丰镇、布嘎乡及周边乡镇贫困户5000人就业，年用工达1200万人次，年人均收入可达18000—24000元，年累计支出人员工资9000万—12000万元。通过入股分红增加转移性收入，昭阳区农投公司以整合扶贫资金入股 30%，根据'一年开花、次年挂果、三年丰产'的特点，第三年盛产期后每年分红超过 1 亿元来反哺贫困户及集体经济。我们还通过果园托管增加经营性收入，经过一至两年培育将易地搬迁户或贫困户培育成现代农业产业工人。将基地分成 50—100 亩一个单元委托搬迁户或贫困户进行托管，并根据产量及质量完成情况给予奖励，以 600—800 元/亩基数计，每年每户收入可达 4 万—8 万元。通过技术培训增加技能性收入，我们将与农业院校合作创建田间大学，以学院招生和吸纳当地农民，以世界领先的矮砧密植苹果种植专家团队和集团研发团队技术为支撑，通过课堂理论学习和田间实践操作相结合，每年为昭通苹果产业培养掌握现代苹果种植技术的专业技术人员和职业农民 2000 人以上。"

昭通打造现代特色苹果产业，对于生态环境的保护也起到了意想不到的作用。

"我们通过退耕还林，将耕地变成经济林，搞活生态资源，涵养水源、净化水质和空气。通过果园生草，提高土壤有机质，改善土壤微循环、生态小气候，防止水土流失。通过省水省肥，比传统模式节省 60%—70%，节约水资源，防止土壤板结。通过生物防治，采用灭虫灯、性诱剂、沾虫板、生物制药，减少农药的摄入，减少土壤污染，增加生物多样性。"

对于"昭阳红"这个品牌，李炳伟就像是自己的亲生孩子般呵护。他知道这孩子身上哪有胎记，哪些特点是孩子独有的。

"看苹果的品质，首先得看颜值，看果型是否端庄，色泽是否鲜艳等；其次看味觉之糖酸比，看糖度高低，酸度是否适中；再次看香味，看是否有水果自然风味；口感也十分重要，得看硬度、脆度，看成熟度及水分含量是否最佳。"

李炳伟随手摘下一个又大又红的苹果，指着说：

"我们培育的'昭阳红'苹果，具有'早、甜、香、脆、艳'五大特点。所谓早，是因为昭阳区位于东经 103°、北纬 27°，平均海拔 1950 米，年均气温 13℃，无霜期 220 天，是南方唯一的苹果优生区，同样的品种会比北方苹果早半个月左右上市。所谓甜，是因为昭通属于低纬度、高海拔地区，年均温差小、昼夜温差大，酸甜适度。所谓香，是因为昭通地处云贵高原，土壤富硒、有机质含量高，能回归苹果本身的原始风味，香气浓郁。所谓脆，是因为无工业污染，大气环境清洁，年均降雨量 660—1230 毫米，灌溉水质优良，相对于北方缺水、干旱，苹果口感相对更脆爽可口。所谓艳，是因为昭通年均日照时数 1902 小时，紫外线强，苹果自然着色能达到 80% 以上，色泽艳丽。"

李炳伟是一个永远对未来充满期望的"果农"，对于公司未来的愿景，他有自己的想法。

"我们将完成 20T/h 苹果分选线及 4 万吨气调库建设工作；尽快建完 10 万亩矮砧密植现代苹果种植园建设工作。我们的目标就是让'昭阳红'走进千家万户，让消费者享用到健康、安全的果蔬；让农村变成美丽幸福的家园。"

诚信是企业安身立命之本。

"我们以'言必信，信必行，行必果'为行为准则，以'为了 100% 的食品安全，再小心也不过分'为质量方针，树立良好的公司形象。就水果产品而言，好品质就是最大的诚信。好品质是时尚，自带光芒，自带流量。"

正是有了这样一群"苹果园丁"，正是有了这样一群播种芳香和甜蜜的新农人，今天，走在昭通大地上，那一片片现代苹果庄园像一块又一块绿缎呈现葱茏蓬勃之势，在春天盛开粉嘟嘟的花朵，在盛夏结满青青早熟苹果，散发出诱人的芬芳，在深秋成为天边最艳丽的一抹红，让"秋韵昭通、苹果之城"浸透浓浓的秋之韵味，整个天地间，都弥漫着浓郁的苹果香。

在昭通，说到苹果，自然会想到它的好兄弟：马铃薯。

从美洲引种到昭通的马铃薯，在昭通有个很接地气的名字：土豆，还有一个更亲切的别称：洋芋。

昭通人对洋芋的热爱，源于洋芋对乌蒙大地子民的"保命""传宗接代"之功；源于高原蓝天下那一片或粉或紫或白、在风中摇曳的洋芋花，给予饥饿中的农民以生的希望和曙光；源于炊烟下海堡或柴草烤黄的喷香的洋芋飘入鼻息的那一缕香；源于奶奶、外婆、母亲每个清晨丢入火塘里烧洋芋唤醒味蕾的乡愁记忆；源于昭通古城街巷烧洋芋叫卖声带给这座城市的烟火味。

在昭通，无论早、中、晚一日三餐，抑或春夏秋冬一年四季，无论男女老少，没了洋芋，一日三餐不饱；没了洋芋，心里发慌；没了洋芋，生活无味。这不是夸大其词，亦不是小题大做。我常常听朋友说，当出差几天回到昭通，第一件事不是想进餐馆吃山珍海味，亦不是家里吃大餐，而是最想到街边买一个烧洋芋。当那烤得黄生生的大洋芋拿在手上，再抹点百年老字号昭通酱，咬上一口，满嘴生津，沁人心脾，舒爽到顶，全身通透，精神倍增。

在昭通，一日三餐是离不得洋芋的。无论遍布昭通古城的街边餐馆，还是五星酒店，餐桌上必有洋芋穿上各种马甲喜感登场。麻辣洋芋条、青椒洋芋丝、炸洋芋片、酸菜洋芋丝汤、干煸洋芋丝，每一样以洋芋为主材的菜，都能吊足本地人和外地人的胃口，都能满足人们贪食的欲望，都能勾起温馨的回忆，唤醒过往的乡愁。

今天，在昭通的山山岭岭，洋芋种满坡，已从传统的一家一户种植，发展到现在的集中流转土地种植，党支部＋合作社＋公司＋基地的种植模式，大产业＋新主体＋新平台，成为今天昭通马铃薯产业发展的最好机制。"土妈妈""土豆帮""西魁""鲁甸"洋芋享誉世界。"世界马铃薯高原种薯之都"无可争议地落户昭通。

每到仲夏，上万亩集中连片的洋芋花朵盛开，风中轻舞，招人欢喜。在蓝天白云下呈现出了蓬勃生长、葳蕤蔓延之势，每年都会吸引各方摄影家和游客前来观光拍照。

进入秋季，农人开始挖洋芋，拳头般大小的洋芋随着锄头和机械的深挖翻转，大个大个的洋芋从厚实的泥土中奔涌而出，显露其光滑的皮肤和丰满的肌肉。洋芋家庭，也迎来了一年一季的大聚会、大派对、大狂欢。仿佛在说：我们来啦，昭通。"此马铃薯非彼马铃薯。"今天在昭通已经实现了马铃薯产业的革命性提升。青薯9号等马铃薯远销中东地区和东南亚国家。昭通，已然成为秘鲁之外的"世界马铃薯第二故乡"。

马铃薯，已经种满了乌蒙大地的山坡。

在昭通，说到"土妈妈"，人们不禁会想到那位清秀干练的女企业家，她其实一点也不土，却与泥土打了几十年的交道。这位"土妈妈"，就是80后翁荨恩，一位出生于福建、游学日本归来的青年创业者，云南土豆帮农业开发有限公司董事长。她的先生王浚航，则是云南土妈妈生物科技有限公司的董事长。

这对年轻夫妇，开始来昭通，其实并不是想做农业的。那些年，煤炭生意十分火爆，他们两夫妇也想在煤矿上捞一桶金，可没想到，到了昭通后，才意外发现昭通的褐煤是最适合做肥料的优质资源。

这里得说下昭通褐煤。昭通坝子的地下，几乎全是褐煤层，昭通的褐煤储量，居全国第二，达80.9亿吨，是中国南方最大的褐煤田。国内多家煤化工企业早就瞄上了这块肥肉，也尝试过煤变油等方向的开发，可最终因环保等多种因素未成，至今，昭通的褐煤一直未大规模开发。

土妈妈公司，正是看上了这里的褐色"金土"，开发了系列有机肥，不到几年时间，就占领了省内外广阔市场。在做有机肥生产的同时，因与马铃薯种植户长期接触，对昭通种植马铃薯前景看好，动了发展马铃薯产业的心思。这几年来，两夫妇跑日本、秘鲁和中东各国，多方了解，作了深入调研，决心发挥昭通地理区位、自然气候、种植技术和机制优势，把昭通打造成"世界马铃薯高原种薯之都"。

"我是2009年进入昭通的，都11年了。之前我们一直生产'土妈妈'生态肥料。2017年，看到昭通种植马铃薯有广阔的前景，才转行做马铃薯，都4年了。第一批种了400余亩。到目前，已分别在昭阳区的大山包、靖安，鲁甸县的水磨，永善县的茂林，大关县的上高桥等地种植马铃薯8400亩，覆盖了6个合作社的群众3727户15000余人，按照每亩11人务工计算，全年可解决务工群众92400人次。

"在我们洋芋基地务工的建档立卡贫困户就有2000余户10000多人。我们基地的洋芋，主要以种薯为主，有6800亩，有加工薯1600亩。我们算了一下，加工薯1元钱1市斤，每亩产2.5吨，1600亩产量达4000吨，产值800万元。种薯每市斤1.4元，平均亩产2.5吨，6800亩产值4760万元。我们基地的洋芋，总产值达到了5560万元。加上供给合作社肥料、物资等投入品，全年产值达6500万元。每年纯利润1000万左右。

"为了打造昭通马铃薯品牌，我们专门注册了一家叫'土豆帮'的公司，虽然刚刚起步，但昭通3000多米的海拔，充足的日照，独特的气候和自然条件，给了我们很大的信心，我们会把昭通作为世界马铃薯高原种薯之都这一品牌做大做强，享誉全世界。

"今年，深圳一家公司已订购加工薯2800吨，我们的种薯主要销往德宏、红河、文山等云南冬作区。还通过陆路、海运等方式销往缅甸、孟加拉、沙特、埃及等地种植。尤其合作88种薯，被中国工程院院士朱有勇引进试种到普洱澜沧县，获得了极大成功，预测亩产可达3吨以上。"

我对昭通马铃薯种植的模式很感兴趣，就这一问题专门请教了翁总。

"我们的种植模式主要有两种。一种是通过当地政府流转群众土地，平均 200 元每亩，支付群众地租，再吸纳群众到地里务工，每天每人收入 80—100 元，每年可在地里务工 120 天，每个贫困群众每年可通过务工收入 10000 元左右。今年，在靖安镇就种植了 1300 亩，每年可吸纳 14300 人次进地务工，极大地缓解了靖安新区易地扶贫搬迁安置点的就业压力。"

谈到翁总到昭通率先培育的品牌"土妈妈"有机肥，翁总更是充满感情，像是自己亲手带大的一个孩子样亲近。

"土妈妈这个品牌，目前在昭通乃至云南，都是一个受老百姓喜欢的品牌，他们都喜欢用我们的肥料。几年下来，都成了习惯，因为他们相信，放心。我们的肥料每年产量 55000 吨，2019 年产值达 6000 余万元，主要销往云南、贵州、四川并出口德国、印度、埃及及南亚东南亚地区。经云南省农科院双减试验数据分析，每亩可减少用量 14.3%。"

翁荸恩夫妇在昭通的布局，不是指望一年两年，也不只是做一乡一县，他们有着自己的愿景，那就是建一片种植基地，培育一批超优质的品种，布一张遍布全球的消费网，打造一个"世界马铃薯高原种薯之都"，在全球马铃薯种薯种植版图上，占领一席之地，打造响当当的昭通"洋芋帝国"。

"下步，我们也有新的打算，想建设国际马铃薯科技园，拟规划用地面积达 318 亩，实现全产业链运行，今年下半年即开始建设，分三期，第一期建 1 万亩马铃薯种植基地，建一个 3 万吨的马铃薯气调库、马铃薯交易市场、新品种研发中心、马铃薯检测认证中心，总投资将达到 2.37 亿元，确保在 2021 年建成。第二期、第三期拟于 2023 年建成，到时，公司的马铃薯基地达到 5 万亩，气调库达 6 万吨，土妈妈肥料工厂产能达 10 万吨，将建成一个 2 亿粒原原种生产基地，建一个马铃薯 VR 博览馆，建马铃薯净菜加工厂一座。这些项目做下来，总投资将达 10 亿元。到那时，整个马铃薯产业园区可吸纳直接就业岗位 1000 个，间接就业岗位 50 万个，这些就业岗位，将主要面对易地扶贫搬迁群众，让他们在新家门口，就能找到适合自己的工作。"

翁总是个有抱负、有情怀的企业家，在马铃薯种植上，她有着自己的"野心"。

"未来，对于我来说，最有意义的事，莫过于为世界减贫做贡献。孟加拉国、缅甸等都邀请我前往考察，我打算把昭通马铃薯产业助推脱贫攻坚的经验和优质的种薯、肥料及种植技术输出到'一带一路'沿线国家，帮助更多的贫困人口脱贫。2021 年，世界马铃薯大会在爱尔兰首都都柏林召开，已经邀请了昭通市领导前往交流经验。我也将带着我们公司的种薯和经验，一同前往。"

罗石富，昭通市昭阳区靖安镇松杉村西魁种植合作社社长。这个有着"洋芋帝国的洋芋王"称号的高原汉子，从小吃洋芋长大，对洋芋有着别样的感情。今天，他带领村里的群众组建合作社，把家乡的洋芋种得满山遍野都是，把松杉村的西魁梁子种成了"洋芋帝国"，自有一段故事。

在云南省委宣传部组织的扶贫攻坚新闻发布会上，这个从未坐上主席台的农民面对国内 40 多家媒体，十分紧张，都不敢开口说话了。

经过几轮演练，才终于说顺溜了。

"我们松杉村西魁梁子平均海拔在 2300 米以上，非常适合种植马铃薯种薯。西魁洋芋曾经远近闻名。但是传统洋芋种植都是人背马驮，一家人种十多亩，种植一亩收成也就 1000 多公斤，收入也不高，娶媳妇都成困难。年轻的劳动力都纷纷外出打工，许多土地都放了荒，有的合作社也在上面种上了火麻，但是也失败了。

"看到好好的土地抛荒，我感到很可惜。我们就成立了合作社，租了600亩土地，走'党支部＋合作社＋公司'的发展路子。当时，亲朋好友都不看好，劝我不要种洋芋了，与其种洋芋不如外出去打工，我家一家五口一年也能挣个十把万。

"我有个外号叫'蛮子'，说的就是我认死理，认准的事就走到底。为了种好洋芋，我们向昭通市农科院的专家请教种植技术，解决遇到的实际问题，我们的洋芋第一年就获得了大丰收，赚了100多万。其他群众见了，觉得合作社有奔头，纷纷要求加入。流转的土地也越来越多，社员从最初的57户87人逐步发展到259户1103人，流转的土地也达到了2200亩。

"现在，我家五口人，都成了合作社的骨干，大儿子开拖拉机耕地，二儿子开大货车运洋芋，三儿子用无人机进行病虫害防治，一家人可以管理几百亩洋芋不成问题。我们不仅管理自己的洋芋，还帮基地的其他合作社管理。

"原来我们村有4家贫困户不愿流转土地，合作社发展起来后，他们主动找上门来，要求把他们的土地交给合作社，这4家人就常年在合作社里打工。去年，加入合作社的群众全部脱贫了，大家一年的人均收入有了六七千块。今年，随着昭通'洋芋帝国'的打造，合作社的群众更是有望突破人均收入8000元。

"我们村光棍很多，三四十岁找不到媳妇的人一数一大片。之前为了给大儿子找媳妇，我们操透了心，找了好些家都不愿意。现在，越来越多的女孩子也愿意嫁过我们村来了，我家大儿子通过自己谈恋爱已经结婚，我已经抱上了胖孙子；我家二儿子也准备今年结婚，小儿子也找到了女朋友，以前的光棍村成了富裕村。

"在这5年中，各级党委、政府也给我们解决了很多实际困难。缺少生产垫本，政府帮我们申请了惠农资金；没得技术，农业局请了专家指导我们做好种植管理，做好病虫害防治；通过土地整理，打通地埂地界连成一片方便机械管理，能够机耕机耙；帮我们联系商家和销售渠道，解决后顾之忧。"

在昭通，已成功召开两届"世界马铃薯大会"。全世界顶尖级马铃薯专家齐聚昭通，纵论马铃薯种植技术提升和推广。

马铃薯，也是昭通市重点打造的朝阳产业。在昭阳区靖安镇西魁梁子3300多米海拔的山地上，高标准种植的洋芋示范基地，花开季，粉白或粉红的洋芋花在风中摇曳。秋收季，满山坡尽显丰收景象。昭通，已然成为"世界马铃薯高原种薯之都"。

昭通自古便是内地通往南亚、东南亚和云南通往内地的双向大走廊。境内山高谷深，海拔高差大，海拔267—4040米，年平均气温11.3℃—21.1℃之间，年平均日照1902小时，年平均降雨量660—1230毫米，属典型的亚热带、暖温带共存的高原季风立体气候，与马铃薯原产地（南美安第斯山区）十分相似。得天独厚的自然条件，极适宜马铃薯的生长。在联合国粮农组织宣布马铃薯为第四大主粮之前，昭通已将其当主粮久矣，在最缺粮的年代，产量丰厚的洋芋，一度成为昭通人民的"救命薯"。由于马铃薯是昭通山区群众可实施、能融入、有增收的产业，承载着昭通百万贫困人口脱贫致富奔小康的希望，又被赋予了"脱贫薯""小康薯"这一新的历史使命。

随着第20届中国马铃薯大会、第三届南亚东南亚科技创新研讨会、"假如世界没有马铃薯"亚洲首站活动相继在昭通成功举办，世界园艺博览会国际马铃薯中心园昭通马铃薯主题周等活动的举办，昭通马铃薯产业的发展赢得了国内外专家的高度认可，并逐步登上国际大舞台。

昭通马铃薯在市内不同气候带可实现四季种植，可为不同种植季节提供种薯。昭通马铃薯种植区域自然隔离条件较好，干净肥沃的土壤可为实现高产提供充足的养分，冷凉的气候可为薯块膨大提供理想的温度，15℃以上的昼夜温差有利于马铃薯干物质积累，生产的种薯质量好、活性强、退化慢，而且，昭通生产的原原种一般比北方种薯重1—2克/粒，特别适应南方产区的需求。与北方种薯相比，不仅能完全满足栽培适宜性要求，而且在抗（耐）晚疫病能力、茬口衔接（休眠期）和价格上更具优势。2016年，马铃薯种薯国际论坛在昭通举办，国内外专家一致认为"昭通是世界上最适宜生产马铃薯种薯的区域之一"。中国作物学会还授予昭通"中国南方马铃薯种薯之乡"荣誉。

"昭通大洋芋、世界马铃薯、扶贫大产业"，在昭通，这不只是一句口号，更是对马铃薯产业的高标准定位。昭通，已把马铃薯作为全市脱贫支柱产业进行培育和打造。2020年，完成马铃薯种植260万亩，其中完成马铃薯高标准示范基地（洋芋帝国）5万亩，马铃薯规范化种植100.2万亩。

"洋芋帝国"建设吸引了16家企业、合作社参与，涉及昭阳区靖安、洒渔和永善县茂林、莲峰、伍寨共2个县区5个乡镇14个行政村123个村民小组4834户17060人。通过三产融合发展，基地预计年使用工时60万个以上，每年可实现参与基地建设务工人员人均务工收入8000元以上。截至2020年7月31日，累计使用劳动力约42万人次，支付人工工资4200万元以上。

昭通组建了马铃薯产业发展协会，由协会申报"昭通大洋芋"区域公共品牌，鼓励企业制定生产标准并申报企业品牌，积极组织经营主体申报国家和省级农产品品牌。

未来几年，昭通将以推进全市马铃薯良种全覆盖为基础，通过5万亩马铃薯高标准示范基地（洋芋帝国）和100万亩马铃薯规范化基地建设，带动全市马铃薯产业高质量发展。力争到2025年建成标准化、规模化、集约化、机械化的优质种薯繁育基地60万亩，达到120万吨/年的种薯供应能力，着力把昭通建设成为"立足大西南、面向南亚东南亚的优质种薯生产供应基地"，将种薯产业打造成为助推山区群众增收致富的支柱产业，打响"世界马铃薯高原种薯之都"名片！

中国自古就有"宁可食无肉，不可居无竹"的说法，可见中国自古以来就非常重视竹的种植，不仅把竹作为房屋周边绿化、提升居住环境清幽宁静的雅植，把竹作为制作家居物品、工艺品的材料，还作为山珍美食进入餐桌。竹，已经成为人们生活不可或缺的重要物资。

昭通，是最适宜种植竹子的地区，尤以大关县的筇竹最有特色，十多年前，省林业专家就扎根大关县，专题研究大关筇竹的生存环境、品种、种植技术。筇竹不仅产量高，鲜嫩、可口，还含大量粗纤维和人体所需要的微量元素。除筇竹外，方竹也品质极高，深受消费者喜爱。

为把习近平总书记生态文明思想落到实处，坚决打赢脱贫攻坚战，昭通在深入摸底调研后，提出了"绿化一方群山、护好一江清水、守住一片蓝天、建好一座果城"的理念，并使之落地生根，守护好长江上游天然屏障和赤水河流域的生态保护。尤其镇雄、威信、绥江、盐津、永善、昭阳等县区，更是以前所未有的力度，打造竹产业。

针对30余万易地扶贫搬迁群众搬进城镇后留下的"承包地、林地荒山、宅基地"大量闲置的实际，昭通广泛动员群众成立合作社，引进公司托管等方式，大力推广竹子种植。截至目前，昭通市方竹和筇竹种植面积已达到500万亩。

如今，走到昭通金沙江、牛栏江、横江、赤水河、洒渔河流域，满山遍野皆有竹之身影，阳光下的翠绿，细雨中的朦胧竹影，朝阳下的茂盛和夕阳下的浪漫，把乌蒙大地和群山，打扮得如幻如画。

赏竹，令人赏心悦目。

品竹，更是沁人心脾。

在昭通，一日三餐皆有竹。竹笋、竹荪、竹荪蛋等等，皆入美食。彝良县的菜人家，已经建成具有一定规模的竹产品生产厂房，产品远销北、上、广、深各大超市，竹产品，不仅成为昭通人餐桌上的最爱，也成为昭通分享给世界的美食。

在乌蒙山腹地昭通行走，那一方群山，竹林遍布，竹笋拔节，竹影摇曳，临水而居，以竹为邻已然成为生活之日常。

昭通，竹产业不仅美了群山，富了百姓，更让这方土地上的600多万人民群众生活有品质，精神有依托，前景可展望，未来可期待。

竹，自古就是提升人们生活水平的重要物种。

昭通是我国混生竹类富集区之一，是我国天然毛竹和优质小径级笋用方竹的原产地，也是世界筇竹自然分布中心。昭通筇竹、方竹笋自民国起就是我国出口创汇产品之一，产品远销日、韩、东南亚及欧美国家，国内销售网络覆盖东北、江浙、北京、上海、四川、云南等地。打造了镇雄黑颈鹤"云笋"，彝良山益宝"彝山宝"、"金竹香笋"和永善菜人家"云乡人家"、"傲野"等品牌。

2018年以来，昭通已成为云南省小径级笋用竹规模、产量和产值最大的州市。2019年，全市竹基地达332.5万亩，竹材产量67.7万吨，竹笋产量18.7万吨，综合产值40.5亿，覆盖农户13.88万户59.79万人，人均收入达3479元。2020年新建竹基地120万亩，使竹资源总量达到450万亩以上，完成改造低效竹林115万亩，综合产值突破65亿元。昭通竹产业与昭通苹果并称"果城竹乡"，将是助力滇东北开发、巩固脱贫攻坚的希望产业。

资料显示，昭通发展竹产业有几大优势。

第一，富集的资源优势。昭通已查明自然分布有竹类植物15属72种，其中：筇竹111万亩占世界的81%、方竹192.12万亩占国内的48%、材用竹及其他竹80万亩，筇竹、方竹资源是全国最富集地区，资源优势明显。大关县2018年被授予"中国筇竹之乡"称号。

第二，厚重的文化底蕴。昭通竹类资源的开发利用有2000多年的历史，早在西汉时，筇竹杖就通过南方丝绸之路销往印度，制作工艺已十分精湛。以篾丝织出山水人物花鸟或多种文字的工艺民国初年获巴拿马竞赛优胜奖，盐津水竹凉席曾荣获全国同类产品第四名。

第三，独特的品质优势。昭通方竹笋、筇竹笋含有丰富的氨基酸和钙、铁、硒、锌等多种微量元素，分别被誉为"笋中之王"和"笋中之冠"，具有清热健脾、利肝胆防直肠癌的功效，尤利于减肥益寿。以其"笋肉丰厚、质地细腻、脆嫩鲜美"著称，无论干、鲜品均是拌、煮、炒、炖、涮的极品食材，特别是近年来开发的竹笋火锅片，备受消费者青睐，堪称山珍佳肴。

昭通尝到了竹产业发展的甜头。在"十四五"期间，将以赤水河等主要流域生态修复为契机，按照"三沿一山"（沿河沿路沿城镇面山和适宜山地全覆盖），强势推进竹产业，到2022年全市竹产业资源保有量达600万亩以上，力争综合产值达100亿元以上。

大关县是中国有名的瀑布之乡，这里山因水灵、水因山秀。

因5条浩浩荡荡的河道和30余条潺潺溪流的纵横切割，大关县山高谷深、地形复杂、关雄隘险。那一重重刀锋一样的大山，像是横亘在四川盆地向乌蒙大地边缘抬升地段一道道不可逾越的门槛。那一道道刀削似的峡谷险关，仿佛就是上天设置的充满玄机、神秘莫测的雾障。也许正是这种玄幻的神秘感，诱惑着一拨又一拨的中原人、四川人、云南人和四面八方的达官显贵、富商巨贾、贩夫走卒、流离游民千百年来穿梭于关河峡谷，从而创造了灿烂的朱提文明。

置身大关，你会发现，自己正浸润在乌蒙群山腹地。这方山水，绝对有别于其他，像县城对面的笔架山，在大关抬眼便是，它不是圆润的、平缓的，也不是小家碧玉的那种灵秀。这里的山，刀砍斧削，壁立千仞，大自然充分运用了斧劈皴、乱麻皴、披麻皴、蚂蟥描和擦、点、染等中国画的多种技法，写就了一幅幅意境悠远、灵动飘逸、浓淡相宜、大气磅礴的水墨丹青。这里的水不是金沙江的汹涌澎湃，也不像江南水乡的温柔妩媚，这水，俨然就是山腰上苗家少女风中柔顺的长发，或悬挂，或飘逸，或安静，从一个个地形各异的崖壁上流泻下来，令人常常想起"疑是银河落九天"这样优美而又气势非凡的诗句。

大关黄连河密集型瀑布群布满整个群峰之间，更有天然大滑板、鸳鸯瀑、水帘长廊等自然绝景称奇于世。在核心区方圆 5 平方公里范围内就有大小瀑布 47 条，是罕见的瀑布群奇观，素有"瀑布之乡"的美誉。黄连河这个名字因为数十个瀑布悬挂于茫茫群山之中而更加神奇诱人。奇峰异石间，浓密丛林里，常常掩映着一道道或激越或轻缓或柔绵或飘逸的瀑布。那珠圆玉润的山间清泉，泛着高原上白亮亮的太阳的光芒，在崖壁上喷珠吐玉般倾泻而下，构成了一道道玉石般连缀的水帘长廊。长廊内空气清新，凉爽宜人，令人不舍离去，生怕这一走就会失去这个清凉的怡人世界。不同的溪流、瀑布、叠水或轰鸣作响，或窃窃私语，时急时缓，时轻时重，各种不同频率、不同流速的水声相互交织、混响，构成了一曲现代版的《高山流水》，令人陶醉，让人痴迷，似乎这世间根本就没有烦恼。所有的事物都像眼前这青山绿水一样优美，一样爽心。

位于天星镇境内的罗汉坝、省级自然保护区三江口原始森林、木杆古镇……在大关，还有很多看不够的彩色锦缎。这里不仅山美水美，还是个历史悠久、文化灿烂、人杰地灵的风水宝地。早在新石器时代，人类就开始了对这片古老土地的经营和开发。秦朝的"五尺道"和汉时的"南夷道"，关河峡谷都是必经之地，中原文明、巴蜀文明、荆楚文明在这条狭长的峡谷里碰撞、交汇、融合，影响着、浸润着一代代的大关人民，哺育了大关县聪慧智勇的一代代雄才俊杰。

种竹，在大关县有着久远的历史和得天独厚的自然气候条件。

大关县紧紧抓住生态建设这个抓手，通过竹产业助力精准脱贫，带动了全县3万多群众脱贫致富。

西南林业大学挂钩大关县30余年，调查研究、保护开发大关筇竹27年。打响脱贫攻坚战以来，校县加强合作，依托筇竹资源，发挥高校优势，培育特色产业带动群众增收脱贫。共推广筇竹低质低效林改造7.3万亩，推广种植幼竹林十余万亩，发展筇竹20余万亩。2018年，全县产筇竹笋8000多吨，综合产值达2.4亿元，引进省外先进企业，一期投入350万元建厂，构建完整筇竹产业链，3.16万人因此稳定脱贫，14.8万人受益。2019年，当地笋农竹笋平均收入0.5万—0.6万元，最高近2万元。大关县成功申报获批云南省"一县一业"特色示范县。

"把山当田耕、把竹当菜种"，大关县重点打造"乌蒙源生·至尊筇竹"品牌。2018年6月召开的首届世界竹藤大会，筇竹竹材研发制作的筇竹节杖作为国礼赠送各国嘉宾，参展筇竹家具被国际竹藤组织作为精美工艺品永久收藏。大关县成功申报"筇竹之乡"，成为云南省首个中国竹业特色之乡。

大关人给自己的竹产业绘就了一幅壮阔蓝图。到2022年，筇竹面积达55.37万亩，形成以筇竹为主的特色竹林资源格局。到2026年，竹林面积达100万亩，筇竹笋5.94万吨，筇竹竹材6.41亿根。

无独有偶，在昭通，因向家坝巨型水电站移民新建的山水新城绥江县，城市定位即竹海新城。竹，让这座生态湖滨小城变得风情别样，特立独行。

绥江县位于昭通市最北端，金沙江下游南岸，地处云南昭通和四川宜宾、凉山两省三市州接合部，总人口17万人。

绥江，是昭通市11个县市区中第一批脱贫出列的县，也是一座休闲之城、浪漫之城、风情之城。

曾经，绥江的贫穷是藏在山里的。你要是路过绥江，一定会被那里的美丽山水所迷惑。因为绥江看上去真的很美，没有一点贫困的样子。

美丽山水、幽深峡谷、秀美滨湖、浪漫水岸、青青竹海、和煦阳光、生态氧吧、古朴民居、风韵街巷、诡异奇石……真够诱人的绥江，一块永远对你含情脉脉的净土。

绥江，位于金沙江南岸，是长江东转的地方。雄山大水像两支神来之笔，把绥江大地纵横挥毫，或险峰峻峭，或江河奔涌，或溪流淙淙，造物主的鬼斧神工，使得绥江这片沃土千峰竞秀，峡谷交错，百媚多彩。

在绥江，最能感受到绿水青山之魅。罗汉坪峡谷东邻水富县，沿峡谷向深处进发，两岸竹林深深，一条清澈见底的河水哗哗流淌，谷底巨石林立，或规则或交错，像是摆了一个又一个的八卦阵。那水流在乱石间或激越或轻缓，或飞溅或喷射，形态各异，气象万千；两岸绝壁峭立，如刀砍斧劈，绝壁上藤蔓横生，相互交织，古树旁斜，长藤盘绕，青苔碧透，滴水映绿；再往上游，就到了一个叫震洞的地方，那飞瀑倾泻而下，注入谷底的一潭清水，顿时发出隆隆轰鸣，像是大地在有规律地震荡，震洞也因此而得名。进入峡谷，其实就当是进入了一个天然氧吧，满眼的绿，满口的清新，满耳的水声和鸟鸣，再加上竹林的阵阵声涛，就真以为，自己进入了无人之境，尽可以伸伸腰仰仰脖，对天长啸，自由自在，无拘无束，自己也就真的成了原生态的自然人了。到罗汉坪峡谷避暑、观光、穴居、运动、探险，去走一走峡谷栈道，感受一下巨石景观群、竹博览园、岩壁奇观、穴居巢栖等奇异景观，体验一下当地热情朴素的苗家风情，你就会发现，绥江，竟然还有那么多藏在深山人未识的丰富内容！真是个看不够的小地方。

《禹贡》载，绥域属梁州域。《史记》等史料记载，春秋战国时今宜宾一带金沙江、岷江沿岸有僰侯国，为僰人所居之地，绥域则在僰侯国境内。历史证明，2000多年前，先民们就在这块肥沃的土地上耕作繁衍，"湖广填川"，使得滇文化、巴蜀文化和荆楚文化在绥江水乳交融，形成了绥江"三川半"的独特文化，在绥江，随处可见茶馆林立，吹拉弹唱自得其乐，其风土人情既有四川的影子，更具滇文化之特质，更加开放，更加包容，更加丰富与和谐。历史的车轮行进到清宣统二年（1910），朝廷核准绥域为"靖江县"，同年更名"绥江县"并沿用至今。

也许，这之前没有一个绥江人会想到，有那么一天，下游一个叫作向家坝的电站会堵断川流不息的金沙江，会使毛泽东"高峡出平湖"这样的诗句成为现实。更让人没有想到的是，这方祖先们繁衍了2000多年的水土，将被一个大坝吞没，沿金沙江，将有1座县城、4个乡镇集镇的土地、庄稼和房舍被淹没，将有5万移民大迁徙。绥江县，也是向家坝水电站工程建设中唯一全县搬迁的县城。绥江人在难分难舍之际，在回望家园之际，他们曾经惊恐、犹豫、彷徨与不安，他们难以割舍生养自己的土地，那山那水，那田那地，那花椒那魔芋，那柑橘那油桃，那吊脚楼那青石板，那渔船那吊桥，这些东西，曾经是那样的熟悉，那样亲切。可是现在，这些都已成历史，一座新的湖滨县城已经崛起，一切都是新的，新的湖面，镜子一般；新的山峦，在清水里洗涤，天天都如新娘一般水灵与妩媚；新的街道与高楼，绥江人的生活习惯都得随之改变；甚至阳光和空气都是新的，因为突然降落一个巨大的水体，空气环境必然改变，阳光和空气又岂有不变之理。那还有什么不变呢？应该是有的，那个曾经泛着青幽幽光芒的青石板铺就的老城，那个常有老太太老爷爷摇着蒲扇拉着家常坐在门边的木板吊脚楼，那无数间连排的古旧茶楼和成天响个不停的麻将声音，还有那横摆在江湾边沙滩上的小渔船和两岸人家的炊烟，这些东西，大抵是永远不会变了，这些意象，必然永远存活于人们的心中，随着时间的推移，定会像老酒一样，品不完尝不够，永远也不会忘怀的。

种一山青竹，赏一江绿水。为了让易地扶贫搬迁群众增加收入，绥江县着力写好"竹文章"，种好"一片竹"，盘活一片地，让易地搬迁群众搬得放心。按照昭通市提出的"人搬出去、产业进来、生态恢复"要求，绥江县对群众搬迁后留下的 6.48 万亩耕地、林地、宅基地"三块地"及时进行确权，并通过组建合作社托管经营、公司流转经营、村集体公司实体经营等形式，盘活土地发展竹产业，实现"以竹绿山、以竹兴业"，解决群众后顾之忧。通过户户核查，易迁群众"三块地"户均面积达到 30 亩，5 年投产后亩产竹笋 500 斤，亩产值 2000 元，户均年收入 6 万元；7 年丰产后亩产竹笋 800 斤，户均年收入 9.6 万元。

在昭通，以竹兴业的县不少，镇雄县和威信县，也以竹为宝，在竹产业上做足了文章，每到盛夏晴朗之季，但见满山遍野之竹林连片成海，磅礴壮阔，美不胜收。放眼四望，在昭通绿水青山的画卷里，彝良的海子坪竹海，也算一绝。站在山头俯瞰，大片大片的竹林如给山头罩上了绿色的绸缎，山风中绿波荡漾，涛声涌荡。进得竹林，丰富的林下珍稀植物异彩纷呈，竞相绽放，完全就是一个植物王国。从喧嚣的闹市来到林区，仿佛来到了世外桃源，一切尘世的纷纷扰扰都跑得烟消云散，轻松怡然，无比惬意。

"小小花椒树，致富大产业。"

这是 2015 年 1 月 15 日习近平总书记视察鲁甸地震灾区龙头山时，看到眼前大片大片的花椒林，对鲁甸花椒产业说出的振奋人心的话语。

在 2014 年 8 月 3 日发生 6.5 级破坏性地震时，正值中午。龙头山地处牛栏江右岸，山高谷深，沟壑纵横，交通出行极为不便。且大多山体破碎，滑坡泥石流时有发生。

地震发生时，地动山摇，天昏地暗，山体滑坡，房屋倒塌。照说，6.5级地震要是发生在平坝，破坏力也很有限，但是对于震中龙头山来说，就如同世界末日，具有毁灭性的破坏力。

幸好，地震发生时正值下午，大部分群众正在山上摘花椒。地震来临，当群众的土墙瓦房纷纷倒塌时，正在花椒地里劳作的农人，紧紧抱住花椒树，没有滚落下山，抑或摔伤致死。

正是这一棵棵小小的花椒树，挽救了数万群众的生命。因此，当地人把花椒树称为救命树。

地震发生后，习近平总书记和李克强总理亲临地震灾区，给灾区人民巨大的鼓舞。灾区人民化悲痛为力量，愈挫愈勇，开展了轰轰烈烈的恢复重建，灾区发生了浴火重生、凤凰涅槃的巨变。

在地震恢复重建工作和脱贫攻坚工作中，昭通把花椒产业作为昭通脱贫致富的朝阳产业来抓，列为高原六大特色产业之一。

每到深秋，在昭通各大流域峡谷的两岸，满山的花椒树，结满了密密麻麻的花椒，呈现出一派丰收的喜人景象。微风吹过，清香扑面，令人垂涎。

昭通，因地处滇川交界，饮食文化深受四川影响，麻、辣成为主流。每顿餐食，或多或少都有花椒的存在。有了花椒，昭通人的味蕾才得到足够的满足与释放，人们才会觉得生活有味而美好。按照昭通人的说法，那叫"过瘾"。

因为花椒，昭通人在春夏每顿饭吃得大汗淋漓，异常舒爽，秋冬全身温暖，不再寒冷。

因为花椒，昭通人的生活也更加有味。

正是因为昭通人对花椒的热爱，昭通市大力发展花椒产业，在种植上扩大了规模，技术上提升推广，品质上大大提高。尤其产品开发上步伐加快，青花椒、干花椒、花椒油、花椒酱，各种以花椒为主料和辅料的产品深受人们喜爱。昭通城的几个花椒市场日夜繁忙，每天都往各大城市运送花椒。

花椒，已成为飘向四面八方的最美味道。

5年来，鲁甸县把总书记的殷切关怀转化为培育优势产业的强劲动力，按照"规模化、组织化、标准化、品牌化"目标，种植花椒6.8万亩、核桃10.3万亩，2019年两项产值达3.5亿元。

龙头山镇党委书记李善云发出了这样的感慨："龙头山十年九旱，以往我们种植玉米等传统农作物，亩产仅有500元左右，现在种植花椒，亩产达8000元。我们还依托花椒林下资源，建成'椒林鸡'养殖示范基地6个，年出栏土鸡1万羽以上。群众发自内心地说：小小花椒树、致富大产业，人在林中住、钱从树上来。"

在昭通着力打造的六大高原特色产业中，花椒，这颗不起眼的"小麻椒"，已种满沿金沙江和牛栏江沿岸的山山岭岭，成为昭通人钱袋子的"鼓风机"，味蕾的"提神剂"。

在彝良县采访，在位于县城南部53栋高楼的发界易地扶贫搬迁安置区，我们感受到了25000多名贫困群众入住新区的喜悦。那些散落在群山之间的美丽新村，我们再一次感受到了这个英雄之乡的崭新气象。

而支撑这些群众脱贫致富的产业，天麻无疑是不可忽略的，无论直接或间接，都发挥了重要的催化作用。

先来认识下彝良，这个英雄的故乡。

史载："彝良在昔为乌蒙部所领之易良蛮部地，易亦作益。元置芒部路军民总管府，领益良州，即其地也。命名'彝良'，盖取良善之意耳。"1913年置县。

彝良，是一个英雄辈出的地方。在脱贫攻坚进程中，也正是英雄们不畏生死的拼搏奉献精神，鼓舞了彝良干部群众的昂扬斗志，让这块曾经贫穷的土地，焕发了新的生命。

罗炳辉，这个出生于县城背后偏坡寨的农家子弟，少小离家参加革命，就凭着自己的一腔热血和过硬本领，成长为中国人民解放军36位军事家之一，也是云南唯一的一位无产阶级军事家。在安徽，就曾有一个县因为纪念罗炳辉将军而更名为炳辉县。如今，彝良罗炳辉纪念馆就坐落在依山傍水、风光险峻的将军山上。还有李国柱和刘平楷等烈士也为彝良的光荣簿上涂抹了辉煌的一笔。而出生于白水江畔洛旺苗族乡的当代英雄徐洪刚，曾因在四川地界勇斗歹徒而被共青团中央命名为"见义勇为青年英雄"称号。正是这些光耀史册的名字，让彝良这个无名极边小县，走到了神州大地的前台，曾无数次闪耀在新闻媒体的头条。

再说说小草坝，这个名字因为婴儿拳头般大小的天麻，也曾经风头出尽。在20世纪初英国出版的一张地图上，今天昭通彝良县这个位置，赫然标注的不是中国、云南或者彝良，而是"小草坝"3个字。之所以会出现这种极为反常的奇迹，却是因为外观极不起眼的一味药材——天麻。由此可知，天麻在国际上的知名度，远远超过了彝良本身。

清代《镇雄州志》记载："州有七星营，为建兴三年武侯会见济火之处。"《镇雄县志》也载："建兴三年（225）诸葛亮军南征，途经境内大草坝，芒部祖先夷帅济火往迎，被收纳随军征孟获。"据说，诸葛亮的军队从成都出发，顺江来到小草坝，见到迎接他的济火和他的士兵，见他们个个健壮如牛，而自己手下的士兵则刚从成都平原来到云贵高原，很多士兵头晕目眩，战斗力锐减，问其原因，济火就告诉他，这个地方的天麻给人吃了以后，不仅可以治病，而且对身体很有益处。于是诸葛亮便下令士兵吃天麻，结果这种病象很快就消失了。士气大振，战斗力大大增强，济火也因此立下了汗马功劳，后来，彝族首领济火也因此被刘后主封为罗滇王。

　　小草坝，是彝良县至今保护完好的一片原始森林。去小草坝看山、赏林、观瀑、听水，成为很多人的诗和远方。渴驼饮泉、银河飞瀑、天门鸽树、刀梁险道、燕岩石峰、懒汉澡塘、仙女浴池、白鹃戏狮、万佛奇洞这些奇特景观在山、水、石树的装扮下，完全就是一幅幅经典的国画作品。这里的山奇峰独立，石林密布，或大气磅礴刀劈斧削，或灵秀逸雅别具风情；这里的林密密层层植被丰富，物种珍稀万花竞秀，春夏珙桐花漫山遍野，花溪十里千峰碧透，秋季层林尽染满山枫菲，而冬季则玉树临风银装素裹；这里的瀑布山高水长，相互交叠，或急流或慢淌或飞泻，喷珠溅玉形态万千；这里的水声就是一部和声一部交响乐，时而轻曼时而激越，时而欢快时而沉郁，如笛如箫，如泣如诉，如歌如号，完全就是一首《二泉映月》或者就是《高山流水》。

　　位于白水江边的千年古镇牛街，吊脚楼古老而朴素，江边小镇人家居家过日子的温馨风情令人向往；奎香则有当年红军二、六军团过彝良时开展"乌蒙回旋战"时留下的革命遗迹，在脱贫攻坚中干群团结，苦干实干，成绩斐然。在彝良，江南园林式的陇氏庄园、雨龙山广阔的大草原风光、洛泽河大峡谷等天然美景和猪儿粑、白水江清汤鲢鱼和天麻气锅鸡等彝良小吃，都将在乡村振兴的小康路上大放异彩。

　　近年来，彝良县紧紧围绕昭通市重点打造的"六大高原特色产业"，把天麻作为支撑全县脱贫攻坚的重要产业来推动。按照"政府推动、市场运作、龙头带动、政策扶持、资源整合、加快发展"的思路，大力发展天麻产业。"十二五"以来，彝良县累计种植天麻19.35万亩，实现天麻产值104.74亿元。2019年带动建档立卡贫困户4768户19808人，人均增收5000元。

　　彝良县小草坝镇特殊的地理环境和气候条件，孕育了世界上最好的天麻。彝良因特产天麻而获得"云药之乡"的称号，素有"世界天麻原产地"的美誉，是国家标准"原产地域产品昭通天麻"的核心区，是全国有机天麻种植第一县，年均产鲜天麻 2000 余万斤，约占全国天麻总产量的 10%。2016 年，彝良县成为"国家有机产品认证示范县"和"服务精准扶贫国家林下经济及绿色特色产业示范基地"。2017 年，彝良县成功举办第五届全国天麻会议暨中国（小草坝）天麻产业发展高峰论坛，成功申报小草坝国家级天麻特色小镇。2018 年被评为"全国天麻生产先进县"，彝良天麻入选云南省绿色食品"十大名品"，天麻产业总产值突破 19 亿元。彝良还把天麻产业开发与小草坝国家级天麻特色乡镇创建、小草坝生态旅游和革命老区红色文化开发相结合，建成了小草坝天麻科技示范园、中国天麻博物馆等一批天麻旅游文化项目。小草坝天麻国际交易中心、云南好医生小草坝双乌天麻产业园、彝良县现代农业天麻产业园、天麻种植体验基地等一批重点项目正在深入推进，为贫困群众就近就地销售天麻产品发挥了积极作用。在彝良县，凡是建档立卡贫困户种植天麻，每亩给予 500 元到 5000 元资金扶持。同时，鼓励贫困农户以资源入股、技术入股、投工投劳等多种方式参与到产业发展中共享发展红利，大力增加天麻种植区贫困群众经济收入。

"十三五"期间，彝良县规划小草坝野生天麻种质资源保护区 5000 亩，除乌蒙山国家级自然保护区朝天马片区小草坝野生天麻种质资源保护区 1500 亩外，还在保护区之外划定了 3500 亩野生天麻种质资源保护区，同步配套建成了 8 个小草坝野生天麻良种繁育点，有效保障了小草坝天麻地道药材品质和优质食材品质。县财政每年预算天麻产业发展资金 1000 万元，主要用于扶持天麻种质资源保护、基础科学研究、产品研发、精深加工以及品牌宣传，2018 年以来，实际整合财政资金 4500 余万元用于天麻产业开发，撬动民间资本近 1 亿元投入天麻产业，为天麻产业发展提供了良好的资金保障。同时，坚持创新融资模式，从 2017 年以来，农业银行、信用联社、邮储银行等金融机构相继出台了"天麻贷""产业扶贫贷"等特色专项贷款。仅信用联社的"天麻贷"发放的天麻专项贷款就超过了2亿元，存量2.3亿元。

一个产业的发展，得有龙头企业的带动。彝良县成功培育天麻龙头企业6家，其中有2家属省级龙头企业，组建了天麻产业协会4家、天麻种植专业合作社54家，有4家属省级示范社，实现了天麻种植贫困村和建档立卡贫困户"双覆盖"，"公司＋科研机构＋协会＋基地＋农户"的发展新模式正在形成，天麻产业发展的规范化、专业化、组织化水平逐年提高。彝良县累计种植天麻19.35万亩，实现天麻产值104.74亿元。2018年5985户建档立卡贫困户采挖天麻3527.5亩，人均增收4200余元。2019年全县发展天麻5.88万亩，覆盖60156人，人均增收5000元。

脱贫攻坚，不仅促进了农民群众增收致富，过上小康幸福生活，还唤起了社会各界守护绿水青山的浓厚意识，并实实在在付诸行动，让磅礴大地的山山水水，充满无限生机与活力。而这种生机与活力，正顺着赤水河、金沙江与长江一路奔涌，种植在祖国的山川大地。

在昭通市着力打造的"六个百亿元特色产业"中，养殖业无疑独具特色。在这方面，彝良县万物生种植专业合作社带动卡户增收脱贫的做法赢得了各方赞赏。

彝良县万物生集团公司主要从事土鸡养殖、屠宰深加工及彝良农特产品销售。一群返乡创业的年轻人，怀揣激情和梦想，立下了"带动家乡发展，改变落后面貌，建设美丽乡村"的誓言；秉持"一群人、一条心、一件事、一辈子"的理念，成为彝良县带动群众发家致富的暖心企业。公司曾先后被评为云南省标准化示范养殖场、昭通市农民专业合作社示范社和昭通市农业产业化龙头企业，产品也曾先后获得无公害农产品和有机食品认证。

万物生公司通过"党支部＋公司＋合作社＋农户＋专卖店＋电商"的发展模式，带动农村群众闯出一条共同致富的新路子。4年多来，万物生从最初年出栏3万羽土鸡发展到现在年出栏100万羽土鸡，实现了30多倍的增长。截至2019年9月，万物生在彝良全县范围内累计带动1470户贫困户脱贫致富，户均土鸡养殖收入13200元，人均纯收入3000元。角奎镇拖脚村建档立卡贫困户苟子明，15岁就外出打工谋生，2016年在浙江一家纺织厂时右手5个手指被全部绞断导致肢体残疾，之后苟子明只好返回老家另谋生路。经过反复考察，苟子明最后选择与万物生合作养殖土鸡。2017年，在万物生的帮扶和指导下，苟子明试养了1000只土鸡，当年就赚了1万余元。尝到甜头之后，苟子明逐年扩大养殖规模，到2019年，苟子明的养殖规模已经达到1万多只，养殖收入达到15万余元。目前，苟子明正在扩大养殖规模，2020年将出栏3.2万只鸡。

　　昭通牛干巴，可谓一绝。

　　其腌制工艺十分讲究。进入冬天，当地农村回民便将自家饲养的菜牛宰杀，腌制干巴。宰牛，须经阿訇下刀，放血、剥皮、开膛，分前、后两半截悬挂上架，顺着肉缝，剖成24块净肉，并将割下的肉铺在通风处凉透，再进行腌制。菜牛部位分镰刀、火扇、外白、里脊、肋条、胸子、墩子等，尤以墩子为上品，肉质细嫩、宜煮宜煎，以油煎最为可口。腌制牛干巴时，要将没有洗过的新鲜牛肉加盐和香料、花椒粉等调料，在簸箕上用力反复搓揉，一般先揉肉厚的，后揉薄的，每100公斤牛肉用食盐3—5公斤，然后置于瓦缸，放于阴凉处，按肉厚薄先后放进瓦缸里，然后用木盖和麻布袋把缸口密封。牛肉腌制15—20天后，取出晾晒。晴天早上晒出，下午收回，并按肉的薄厚，展平堆放。在簸箕或大木桌上，薄肉在下厚肉在上，层层压平。30天左右，晾晒过程就完成了。腌肉晾晒后肉面干硬，呈板栗色，便可挂入屋内备食。制成的牛干巴一排排列于木架之上，齐齐整整，色如栗壳，香味弥漫，分外诱人。好的干巴可留到来年冬季，味道不变，是招待客人的上等佳肴。

昭通牛干巴以其地道优质的品位，远近闻名，每年都有不少客商前往购买，亦可通过网购直达，或自己品尝，或馈赠亲友，成了当地的香饽饽，市场前景十分可观。

昭阳区守望乡的回族女青年撒艳红，是昭阳区政协委员，也正是看到了牛干巴巨大的市场潜力，在守望乡八仙村开办了一家叫伊清园的养殖场，打造了"壹手牛"品牌。

说到撒艳红，其创业故事还真有些励志色彩。

2013年6月毕业于云南师范大学的撒艳红，是个90后女孩，个子高挑，精明干练，吃苦耐劳。她没有按部就班选择考事业单位和公务员的路，而是成为一名自主创业者，在深度贫困的家乡农村当上了一名"牛倌"，从早到晚都与土地、农民、黄牛打着交道，且每天精神十足，信心满满。

"一切源于偶然，我大学毕业那年回乡进入社会实践，通过走访调查，我发现广阔的农村缺乏人才科技支撑，农民收入单一，资源浪费，试图沟通，群众要么是怀疑，要么根本就不相信，从此便种下了一定要试试给大家看的信心和决心。"这是撒艳红面对采访时说出的心里话。

昭阳区发展高原特色农业的扶持政策，激发了撒艳红的创业激情。大学毕业后，她毅然鼓足勇气向亲朋好友借房产证作抵押，向银行贷款70万元，于当年7月就在家乡八仙村12组成立了昭阳区伊清园养殖有限公司，占地面积约10亩，开启了艰难的创业之路。

然而，创业之路并非一帆风顺，凭着创业的激情和刚步入社会的那股子闯劲，撒艳红修牛圈，建青贮池，购买设施设备后，70万元贷款就所剩无几了，只买了13头能繁母牛开始养殖。由于缺乏经验和医疗防疫技术，饲养不久就全部生病，大牛病死了 1 头，小牛病死了 2 头，饲草储备不足。她成天忙里忙外，弄得焦头烂额，致使创业之路举步维艰，甚至达到想要放弃的地步。

"正在我手足无措之时，昭阳区委、政府、政协、工商联、农业局、畜牧局等部门先后到养殖场指导工作，了解情况后，立即派来了畜牧兽医专家精心指导，并针对大学生创业提出了许多指导性意见，减免税收，多次组织农场技术人员参加科技培训，实行贷款补贴并提供了项目申报资金，在各级部门的帮助下，公司顺利渡过了难关。"

说到各级各部门的倾力支持，撒艳红情不自禁露出一脸的感激之情。

如今，经过 6 年多的努力，公司已初具规模，从建厂初期存栏 13 头发展到现在存栏 200 余头，严格按照优质肉牛饲养规范科学饲养，对每一头牛实行耳标打挂，建好饲养防疫档案，出现问题做到有据可查，总结经验有据可依。

自己富不算富，带领乡亲一起富，才叫富。为助力昭通脱贫攻坚，撒艳红积极配合党委、政府工作，主动承担了守望回族乡 325 户建档立卡贫困户的帮扶任务，以"党支部 + 合作社 + 贫困户 + 龙头企业"的发展模式，带领贫困户走上了脱贫致富之路。

在具体做法上，撒艳红依靠科技变废为宝，带领群众走规模化养殖致富之路。

昭通坝子自古以来就人多地少，根本没有闲置的土地和草场，要开办养牛场，最大的难题就是饲草匮乏。为破解这一难题，撒艳红多方奔走调研后，决定改变当地传统养殖习惯，提高养殖技术含量。她先后自费到重庆、四川、河南、山东、昆明等地学习考察，成功引进了外省玉米秸秆青贮先进技术，修建了昭阳区第一个 1000 立方米、可满足 100 头牛食用一年的大型青贮池，破解冬春饲料匮乏的难题，变废为宝。

秋收时节，公司大量向当地农户收购玉米秸秆，既增加了农民的收入，又解决了过去乱丢或火烧秸秆导致环境污染的问题。青贮池成功建成后，撒艳红又用所学知识培训周边群众，改变传统养殖习惯。由于大多数家庭年轻人都外出打工，靠家里老人要发展黄牛养殖，饲草紧缺成为最大困难。大家都想学习科技化饲养，但苦于没有学习的平台，更没有建大型青贮池的资金，见识了撒艳红公司青贮饲养方式后，很多农户自愿要求加入公司。于是，撒艳红向贫困群众敞开了大门，迅速扩大了家庭养殖，大多数卡户按照自己的能力饲养一至几头不等，实现了当年脱贫出列、次年致富的目标。

为了巩固成果，撒艳红与当地农业部门积极对接，引进了饲用玉米新品种进行种植，并与农户签订收购协议，同时免费为农户提供种子、薄膜、肥料等农用物资，秋收后，公司以每吨400元的市场价进行全株回收，并承诺凡是贫困户种植的饲草，一律按照每吨高于市场价40元收购，建档立卡户收入大幅增加，让群众真正得到了实惠。同时，玉米秸秆青贮饲料在昭阳和鲁甸等县区得到广泛推广，深得各养殖户的称赞和喜欢。

撒艳红还探索了"提供就业岗位，定期分红，助力脱贫后能致富"的模式。

目前公司有员工15人，其中建档立卡贫困户8人，月平均工资3000元并提供食宿。每年9—10月份的储草旺季，每天需要100名工人收割玉米粉碎入池，每人不低于100元的务工收入，为当地群众在家门口提供了就业岗位，在让他们有一份稳定收入的同时，还照顾了家里的老人和小孩。此外，公司还吸纳了325户建档立卡贫困户每户5000元的项目发展资金，按照每年每户500元的现金分红定期发放，为贫困户提供双重保障。

目前，在昭通，撒艳红的养殖模式，已成为当地争相效仿的榜样，她也毫不保留地传授自己的"养牛经"，成了当地有名的致富带头人。

"在抓好苹果、马铃薯、竹子、花椒、天麻、特色养殖产业培育的同时，昭通还突出做好劳动力转移就业文章。昭通529万农村人口中有劳动力305.2万人，其中常年外出务工240万人左右。2019年末，工资性收入占贫困群众年人均可支配收入的77.34%。我们坚持把劳动力稳定转移就业作为事关脱贫攻坚胜败、事关改革发展稳定大局的关键一招，扎实推动贫困劳动力有计划、有层次、有保障地转移就业。特别是2020年以来，我们努力克服新冠肺炎疫情影响，按照'保存量、扩增量，抓重组、优结构，建机制、促稳定'的思路，抢抓全国各地大规模复工复产的'窗口期'，构建起政府对政府、政府对重点企业的长效对接机制，全力推动农村劳动力稳定有序转移就业。全市305.2万农村劳动力转移就业246.89万人，转移就业率80.89%；104.55万贫困劳动力转移就业89.61万人，转移就业率85.71%；13.74万易迁劳动力转移就业12.28万人，转移就业率89.37%；贫困户和易迁户'零就业家庭'实现动态清零。"

是的，在本地产业无法完全吸纳劳动力的现实情况下，把剩余劳动力大量成规模有组织地转移到东部发达地区就业，不正好相当于在外地种下无数摇钱树吗？昭通的这种做法，既增加了务工群众的经济收入，又为东部沿海发达地区有组织地输送了大量劳动力，为国内经济大循环增加了无穷动力。

昭通，传统农耕文明历久弥新，在新时代焕发出了无比强劲的生命活力。在乌蒙大地，苹果红遍，土豆留香，竹林翠野，花椒满坡，天麻提神，牛羊成群，日夜繁忙，万物生长，到处一派欣欣向荣之景，散发出磅礴万里的晨曦光芒。

金沙江点亮万家灯火

在古代，昭通曾经有过辉煌的工业文明。

昭通古称朱提（古读音 shū shí），位于今鲁甸县境内的朱提山，古代就有开采银矿的历史，曾是钱币的铸造中心。

史载，"朱提"，在古籍中有三条解释，清楚地表述了朱提的建制沿革和历史地理含义。其一，古县名。西汉置，治所在今云南昭通。南朝梁废，唐武德初在此置安上县，不久又改名朱提。东汉时曾为犍为属国治所，三国至南朝曾为朱提郡治所，唐初曾为曲州治所。其二，古郡名。公元214年（东汉建安十九年）刘备改犍为属国置。其三，境内有朱提，产银多而美，故后世用"朱提"为高质银的代称。史料表明，自建元六年朱提县建制至唐武德八年，长达近760年，不同时期朱提县（郡）隶属和领属关系时有变化，但今昭通市昭阳区和鲁甸县一带，始终是朱提一地的行政中心。

关于"朱提"这一地名的来源，我们从一些史料中也可看出一些脉络。在《汉书·地理志》《水经注·若水》中就曾有这样的记载：朱提"山出银"。又说："朱提，山名也。"应劭曰："在县西南，县以氏焉。"也就是说，山闻名于前，县建制时因山得名。据一些多年研究朱提文化的权威学者依据文献和考古发掘证实，今昭通市昭阳区、鲁甸县所辖西南部、牛栏江东岸的连绵群山，就是古朱提山主脉。

有学者认为，远在春秋战国时期，朱提山就已发现银矿，并已进行开采、冶炼。而朱提银的大规模开采、冶炼的工场就集中在朱提山。考古资料还证明，两汉时期的朱提银的开采还不仅仅限于乐马厂、金沙厂，今昭阳区远郊也曾有过冶炼、铸造银币的工场，也曾经人声鼎沸，繁华一片。后世出土的两块朱提银中，就有一块"朱提银铤"于1936年出土于今昭阳区西郊15公里的洒渔乡皮匠地。在中国的历史上，朱提银曾一度辉煌，在长达2000多年的历史上，朱提银竟成了通行的银的指代称谓。

在昭通的历史上，不仅朱提银的开采受世人关注，铜的开采历史也十分久远。两汉时期，发展矿冶业，是朝廷壮大国力、治国兴邦的重要举措，而朱提地区的矿冶业在当时就已相当发达，生产规模和工艺水平都处于国内领先水平。当时朱提银"八两为一流，值一千五百八十，它银一流值一千"，币值居全国首位，元、明、清时期把"朱提"作为白银的代称，成为一种文化现象；朱提铜洗以其美观适用驰名国内。

在漫长的历史上，朱提的工商业文明不仅在当时对经济社会起到了巨大的促进作用，对后世子孙也产生了重大影响。

朱提工商业文明，影响深远。昭通清朝末年至民国时期，还涌现了一位出生卑微、当过小贩，但后来成为身家百万、震动朝野的工商巨子李耀廷。

李耀廷，原名李启荣，后改名正荣，字耀廷，公元1837年（清道光十七年）出生于昭通府恩安县（今昭阳区）。这位农民出身的商业奇才，从贩卖叶子烟的小买卖开始起家，在四川宜宾与人合伙开设了"荣茂公"商号。光绪六年，成功与在昆明和迤南开设"天顺祥"商号，在昆明工商界首屈一指的大商贾王心斋联手，成为了"天顺祥"的大股东，担任"天顺祥"渝号管事（相当于今董事长），常驻重庆打理业务，成为王心斋生意场上的中流砥柱。

因为李耀廷的苦心经营，"天顺祥"成功在四川开设了民办的

"汇兑业务"，业务遍布全国各大城市，名噪一时，全国闻名。后来，李耀廷还先后投资在四川勘探开采石油、天然气，在重庆创办由其次子李湛阳出面控股的"烛川"电灯公司、自来水公司；由其三子李和阳出面合股收购"永清祥"丝厂，改设"潼川锦和"丝厂，投资开办川江轮船公司。光绪二十九年王心斋病逝后，李耀廷继续主持"天顺祥"至宣统三年，凡与王心斋有关财产、债务皆分配得一清二楚，"无昧天之思，无昧心之举，世谓古今难得一人"。

李耀廷，一个实力雄厚的金融资本家，他志存高远，胸怀宽广，关心国事，关注民生。他常致力于社会公益事业，慷慨解囊支持辛亥革命，支持护国讨袁，在社会生活的各个领域都有着广泛深远的影响。在《四川近代史》一书中，曾多处记载了昭通人李耀廷的光辉事迹。据史载，当时朝廷的封疆大吏上门求见，都尊称他为"世伯"，四川的百姓则戏称他为"在野相爷"，孙中山先生则感念李耀廷支持辛亥革命、二次革命、护国讨袁的义举而亲笔手书"高瞻远瞩"横幅赠予李耀廷。

无疑，李耀廷已成为昭通历史上一位前无古人的工商业巨头，他的传奇经历和他的高尚精神，已经成为昭通工商界发展史上昭示后人的一座不朽丰碑。

从朱提银铜时代的辉煌到清朝末年至民国期间的商业奇才李耀廷的成功，并不是一种偶然，而是一种历史发展的必然。这一切史实无不表明，在昭通这块古老而广袤的土地上，勤劳智慧的昭通人不只会种地放牧，也同样会开办工商业，这块土地上的百姓以艰难跋涉的脚步，为后人昭示了一条真理，那就是：没有昭通人学不会的本领，没有昭通人跨不过的高山。正是这种敢于创造、追求卓越精神的鼓舞，进入新时代的昭通，才有大兴工业之风的热潮。

发展工业，得有强有力的资源支撑。在昭通，金沙江下游丰富的水电资源，为昭通工业的崛起打下了坚实的基础。

金沙江下游流经昭通市巧家、昭阳、永善、绥江、水富5个县市区。位于昭通市境内的溪洛渡、向家坝、白鹤滩3座巨型水电站的建设，把金沙江下游水电资源的开发推到了极致。

　　资料显示，水电，已成为中国第二大常规能源资源，更是目前可再生和非化石能源中资源最明确、技术最成熟、清洁而又经济的能源，在中国发展低碳经济中占有重要地位。

　　金沙江水量丰沛且稳定，落差大且集中，是中国乃至世界上著名的水能资源极为富集的河流，其水能资源蕴藏量达1.124亿千瓦，约占全国的16.7%，可开发水能资源达9000万千瓦。特别是金沙江下游，水能资源最为富集，河流穿行于高山峡谷之中，具有建设高坝水库的地形地质条件，开发条件最为成熟。

　　如此丰厚的先天条件，毫无争议地把金沙江定格为中国重要的能源基地。

　　国家在金沙江下游河段开发的四级水电站，自上而下依次为乌东德、白鹤滩、溪洛渡、向家坝，其中溪洛渡与向家坝水电站、白鹤滩与乌东德水电站各构成"一组电源"，主要向华中、华东和华南地区送电。金沙江下游4个电站总装机近4300万千瓦，是实现"西电东送"的骨干电源，在中国能源基地建设中有着独特的地位，在中国西部大开发中发挥着重要作用。开发金沙江，是实现中国节能减排目标的重要举措。目前，我国在长江干流上已拥有以三峡为主的三峡—葛洲坝梯级电站、溪洛渡—向家坝梯级电站、乌东德—白鹤滩梯级电站等3艘巨型"水电航母"。

　　而国家已在金沙江下游规划建设的四级电站中的白鹤滩、溪洛渡、向家坝3座总装机达到3300万千瓦的巨型水电站，坝址就自上而下分布在昭通市的巧家、永善和水富境内。3座巨型水电站的建设，是三峡工程之后，国家兴建的又一宏大工程，是昭通建设云南重要能源基地的重要组成部分。目前，向家坝、溪洛渡水电站已经建成发电，白鹤滩电站第一台机组将于 2021 年正式建成发电。

正是因为拥有如此丰富的水电资源，昭通义无反顾地争取落地"水电铝"和"水电硅"两个重点工业项目。

2020 年 9 月 28 日上午，昭通市委书记杨亚林专程率领发改、工信、易迁等部门到国家发改委，汇报"水电硅"项目落地实施相关工作，得到了国家发改委的充分肯定和支持。

说到昭通的"水电铝"和"水电硅"项目，杨亚林书记兴奋不已。

"我们将重点推进绿色铝材、绿色硅材一体化发展，着力建设中国西部重要'铝谷''硅谷'。

"在绿色铝材方面。昭通 70 万吨电解铝项目是国务院特批支持鲁甸地震灾区恢复重建的绿色载能项目，总投资约 65 亿元。目前，项目一期已全部建成投产，二期一段已具备投产条件，年底前可全部建成投产；2019 年实现工业总产值 30 亿元。我们在项目周边规划了 3 平方公里左右的铝产业园，着力推进绿色铝材一体化、规模化、集群化发展。

"绿色硅材方面。2019 年，我们与合盛硅业开展了战略合作，合盛硅业计划投资 200 亿元，4 年内在昭通分两期建设 80 万吨有机硅单体及下游深加工项目，着力打造硅化工产业集群。目前，正在推进相关前期工作，工业硅一期预计于 2021 年 4 月建成投产，有机硅一期预计于 2022 年 3 月建成投产。项目建成后，昭通将成为世界一流的全产业链硅化工基地，坐拥有机硅单体规模、工艺技术装备及环保水平、全产业链集群 3 个'世界第一'，年均工业总产值将达 300 亿元、工业增加值达 80 亿元、创税 23.7 亿元，实现就业 1.2 万人，下游及关联产业带动就业 3 万人。"

目前刚落地昭通的合盛硅业项目，由宁波合盛硅业有限公司投资打造。宁波合盛硅业有限公司成立于 1989 年，是一家涵盖新型材料、冶炼、热电、制造业等领域的多元化集团公司。经过14年的发展，合盛硅业已成长为全国工业硅和有机硅行业的龙头企业，并具备了雄厚的资金实力和先进的技术水平，是目前国内最大的有机硅和工业硅生产企业。

昭通水电硅循环经济项目包括年产80万吨有机硅单体（含硅油、硅橡胶等产品）及配套80万吨工业硅、硅氧烷下游深加工项目，估算总投资200亿元以上。其中：一期40万吨工业硅项目，于2020年底建成投产，40万吨有机硅单体及硅氧烷下游深加工项目，计划于2021年上半年建成投产；二期40万吨工业硅项目，计划于2021年底建成投产，40万吨有机硅单体及硅氧烷下游深加工项目，计划于2023年上半年建成投产。

该项目建成后，将成为全球技术最先进、产业链最完整、资源配置利用最合理、最具竞争力的水电硅一体化项目，同时还将带动有机硅下游产业发展。预计每年可实现工业总产值300亿元，工业增加值80亿元，利润30亿元，增值税18亿元，所得税5.7亿元，消纳水电125亿千瓦时，煤炭200万吨（其中昭通120万吨），硅矿240万吨，直接解决1.2万人就业，带动物流运输600万吨，拉动运输、服务等关联产业协同发展，有效解决贫困群众就近就地就业，助推脱贫攻坚。

无农不稳，无工不富。昭通在紧紧抓好"两不愁三保障"的同时，把抓工业助推脱贫攻坚作为一项重要的工作任务。"十三五"以来，昭通工业形成了以电力、卷烟、煤炭、化工、建材、矿冶等为重点，涵盖25个大类行业，2019年全市工业总产值790亿元，工业增加值达到294.1亿元、同比增长8.5%，工业占GDP比重24.63%，对GDP贡献率达25.9%，工业企业缴纳税收占全市税收收入六成，吸纳就业10万余人。

"十四五"期间，昭通工业发展面临着一些良好的机遇。国内超大规模市场优势、国家实施区域发展战略、东莞和中山的对口帮扶提供强大支撑、东部地区产业转移都将为昭通的工业发展带来大好机遇。

同时，昭通也将面临一些挑战。生态环境保护约束增强、产业转型升级任务较重、工业产业配套能力不强。面对这些挑战，昭通奋起直追，紧紧抓住云南省打造世界一流"三张牌"的战略机遇，坚持"工业强市"战略不动摇，以"深入推进工业转型升级"为主线，以"扩大规模和提质增效"为中心，力争"十四五"末，水电铝材、水电硅材及绿色食品加工"三大优势产业"实现产值600亿元，"4个新兴产业"实现产值100亿元，"六大传统支柱产业"实现产值800亿元；到2025年全市工业总产值将达到1500亿元，实现在2019年的基础上翻一番，工业增加值达600亿元以上。

昭通，这个传统的农业大市，在新思想的光芒里，在群山深处培育了破土而出的农业和工业新芽，那一排排整齐的、散发出现代气息的农业设施和工业厂房，烙下了新时代的印记，喷薄出强烈的科技之光，标志着昭通依托丰富的清洁水电资源，新型农业和工业的强势崛起，必将为昭通脱贫攻坚奔小康插上腾飞的翅膀，在乌蒙大地，铸就新时代各项事业发展的新辉煌。

下篇

*

浴火重生

安得广厦千万间，大庇天下寒士俱欢颜。在唐代，诗人杜甫就如何能得到千万间宽敞高大的房子，普遍地庇护天下贫寒的读书人，让他们开颜欢笑发出如此感慨。

进入新时代，中国共产党人更有兼济广大人民群众的担当与情怀。

习近平总书记强调，贫困人口很难实现就地脱贫的要实施易地搬迁，按规划、分年度、有计划组织实施，确保搬得出、稳得住、能致富。

搬不动山就搬人

昭通，土地面积 2.3 万平方公里，是集革命老区、地震灾区、散居民族地区、生态敏感脆弱地区为一体的深度贫困地区。境内峡谷深切，沟壑纵横，山区占 72.5%，河谷区占 23.8%，坝区占 3.7%，是全国贫困人口最多的地级市和云南省脱贫攻坚的主战场。

2015 年以来，在脱贫攻坚的伟大实践中，立足"一方水土养不好一方人"的市情实际，昭通干部群众发扬"搬不动山就搬人"的"当代愚公移山精神"，义无反顾地选择了一条风险最高、困难最大、过程最艰辛但成效最明显的以易地搬迁为主的脱贫之路。坚持把易地扶贫搬迁作为啃下脱贫攻坚最硬骨头的"铁齿铜牙"，以敢打必胜的决心和敢啃"硬骨头"的勇气，全力推动不具备发展条件的贫困山区、生态脆弱地区的搬迁群众既挪"穷窝"更断"穷根"。

在脱贫攻坚大决战中，昭通，以易地搬迁为突破口，坚持以脱贫攻坚统领经济社会发展全局。易地搬迁由最大的难点变成了最大的亮点，更成为了广大群众高度认同的脱贫模式。

昭通市委书记杨亚林说："'一方水土养不好一方人'是昭通最大的市情实际。2017 年以来，我们围绕'能搬则搬、应搬尽搬、整村搬迁'原则，聚焦 6 类重点区域，以集中居住规模在 30 户左右、贫困发生率高于 50%、交通基础设施等公共服务难以适应长远发展为主要标准，精准锁定'十三五'时期易地扶贫搬迁群众 8.26 万户 35.47 万人口，建档立卡贫困人口30.7万人，占全市贫困人口总数的16.6%。其中，新增易地搬迁安置的20.63万人中，建档立卡贫困群众达18.74万人，占云南省新增易地扶贫搬迁人口总数的54.3%。整行政村搬迁3个、整村民小组搬迁836个、搬迁人口80%以上的村民小组699个。

"我们坚持全市一盘棋，打破行政区划谋篇布局。紧扣改变人这个根本定位和谋划，聚焦'建设配套搬家'，奏好'安居曲'，坚持全市一盘棋理念，结合昭通中心城市总体规划和各县区空间潜力，打破县、乡、村行政区划，创造性地提出'进城、入镇、进厂、上楼'+'跨县安置'的'昭通思路'。2018年以来，紧盯质量、安全、进度，推行EPC总承包一体化运作模式，在原有366个安置点的基础上于2019年短短一年时间内又建成23个新增任务集中安置点，全部'进城入镇'安置，全市万人以上安置区9个，靖安、卯家湾跨县安置区和发界安置区位列全国安置规模的前一、二、四位。"

2019年春节前夕，经过9个月的日夜奋战，绥江县兆家坝安置点圆满完成建设任务，1865户7144名贫困群众从大山深处欢欢喜喜搬入县城新居。69岁的杨顺高老人高兴地说："我做梦都没想到，能够搬到这么好的地方，祖祖辈辈在农村，这个年纪还能过上城里人的生活。"

设在昭阳区幸福馨居的就业培训中心，一大早就组织即将搬迁进城的村民军训，他们统一着装，统一训练队形队列，完全按照军训的科目对村民进行训练。早在2019年初，昭阳区就启动了这项万人培训计划，目的就是让这些即将搬迁进城的贫困群众提前适应城市生活，学习生活技能，提高就业本领。

在短短的不到一年的时间，昭通大地崛起了一座座新城，实为令人震撼。以全国最大的跨县区易地扶贫搬迁安置区靖安新区为例，从一片玉米地到一片新城，只用了短短的8个月时间，149栋高层建筑就拔地而起，令人惊叹。要知道，当初面对眼前的这一片空地时，很多人都投来质疑的目光。

"只有 8 个月时间，要完成这么多高楼的建设，根本不可能。"

"就是不睡觉，全天 24 小时不间断施工，也不可能完成建设任务。"

"叫神仙来建设，我也不相信会按时交工。"

面对这些质疑之声，昭通的主政者们，头顶巨大压力。施工区的管理者们，充满焦虑。现场的工人们，更是日夜鏖战不歇息，昼夜施工不间断。

而这一个看似不可能完成的神话，又是如何实现的呢？

昭通市委书记杨亚林给出了答案："为了强化过程监管，建设群众满意的安置区，我们全面推行项目工程总承包（EPC）模式，引进中建集团、云南建投集团等大型国有企业参与安置区建设，采取明察与暗访、周报告与月调度、驻点推进与挂牌督战等方式，全面推进项目实施，仅一年左右的时间内建成靖安、卯家湾两个全国数一数二的跨县安置区。截至目前，全市 389 个集中安置区（点）已全部建成，同步配套建设 44 所学校、33 个医疗卫生服务机构、35 个警务室、44 个便民服务中心、48 个'一水两污'项目，完善相应绿化亮化、市政道路、便民服务大厅、群众互助场所、文化活动场所等基础设施，推动搬迁群众在城镇获得均等的发展机会，公平享受公共资源和社会福利，保障群众全面发展的基本社会条件。"

杨亚林说："易地搬迁，不是实现简单的搬迁，不是村头搬村尾，山头搬山脚，关键是要实现根本性改变，要服务人、改变人。"

2020 年 9 月 24 日至 25 日，国家发改委地区振兴司司长童章舜到昭通靖安、卯家湾两个易地搬迁安置区视察调研后，给予充分肯定。在昭阳区永丰镇新民社区海升苹果基地，听了杨亚林书记汇报苹果基地土地流转、入股分红的情况后，认为昭通扶贫经验在全国都具有典型意义。

2020 年 10 月 14 日上午，全国易地扶贫搬迁论坛在北京会议中心举办，交流易地扶贫搬迁后续扶持的经验做法，探讨巩固搬迁脱贫成果的路径方法。昭通市委书记杨亚林代表昭通市作了《易地搬迁斩断穷根　进城入镇一步跨越》主旨演讲。

2020 年 11 月 17 日至 18 日，全国发展改革系统易地扶贫搬迁工作现场会在云南省昭通市召开。昭通市委书记杨亚林代表昭通市作了经验交流。

杨亚林在交流发言时说："我们紧扣'改变人'这个根本来强化顶层设计，坚持全市一盘棋、打破行政区划，探索'跨县（区）搬迁、集中安置、进城入镇、进厂上楼'的'昭通模式'；紧扣'服务人'这个关键，系统推进产业就业支撑和管理服务保障，走实安居、乐业、幸福'三部曲'；紧扣'幸福人'这个目标来凝心聚力，强化党建引领、群众工作、过程管控，探索'思想认同、工作认同、情感认同'的'昭通经验'。下一步，昭通将持续做好易地扶贫搬迁工作，巩固脱贫成果，确保实现'搬得出、稳得住、持续能发展'的目标。"

面对昭通易地扶贫搬迁取得的成绩，杨亚林非常冷静："这当然得益于全国实施大规模易地搬迁，省委、省政府作出重大的决定，我们不过是把握住了这个机遇，顺势而行，乘势而上，立足昭通的实际，不仅搬的规模大，而且探索了进城、入镇、进厂、上楼 8 个字的新模式。更重要的是立足于昭通的实际，实施大规模的跨县区易地搬迁。我们把靖安、卯家湾这两个最大的靠近中心城区的易迁点，进行重点规划、设计和建设，然后集中搬迁。如果仅在县内安置，根本无法承载这些易地搬迁群众，特别是像大关、巧家两县是整县的新增易地搬迁群众全部进入这两个安置点。

"当然，走这条路，我们也是被逼出来的，有很多的艰辛，很大的风险，从开始决策时，就面临很多的阻力和困难，那么多人搬得来吗？这么短的时间建得起来吗？建起来老百姓能够接受吗？搬得来能稳得住吗？能发展吗？一系列的大问题像一块块巨石压在头顶。所以人的工作怎么做，钱怎么筹，房子怎么建，就业怎么配，稳定怎么抓，这些问题都经过很多的碰撞。但最终，全市上下通过反复的讨论、研究，下了最后的决心，义无反顾地把易地搬迁作为啃下昭通这块全国贫困程度最深、数量最大、脱贫攻坚难度最大的硬骨头的铁齿铜牙，坚定不移地改变过去那种山顶搬山腰、山腰搬山脚这种挪挪窝的做法，一步进城入镇、进厂上楼，实现从传统的农耕到现代城镇居民的直过式跨越发展。同时把应搬尽搬、应退尽退结合起来，坚决搬，彻底搬，全部退，退耕还林、还草，真正实现让人搬到人该待的地方，让树长到树该长的地方，重新理顺人与自然的关系，正本清源、和谐发展。

"在这个易地搬迁过程当中，按照三位一体的定位，实现城乡人口分布结构的重构，倒逼经济结构的重组，同时也是山区自然生态的重塑，实现三位一体的推进和发展。就搬的过程来说，我们分三步走，走好规划建设搬家、产业就业支撑、服务管理保障三部曲。不差一户，不落一人，不错一人，保质保量完成第一阶段规划、建设、搬家的任务。目前产业、就业匹配和支撑也实现了较高水平的保障，劳动力13.79万人当中，已经有85%以上实现就业，我们的目标是力争突破90%。第三步的管理服务和保障，我们建立了相应的党工委管委会，以及44个社区，从党工委管委会到社区，到楼栋长，到一系列的基层管理组织，全部建立。所有搬迁群众稳得住，比较满意，带着满满的感激之情，开启了崭新的生活。

"回顾这个过程，走到今天，大家觉得算比较成功了，对于我自己来说，也觉得欣慰，好像大家可以松口气了，其实不然，搬出来这只是第一步，稳得住能发展，真正地能融入现代社会，融入新的发展，开启新的生活，我们还有很多的事要做。动态的就业管理，服务保障，继续完善的各种配套支撑，大量的工作我们还要不断地强化，要按照习总书记的精准扶贫要求，到户、到人，确保有条件、有意愿的劳动力都能够充分就业，这就是我们的目标，所以下一步要做的工作还有很多，还得持续不断的努力，交出一份高质量的易地搬迁答卷。唯其如此，才能支撑昭通高质量的脱贫。

"下这么大的决心，这么大的决策，所承担的压力，那肯定是巨大的。高、寒、冷、凉，石漠化和半石漠化，人多地少是昭通最深刻、最集中的体现。昭通作为全国脱贫攻坚任务最重的市，能不能实现如期脱贫，高质量脱贫，这是重大的政治任务，在这样的政治任务面前，绝不能有半点的含糊，如果说，这条路走不通，或者这个大规模的易地搬迁出现颠覆性的问题，那我们要承担的责任是不言而喻的。所以在做这个决策的过程中，反复权衡，反复斗争。但我坚信，这是符合中央要求的，更切合昭通实际，就像大家所说的，脱贫攻坚要走的路，有很多条，就地搞一搞，修修房，修修路，架架水，同样可以做，但是对于昭通来说，那可能就会事倍功半。所以立足昭通的实际，我们树立了新时代的愚公移山精神，搬不动大山我们就搬人。我们选择了一条最艰辛、风险最大、压力最大，但却是带来实惠最多、变化最大、最有效的脱贫之路。我们2018、2019年新实施的这批易地搬迁人口中，共23.4万人，只有8%是搬迁到集镇，其他92%的易迁群众全部进入到县城以上，甚至搬迁到昭鲁坝子中心城区。在全省也只有昭通是唯一一个州市实行跨县易地搬迁，我们实施7.56万人口的跨县搬迁，一步跨越搬到昭通中心城区。在短短不到一年的时间，从规划、选址、建设、配套到搬家，真的不容易，暂且不说怎么规划，怎么建设，群众工作有多难，怎样匹配就业，怎么支撑配套产业，就说一个案例：在今年春节前后，我们20多万人集中搬迁入住，对昭通来说，天寒地冻，山高路远，老老少少，群众从四面八方，在较短的时间里搬迁入住，其组织工作带来极大的风险和压力。通过全市上下周密的组织安排和全程的精准化跟踪服务，我们做到了，没有出一起事故，没有伤一个人，没有死一个人。可以说，每一个环节落实下去，都是一个艰辛的过程。好多领导问我，这怎么实现？我说，一有党中央强有力的领导、有方方面面的鼎力支持；二有全体干部真正的全身心地投入，付出艰辛的努力来支撑和保障。当然，这都来源于切合了昭通的实际，顺应了老百姓的民心，所以才得到了广大群众的鼎力支持和配合，也才有了今天欢天喜地入新居、开启新生活的生动局面。"

当说到易地搬迁促进了昭通城镇化的大幅提升，杨亚林更是充满信心："通过易地扶贫搬迁的实施，短短3年多的时间，我们实施了35.47万人口的易地搬迁，昭通市城市化率提高了7个百分点。从全省的角度看，昭通城镇化落后的局面得到了有效改观。脱贫攻坚成为昭通发展最大的转机，辩证来看，我们不把扶贫当负担，而把扶贫当机遇，真正做到了以脱贫攻坚统领经济社会发展全局，以党的建设统领各项工作，实现了用脱贫攻坚来倒逼我们产业化和城镇化的推进，倒逼我们产业结构的调整、优化和产业的培育，看我们现在新兴的苹果产业，实现了'此苹果非彼苹果'的转变，全市大规模的食用竹产业种植户扩大，竹产业已成为乌蒙大地上一道亮丽的风景，也成为强有力的生态屏障，成为老百姓脱贫致富强有力的支撑。同时，水电硅、水电铝产业的崛起，还有大量的扶贫车间及电子装配，服装鞋帽加工劳动密集产业引进，都为脱贫攻坚打下了坚实的产业基础。把产业化、城镇化、教育卫生、基础改善等各项事业统筹发展，整体推进。"

穿过刚通车不到半年时间的都香高速，跨越贵州威宁地界，我们踏上了红色圣地、革命老区威信县。这里曾召开过历史上重要的"扎西会议"，在长征精神的鼓舞下，威信儿女携手并肩，阔步向前，以无畏的勇气和扎实的作风，打赢了脱贫攻坚战。

群峰簇拥的威信，在满眼的苍翠里流岚绕雾，烟雨朦胧，若隐若现。那山灵秀，有着桂林之山的神韵，更具乌蒙高原苍劲之性格；那绿绿得深沉，绿得透亮，绿得滴水，让人一头扎进去就不想再出来；那雾柔绵、轻曼，或以白云蓝天为幕，或以蒙蒙细雨作帘，美得诱惑人心，令人迷醉。更重要的是，在这美景如画、云遮雾罩的莽莽群山中，最为抢眼的"红色"浸入了威信人的血液和骨髓。二万五千里长征，在威信抹下了浓墨重彩的一笔，这里成了中国革命胜利的起点。这就注定，威信，在精准脱贫的路上，不允许打败仗。

威信县的历史，可追溯到夏、商两代，时为梁州、雍州之地，秦代建制。

在威信，你就是闭上眼睛，也能感受到这里的"绿"。单从那扑鼻而来的自然氧和各种原生态植物的清香，就会让人觉得，自己是不是跌进了一个天然氧吧？可以这样说，威信，是个浸润在丛林中的地方，是个最适宜人居之所在。

感受"红色文化"，也许是到威信的最大期待。1935年初，红军的脚步踏进了威信这方宝地，在短短的11天时间里，写下了光耀史册的重要一笔。当时，红军一渡赤水进入川南，北渡长江时受阻，中央军委毛泽东、周恩来、朱德、张闻天等老一辈革命家率领中国工农红军第一方面军折向云南集结扎西，并于2月8日至10日在威信大河滩、江西庙、水田寨相继召开了继遵义会议之后的中央政治局扩大会议，即"扎西会议"。这是一次对我党我军产生转折性重要影响的会议。这次会议，通过了遵义会议决议，根据敌我形势变化，确定了回师黔北，二渡赤水，再占遵义；整编部队，精简机关，充实连队，扩大红军；在川滇黔边缘接合部成立中共川南特委和川南游击纵队的战略部署。"扎西会议"，是一次重要而及时的会议，正是这次会议，结束了"左"倾错误路线在党中央的领导，使中国革命进入了一个新时期。纵队所属的云南支队，在主力红军走后一直坚持斗争十余年，在中国革命史上留下了光辉的一页。

今天，当我们行走在扎西会议纪念馆、石坎庄子上会议会址、水田花房子会议会址、天险两合岩栈道、红军卫生部驻地旧址杨家寨、扎西红军烈士陵园、红军川滇黔游击纵队大雪山基地、云南游击支队郭家坟基地、红山顶战场遗址，看到铁炉和白水庙红军标语等当年红军留下的活动场所、使用过的物件及留下的足迹，似乎眼前正冲锋陷阵，烽火熊熊，激战正酣，还能清晰地感受到红军当年的艰险和不易，在想象红军当年命悬一线的艰苦卓绝之时，更为他们的革命气节所震撼。1985年，中共中央原总书记胡耀邦到昭通视察，亲笔题写了"扎西会议会址"匾名，省级历史文化名城和省级风景名胜区、土地革命战争时期的革命老区、全国爱国主义教育示范基地、全国100个红色旅游经典景区、首批国防教育基地，这一连串的头衔，并非徒有虚名，在这些名头的背后，都真实地标注着历史的存在，彰显着岁月的沧桑。

除了红色文化资源，威信的自然和人文旅游资源也十分丰富，如神奇的天台山溶洞，观斗山石雕群，诡异古老的瓦石悬棺，神秘幽深的大雪山原始森林和天星国家森林公园等风景区，都是不错的旅游避暑胜地，必将在脱贫攻坚的进程中，助力乡村旅游，促进农民增收。你还可以到湾子苗寨去抚摸一下坚固的石条砌成的防御城墙，看看千年神树，喝一口苗家女端上的包谷酒，品尝一块香糯甜蜜的糍粑，感受一回热情豪爽好客的苗族风情。除了这些让人一饱眼福的漂亮景观，你尽可以到威信的夜市上去喝几瓶大枣加冰糖的煮啤酒，吃上一块烧豆腐和各类烧烤小吃，在朦朦胧胧中，就真的融入威信人的日常了。

在威信采访，那些温馨动人的瞬间，总是让我感动。我从这些不起眼的朴素故事里，感受到了一种向上的、喷涌的力量。

在威信县城郊，一个叫龙溪的安置区格外醒目，清一色的高层建筑，让这个小区成了县城耀眼的风景。

龙溪社区工作人员陶燕说："小区刚搬迁之初，县里立即组织了第一批工作人员进驻，组织了 150 名志愿者进驻社区开展工作，教群众坐电梯，帮群众买家具、买米买菜，事无巨细，只要易迁群众有需要，我们的干部就上门主动帮助。

"高田乡搬迁来的唐占芝老人，住新区 A5 幢 16 楼，儿子在外务工，没有依靠。老人一个人孤孤单单搬来新区，第一天刚进小区时，独自一个人坐在墙角，显得很落寞，看上去很可怜。我们的社区干部看到后，赶紧给她送饭过去。还送了她一些生活用品，教她反复使用电梯达十余次，还亲自带她上街买菜，并随时派志愿者和社区干部上门看望老人，了解她的生活状态。老人对我们社区的工作十分满意，现在每天都会来社区的服务大厅问寒问暖，她说看到我们社区干部，她心里就踏实，就像是看到了自己的子女一样亲切、放心。"

住龙溪小区 A2 幢 23 楼的陈茂贵有些激动："社区党支部给我们易迁群众准备了大米、油、碗筷，让我们拎包入住，志愿者和社区干部三天两头往我们易迁户家中跑，政府想了这么多的办法让我们从大山里搬进城，还要想办法让我们稳定，让我们享受生活的美好，我们要好好地珍惜啊！

"来小区后，在社区干部的帮助下，我在县医院做清洁工，一个月有 2000 元收入。我家里有五口人，老婆在家带孩子，小孩子患有先心病。就我一个人在外挣钱，目前是有些困难，但是我相信有政府的关怀，会越来越好的。"

威信县委组织部副部长应文介绍："为了增加易迁群众的收入，我们想了很多办法，除了成规模组织青壮年劳动力外出务工外，我们还在小区开设了电子车间、串珠车间等扶贫车间，开发了一些保洁等公益岗位提供给有需要的群众就业。家庭特别困难的，就采取民政兜底措施，实现了零就业家庭全覆盖。

"为方便易迁群众办红白喜事，社区还专门留出一块空地给群众使用。

"住上新房，娶上新娘。有一家搬来新区前，老婆跟人跑了，来到新区后，住上了城里的新楼房，又娶了媳妇，过上幸福的新生活。尤其让人感动的是，4幢的老申，60多岁了，一直未婚，要是不搬迁，都已经看到人生的尽头了，可自从搬到新区来以后，他们村里的人都说老申像是变了个样，每天坚持去县城打工挣钱，一天可以挣100多元钱，他想存钱娶一个新娘，还打算生一个孩子。他还会用快手和抖音，自己录制小视频上传。最感动人的是，他还专门为自己未来的新娘准备好了一部智能手机。他还自己编歌感谢共产党让自己过上了新时代的新生活。

"对新搬来的群众，最急需普及的，就是基本的生活常识，如何准确使用新房里的水电及日常生活用品设施。有一户人家，刚搬进新区时，以为马桶是用来装水的，用马桶里的水来洗脸。直到楼栋长入户发现后，才教他家如何使用马桶。

"群众对易迁工作很满意，有一位老人说，现在好啊，原来生个病，只能熬，因为离医院太远啊！现在近，想去就去，方便！

"有一位易迁群众，是个90后，注册了90后光头强的快手号和抖音号，粉丝超过300多万，他自导自演自拍，创作了很多反映新生活的小视频，成了网络上的小网红。

"在社区里，群众互帮互助蔚然成风。顾光华老人的邻居生病期间，老顾主动煮稀饭送过去，一直陪伴照顾，病情缓和了才通知社区。共产党像亲娘一样亲，对我们这么好，我也要多为别人做好事。

"47岁的龚科能，刚搬进龙溪新区时，一点都不习惯，感觉自己找不到方向，像是飘在空中一样，没有根。后来在社区干部的帮助下，找到了一份做保安的工作，后来升职为保安部的经理，每月工资收入 2500 元。老龚的前妻嫌他穷，外出打工就再也没有回来，他一个人带着孩子，边打工边照顾孩子。搬来龙溪新区之前，老龚正和一位女人谈恋爱，但对方嫌他家住在深山，条件差，有点犹豫。现在，老龚搬到城里新区，有了自己的新房子，女朋友也不再犹豫了，两人终于走到了一起，过上了幸福的新生活。"

威信县文联主席周元珠，一直挂包高田乡的凤阳村。

"住龙溪社区 5 幢的杨付江老人，搬迁时 86 岁，之前一直不搬，说自己晕车，后来我知道了他的心事，他是担心他准备多年的棺材没有处放。我就给他协调了村民小组活动场所，把他的棺材找到了一个安全的存放地，老人才答应搬迁。老人有一个儿子一个孙子，儿媳妇跟人跑了。"

这些天的采访，我发现了一个现象：在贫困山区，好些女人都离家出走，另嫁外地。

"你们这地方咋这么多女人跑了？"我问周元珠主席。

"高田乡是全县最穷的乡，我们宣传部和文联挂包的凤阳村，是全县海拔最高的村，平均海拔在 1600 米左右。因为多年不通公路，常年阴雨绵绵，只能种点包谷，喂猪养牛。群众生活困难，外村的女人根本不愿意嫁到山里。高田乡全乡有光棍 1117 个，单凤阳村就有光棍 117 个。

"杨付江老人刚搬来新区时，随地吐痰，社区干部入户指导后，现在家里有了垃圾桶，也不再到处乱吐痰了。生活发生了翻天覆地的变化。孙子也在城里小学读三年级了。"

去威信县高田乡凤阳村那天，一直下着小雨，县文联主席周元珠一同前往，他驾车，我坐在副驾驶的位置。

车子在云南和四川叙永县的边界上穿行，时而驶入四川，时而退回云南，山路弯弯绕绕，蛇一样在高山密林里穿梭。

雾浓，下雨，路面湿滑，只容得下一辆车行驶，会车困难，只能适时择地。

"这路刚修通两年。我刚到凤阳扶贫时，就一条毛路，坑坑洼洼，货车勉强能行，没硬化。我们只能走路上来，偶尔搭一下拉建筑材料的货车。"

"那是你们争取立项修通的了？"

"嗯嗯，县里很重视，我们威信县 2018 年脱贫，通公路是硬指标，那是必需的。"

冒着细雨，穿过一片茫茫森林，我们来到了威信县凤阳村。在村口的路下坎，有一户人家，是一幢一层楼的小平房。

"这家是我挂钩的贫困户。"县文联主席周元珠指着坎下的房子说。

沿着小路，撑着雨伞，我们来到了杨义桂家屋檐下。

见我们到来，一个身材魁梧的中年男人迎了出来。

"这就是杨义桂。"站在一旁的周元珠指着杨义桂说。

杨义桂看上去憨厚老实，穿一件灰色夹克，几天没有洗了吧，也许因为做家务的原因，前面都有些污脏了。见到我们，老杨还有些不好意思的感觉，说话也不利索。我们问他一句他才答一句。

"我家 3 个人，我和儿子，还有个老父亲，88 岁了。平时种点包谷洋芋，打点笋。喂了一头牛，政府还补助了 6000 元，建房政府补助了 30000 元，还给我家安了一个保洁员的公益岗，一年有 9600 元，每年还有 5000 元入股县开投公司，每年能分红 350 元。老父亲每年还能领到 800 元的老年补贴。

"家里的 17 亩土地也全退耕还林了，种上了柳杉、云竹、花楸，要 15 年才能成材。"

老杨说起自己的收入，清清楚楚，看来，老杨前几年外出打工，还是长了不少见识，对过好新生活有规划，有打算，小算盘打得还不错。

说话间，从家里走出来一个小伙子，剪了个时尚的寸头，一米六左右的个子，看上去精干。周元珠忙给我介绍：

"这是老杨的儿子，叫杨复平。"

小伙子赶紧上来散烟，我忙摆手，说自己不抽烟。小伙又朝着我们同行的几位干部散烟。

"我今年21岁，去年在叙永学厨师，干了半年，每月有1500元的工资。去江苏打过一年工，每月挣上5000元。"

从表情可看出，杨复平是有些惶惑的，还没有找到一个适合自己的职业。

"下步准备搞木槐养殖，但是还没有想好。"杨复平显得有些腼腆，似有些拿不定主意。

说到家乡的变化，杨复平一下子情绪高涨。先前的羞涩似乎一瞬间躲到了屋后。

"小时候，我们上学都是走的泥巴路，去高田小学走路要3个小时，现在去三台小学，水泥路通到了各家各户，上学也很近；那些年拉电用木电杆，冬天雪大会压断线，群众就三五十元凑钱解决，电费还贵，每度电二三元，现在用电跟县城一样，每度4角钱；前些年我们用水都是用竹木抠槽从山上接溪水用，现在全通了自来水；贫困户看个病也很近，村上就有卫生室，可以报90%，先住院再结算；现在电视、4G全通，水电路通，我们生活真正变了样。"

在凤阳村三台村民小组，我们见到了50岁未讨媳妇的杨永全。

"这是县文联办公室主任王玲的挂钩户。家里有个72岁的老人，喂了两头牛，属政府兜底户，每人每年可领4000元生活补贴，年收入过万元。住80平方米的房子，家中种了两亩包谷和豆子。"

说起文联的挂钩户，周元珠就像是说到自己家的亲戚一样熟悉。

村里的一些老弱病残，一直让周元珠揪心。

"凤阳村长义小组的张正才，80 岁了，残疾儿子张世会在广东打工死了，一个人独居。儿媳赵飞也 50 多岁了，在深圳打工，一个人挣钱供两个孩子上大学，现在都在外地公司里打工了，像张正才这样的老人，是我们一直担心的，时常都要过去看看，生怕有什么闪失。

"张正才家之前住的是草房，用芭茅草和包谷草盖的那种，今天，住上了 70 平方米的房子，这种变化之大，是老张活这 80 年都不敢想的。

"在凤阳村，得到各种扶贫资助最多的一家，有 13 万元，他家没有分家，全家十几口人。

"到哪个山头，唱哪首山歌。

"凤阳村搬迁到威信县城龙溪安置区的群众，去了没几个月，都已经适应了那里的生活，风俗全改，还跳起了广场舞，原来在农村脏乱差的陋习全改了。

"搬到龙溪村的周符强，40 多岁，成了社区的一名保安，一个月能领到 1800 元工资，因为妻子得了肺气肿，加之 4 个孩子读书，家中又有 85 岁的老母亲，属于因学、因病致贫户，他们家纳入建档立卡贫困户后，成为全部由政府兜底的贫困家庭。搬到龙溪新区后，医疗条件好了，妻子的病情也大为好转，现在都到新疆乌鲁木齐皮鞋厂上班了，每个月能领到三四千元的工资，一家人过上了衣食无忧的新生活。"

三台村民小组的赵华泽家，是村里的特困户。

"赵华泽得了肝癌，死了，家中就媳妇带着 4 个孩子，实在是揭不开锅了，我赶紧向镇村汇报，给他家落实了一个公益岗位，我私人又捐了 5500 元钱给他家建房。

"马腰杆村民小组的雷明凯家，有五口人，儿子死了，两个老人带着三个孙子，看着惨兮兮的，我们县委宣传部和电力公司的几位挂包干部主动上门，带领他家种植玄参，希望通过种植中药材增加一些收入。

"县电力公司派出 98 名职工挂包 376 户，派出 3 名干部长期驻村工作，我们宣传部 22 名干部挂包 112 户，县供电局和宣传部的领导经常走村入户，帮助协调解决困难和问题。"

从周元珠的介绍中，我们看到了一位驻村干部的日常，琐碎、操心、担当。他们熟悉每一户人家的家庭成员、收入多少、谁生重病。事实上，即使是在城里，对自己的父母兄弟姐妹，也没有如此细心。

说到全村的变化，凤阳村的支书赵世江感慨万千。赵世江是个 50 多岁的老支书，当过 6 年村主任，村支书干了 24 年，他见证了凤阳村 50 年来的巨大变化。

"我们凤阳村最大的困难，就是路不通，扶贫攻坚这几年，在县里的支持下，我们修通了所有村民小组的水泥路，光 2017 年冬季，就硬化了 48 公里水泥路，今天，我们村的人上个街串个门，脚上都不会沾半点泥巴。穿了一辈子的长筒水鞋，终于脱下来了。

"从 2016 年以来，我们村共解决了 14 个村民小组的用电问题，与县城同网同价。

"从住房来看，几年前，我们村山一家水一家，全是一片一片破烂的土木瓦房，到 2017 年 5 月，全村 484 户人家全住上了小洋房。

"饮用水也实现了户户通，田湾、长湾、李家坝 3 个吃水最困难的自然村，全通了自来水。

"我们凤阳村有了自己的卫生室，一站式服务，可先住院后结算，群众很方便。

"在产业发展上，我们村有 8000 亩天然方竹，加上新植面积，共有 13000 多亩，每亩产笋 200 公斤，每公斤 10 元，每亩纯收入达

1600 元，5 年出产。我们村还投资 360 万元，建设了一个占地 11 亩的生猪养殖场，能养 4000 头猪，作为村集体经济的支撑。办这个养殖场，政府补助了 160 万元，村集体公司贷款 200 万元，村集体经济一年可收入 40 万元。

"在促进群众增加收入方面，我们还积极动员群众外出务工，挂包干部和村干部一家一户作动员，村上组织送他们到高铁站，前往广东、浙江等地打工。目前，全村卡户有 1131 人，已就业 1061 人。对村里的工作，群众较为满意，上级也很满意，省级和国家级的考评，每次抽查我们村，都是零问题。2018 年江西省考评组进驻我们村，共抽取 14 个村民小组 46 户进行核查。2019 年 2 月 8 日国家组织的第三方考评，抽到我们村的两个村民小组，全零问题过关。凤阳村总计 868 户 3872 人，有卡户 488 户 2270 人，贫困发生率 43.4%，2018 年底脱贫 475 户 2215 人，剩余 13 户 50 人，贫困发生率下降到 1.3%，2019 年全部脱贫清零。大家都公认，我们凤阳村是全县变化最大的村，我们村上的干部，大家都很有成就感。"

说到工作的艰辛，凤阳村副主任陈兴平只是摇头。

"扶贫工作最忙那阵，我们连续加班 4 个通宵，做贫困户的档案，全村 425 户农危改贫困户、50 户东莞援建户、157 户易迁户的档案，我们都是通宵做出来的，有几十户人家的档案较复杂，我们做了 8 遍。因我们村贫困面大，压力很大，很多群众根本拿不出钱来支付给老板，有几个村干部自己拿出钱来给群众垫付建筑材料款，每人都拿出了几千元，确保房屋打款按照进度支付。

"易地搬迁是我们最难啃的硬骨头了，我们凤阳村有易迁户 134 户 512 人，当时有很多人家不想搬，担心这担心那的，我们就一家一家上门做工作，村组干部直接把车开到群众家门口，主动帮助他们搬东西，还给群众出车费，用实际行动感动了群众，最终才答应搬迁。有一个村民小组，40 户人家就搬迁了 21 户。有几户人家是最难做工作的，要么说自己搬去城里没吃的，要么就说楼层太高了，搬去不习惯。比如李绍荣家，只有两口人，死活不搬，在村干部软磨硬泡下，终于答应搬迁，但搬去龙溪村后，不懂用电，不会使用电梯，我们就专门请了一个叫李凤才的人，天天教他使用电器，教他如何使用电梯，直到能独立操作为止。

"搬到新区以后，群众稳定下来了，也尝到了搬迁的甜头，充满了感激之情，像团树平的易元松，全家有五口人，原来就在县城租房供3个孩子读书，一听到易地搬迁的消息后，高兴极了，立即决定响应政府号召，搬迁到龙溪村。

"石砍子的魏治秀，是个80多岁的老人，家里原本有七口人，老公癌症死了，儿子也死了，儿媳跟别人跑了，家里只有老人带着3个孙子，生活过得苦巴巴的。镇村干部知道后，一直在帮助她家，协调广东狮子协会捐助了2万元，政府补助了10.4万元，村上的干部找人帮助她家建了房子，两个孙子也纳入了特困供养，每月有880元的收入，大孙子现在外出广东打工，也可以带些钱回来，一家人终于可以过一点安稳日子了。

"最忙那阵，一天要接上百个电话，一个月下来，电话费超过300元，要反反复复解答老百姓的各种问题。由于连续熬通宵，有几个村干部走路都很困难。总结下来，要说有一点点扶贫工作的经验，那就是踏踏实实，一步一个脚印做好工作，对得起老百姓。

"长义村民小组还专门给我们村上送了锦旗呢！"

陈兴平露出一脸的笑。

在李家坝自然村，我们来到了养蜂人李凤玉家。这是一个健谈的老人，交谈中得知，他已经65岁，但看上去还很硬朗。

"我家人口多，一个儿子一个女儿。儿子李国全40岁了，出去打工时被机器搅了一只手，截了肢，一只手只有一个指头。儿媳出去打工就再也没有回来过了，也从不会带一分回来，偶尔和她女儿通个电话，带双鞋子回来给娃儿。现在就我和老伴带着孙子和孙女。女儿身体也有残疾，全靠我供养。"

问及老人的生活，他说自己也不是建档立卡贫困户，原因是在当初"三评四定"时，因为他家早年花了 7000 元买了村小学的一间平房，属于有安全住房一类，所以未纳入卡户。但言谈中，并未听出老人家有任何怨言。他很爽朗地指着门前的几十桶蜂告诉我们："我养了 40 桶蜂，一年能取到 80 斤蜂糖，可卖一万多元，加上周边地里种点包谷洋芋瓜豆，还种了 200 余亩柳杉和刺杉，一年的日子还是勉强过得去的。

"现在条件好多了，娃儿上学也方便，我的两个孙子，一个上高一，一个读初三，小孙子一直是全乡第一名，我还是高兴的。等他们读出书来，我也就不操心了。"

说到易地搬迁，有些人有些事真是叫人啼笑皆非。

"有两兄弟，李绍云和李绍余，都 70 多岁了，一直未娶，让进养老院，坚决不去，说去了不自由。搬来新区后，不会乘坐电梯，龙溪社区的干部和志愿者一直教了好几天，才终于教会了。"

周元珠还给我们讲述了他挂包的另一户贫困户的故事。

"45 岁的张丽仙，搬迁前 46 天，老公去世，一个人带着 6 个子女和孙子，本来就困难，小女儿去永善县男友家，不小心摔伤住院，二儿子也摔断了手，喂了两头猪也死了，真是祸不单行。为了缓解她家的困难，村里又解决了一个低保指标，还好两个儿子今年外出打工了，日子也慢慢好起来了。"

在平时的走访工作中，周元珠还给贫困群众讲一些浅显易懂的道理，对群众作一些引导。

他说："有一次我去凤阳村李家坝村民小组的易元聪家走访，这是一个 52 岁的老光棍，非常懒惰，原本到四川叙永黄坭镇上找了个媳妇，成了上门女婿，生了个儿子，但因为实在懒惰，成天啥事也不做，被老婆赶出了家门。

"那天我上午 11 点多去的他家，太阳都升得老高了，他还睡呢，把他叫醒后，他还说：穷人是条龙，睡到太阳红。

"我当时就很气愤，骂他：你是条大懒虫，才睡到太阳红。

"听我这样说他，他才无奈地爬起来，眼睛白翻翻地盯着我，还有点怨烦我的意思。

"在村子里，像易元聪这样的懒汉还不在少数，像这样的一群人，本身就没有想要脱贫的意愿和动力，做起工作来，也真够难的。"

也正像前段时间抖音上疯传的一个视频，一位扶贫干部去家访，遇到一个光棍懒汉，扶贫干部问他家里还差点什么，那光棍懒汉开口就说："我还差个婆娘，差个娃儿。"这虽然看起来是个笑话，却反映出了极少数贫困群众懒惰成性、坐享其成的心态。而这部分群众，也是扶贫工作的重中之重，成了扶贫干部常常哭笑不得的老大难问题。

站在威信高铁站门前的广场上，周元珠主席兴奋地告诉我："这个高铁站，2019 年 10 月 16 日启用，开启了威信县革命老区的高铁时代。想当年，毛泽东同志等领导率领红军进驻扎西县城时，穿草鞋、打赤脚，一步一个脚印艰难进行，现在，我们的农民工去沿海发达城市打工，坐上高铁，一天之内即可到达，这时代的巨变，真是让人想象不到。"

周元珠主席指着眼前的站前广场和建高铁站房屋设施的地面说："建高铁站这个地方，叫田坝，原来住在扎西河两岸的两个村庄 100 多户人家，因为建设这个高铁站，全部给拆迁了。革命老区的群众，革命时需要，他们献出了自己宝贵的生命，建设时期需要，他们献出了自己美丽的家园。"

听了周元珠主席的一番感慨，在场的几人都深受感动，大家沉默了好一会儿。

杨龙塆梁子在高田乡凤阳村境内，海拔 1902 米。登临威信县境内海拔最高的山峰时，周元珠伸手指着前面莽莽苍苍的群山，骄傲地告诉我："1935 年 2 月，彭德怀曾率领中央红军三军团主力从四川叙永县的亮窗口，翻越崇山峻岭，艰难地挺进凤阳村，然后快速向扎西集结。"

当我再次登临威信县水田镇者珠坪山峰时，山谷间的赤水河蜿蜒东去，群山逶迤，尽显沧海桑田之积淀。史载，1935 年 2 月，中央红军一渡赤水后，由于北渡长江计划受阻，党中央决定向扎西地域集结，以寻求新的战机。于是，中央军委纵队和红五军团的全体官兵们，迈着坚强的步伐，意气风发地挺进了磅礴乌蒙，于 2 月 5 日进入了云南省威信县水田寨。傍晚，中共中央在水田寨花房子召开了政治局常委会议（是扎西会议三次会议中的第一次会议）。会议推选张闻天（洛甫）接替秦邦宪（博古）担任中共中央总负责人，成功实现党中央最高权力的交接，即"博洛交权"，并决定周恩来负责指挥军事、毛泽东为周恩来军事指挥上的协助者。花房子政治局常委会议实际上确立了毛泽东同志在党和红军中的重要领导地位及军事指挥权。因此，2020 年 1 月 21 日，习近平总书记在考察云南结束时发表了重要讲话，他说："'扎西会议'改组了党中央的领导特别是军事领导，推动中国革命走向胜利新阶段。"

在威信大地上，红色基因是这片大地的底色，红得耀眼，红得深沉。红色，已然成为威信人民心中的信仰，红色精神，早已浸入了威信人民的血液和骨髓。这种精神，在今天的脱贫攻坚主战场上，依然焕发出强大的生命力量。

永善县位于金沙江畔，因已建成世界第三大、中国第二大水电站溪洛渡水电站的建设而闻名。

史载，"永善"之得名，源于 1727 年云贵总督鄂尔泰剿平米贴，并由朝廷钦命此县名，意为永远服从管教。事实上，永善的历史是十分久远的，早在夏禹时就属梁州域辖地，周朝时属于雍，秦王政二十六年（前221）则属西南夷夜郎部。

乌蒙山雄奇险峻，大气磅礴，金沙江玉带一般环绕其山脚，奔腾至溪洛渡，大地抬升，隆起一座雄浑厚重的大山，坡面平缓，地势开阔，白云笼罩，蓝天当顶，雾岚飘浮，宛如仙境。大自然在制造大山的同时，也鬼斧神工地造就了一道逼仄神秘的峡谷，至于这道峡谷何以在21世纪会派上用场，建设一座巨型水电站，这也许是造物主都难以想象的一个问题。峡谷两岸两道笔直的悬崖如两列巨型火车排山倒海般飞驰而来，一声汽笛长鸣之后，稳稳地停在了溪洛渡，成为了一道天然石门，为巨型电站的建设创造了得天独厚的有利条件。这让人不免想起"天门中断楚江开"这样气势磅礴的千古绝唱。金沙江浪滚潮涌，奔腾不息，气吞万里如虎，一泻千里，赛跑一样朝着一个叫作太平洋的方向奔流。江左岸，是四川地界，沿江是四川的大凉山和宜宾地界，雷波、屏山两县和江右岸的永善地界遥相呼应，两省人家一衣带水，一江之隔，相互通婚，互通有无，搭伙经商家常便饭，从两岸人家或青瓦白墙或两层小洋楼里飘出的炊烟，不出一袋烟的工夫，就已在江心的上空融为一体。站在对岸喊一声，渡个船儿就可以过江串串亲戚吃顿江鱼。

永善的山水是大气兼灵动的。

马楠乡，是永善县最贫穷的一个乡，脱贫攻坚任务异常艰巨。但马楠山，也是永善最漂亮的景，代表了永善的大气之美。一座高峰擎天而起，直冲云霄。山脊高大雄俊，粗犷豪迈，气势磅礴，直插云间。山顶，大片万亩草甸铺展眼底，青绿映天，山花烂漫，与蓝天白云相映成趣，浑然天成。有雾的日子更绝，让你彻彻底底过一回仙人的日子。茫茫云海好像一团团棉絮在脚下翻滚，让你仿佛置身于仙界，稍不留神，还以为自己就是玉皇大帝或是某位大仙了，飘飘然不知所措。运气好的话，你还能看到佛光，使自己真正做一回仙人，定格瞬间的人生精彩。

桧溪古镇，一个金沙江畔曾经在清朝和民国时期异常繁华的水码头，是川滇两省商贸往来，尤其是朱提铜运输的重要通道，布匹、盐、茶、烟草、丝绸、瓷器等日用百货，都曾人背马驮穿行在这个江边小镇。江边直逼云天的古栈道，那青石板铺就、留下了无数马蹄印迹的石台阶，仿佛在诉说着桧溪古镇古老的历史和岁月的沧桑。安土司对古镇300多年的统治，至今从那些古旧的建筑及残存风蚀的安土司墓还可窥一斑。这里曾经繁华，文庙、关帝庙、万寿宫、财神庙、禹王宫等众多会馆寺庙彰显着康乾盛世的鼎盛与繁荣。这里还兴办了永善最早的学校。可见，桧溪是个历史悠久、文化厚重的地方，值得一品。

因为山高坡陡，溪流纵横，一度成为阻隔永善人出行的屏障，随着脱贫攻坚的推进，溪洛渡水电站的修建，交通、通信、教育、卫生等基础设施的彻底改善，那些曾经成为路障一样的大山大水，又将在乡村振兴的进程中变成永善遍山是宝、独具特色的旅游资源。在永善，桧溪葡萄和金江蜜橘、金江魔芋、金江花椒等美食远近闻名，备受青睐。永善的美景也百品不厌，连绵奇绝的五莲峰、永安湿地鹤舞高原的曼妙仙境、多姿多彩的苗族彝族风情、动听浪漫的苗族芦笙和彝族过山号、拥有地下"长城"的码口溶洞群、神奇的玉笋、有着抛藤搭桥凄婉爱情传说的摆摆桥、务基的青龙汉墓、佛滩的悬棺、大同古驿站、细沙万亩菜花、黄华龙公馆等，都将为永善的稳定脱贫插上腾飞的翅膀。

2020年6月6日，我们来到了永善县红光安置点。这是一个位于金沙江右岸山顶上的一个安置点，站在安置点，溪洛渡库区那一汪清水尽览无余。所有的房子，几乎都成了湖景房。这也是昭通市9个万人以上人口安置点之一，而且是全市第一个搬迁入住的安置点。

在安置点办公室，我们见到了永善县政协副主席、工商联主席钟青山。钟青山 50 多岁，中等身材，微胖，看上去有些严肃，访谈之中，我分明能够感受他对待工作的严谨认真。

　　"红光安置点占地 650.6 亩，总投资 17.7 亿元。总建筑面积 30.35 万平方米，共 102 幢房，安置人口 3542 户 14668 人。配套建设有 1 所九年一贯制学校、2 所幼儿园、2 个社区卫生服务站。

　　"2018 年 7 月 16 日开始征地 600 余亩，10 月 26 日开工，12 月中旬正式动工建设，2019 年 10 月 26 日分房，水、电、路全通，具备搬迁条件。11 月 25 日—12 月 2 日，对全县 13338 人搬迁入住。创造了一周内搬迁上万人，未发生一起伤亡事故，没有大小事故发生的奇迹。"

　　短短一年时间，原本一座杂草丛生的山头，变成了一座湖滨新城，这个速度，着实让我吃惊不小。这也让我想起前不久在电视里看到的一条新闻，讲的正是永善县红光安置点的搬迁。视频中，位于大兴镇金沙江右岸的大山上，那路岂止十八弯，该是几十弯吧，县里组织的搬迁车队像一条长龙样从山脚一直蜿蜒而上，气势之壮观，令人叹为观止。

　　我也对如何在一年之内建成这 100 余幢高楼感兴趣。

　　"建设过程之艰辛，难以想象。永善县城原本就在一个陡坡上，安置点选在山顶，只能把山头削平，地形也十分复杂，上百辆大车日夜抢修，40 余台挖机昼夜奋战。云南建投旗下 6 家子公司火力全开，不间断 24 小时施工，以超常规手段加足马力，才让我们看到了今天的红光小区。"

　　我问："这样抢工，房屋质量有保证吗？"

　　"肯定有保证啊，这可是老百姓的小康房，怎么能出问题。当然，小的缺陷在所难免，但通过搬迁前的房源排查，都已全部整改完成了。"

搬迁来的群众是否能稳定下来，是我一直关心的问题。

"95%以上的群众都十分满意，内心对党和政府充满了感激之情。他们搬来后，老家的房屋在今年6月30日前全部拆除，老家的宅基地、承包地、林地荒山，通过入股、流转、托管等方式，交由专业合作社、专业大户和亲戚管理，都能盘活。"访谈间，钟青山说得很是自信，脸上露出坚定、自信、骄傲自豪的神色。

说到搬迁后的收入，钟青山扳着手指头算给我听。

"我们主要通过4条措施来解决。一是配股卡户，每人配给3000元加入江西正帮集团，发展肉牛养殖，年底分红。二是组织青壮年劳动力外出就业，我们组织了几十辆大巴，车旅费全免，实现家门对车门对厂门的模式，把那些有就业意愿、有就业能力的人输送到沿海发达城市务工。三是通过开发一些公益岗位和扶贫车间，保障那些留守家中的妇女、老人和弱劳动力就近务工。四是对那些失去劳动能力的群众和高龄老人，实行民政兜底，保证他们的基本生活。通过这4条主要措施，凡是有就业意愿的群众，都能够实现就业。生活有着落，未来有希望。"

在安置点20幢楼房前，我们见到了一对苗族老人，老大爷瘦却矍铄，脸庞发亮。穿一件深蓝色的外衣，脚上穿着一双草鞋。随行的电影《安家》的编剧王言英老师很是好奇，弯下腰去仔细打量，问老人家鞋是不是自己做的。老奶奶个子矮小，头上盘了个圆形的发髻，那是滇东北苗族女性的日常标志，穿一件深色外套，下身穿了一条苗族的花裙子。这样的装束，在我的家乡大山包，是常见的，小时候，我们村后山脚下的小河边，就是一个苗族村。那里的苗族和永善县马楠乡的苗族，都是居住在海拔3000多米的地方，生活习俗相差无几，这让我看上去十分亲切，仿佛自己又回到了故乡。

我上前和老奶奶交流，想和她攀谈几句，她只是摇头，不作答。用手指了指她的丈夫。她的丈夫反应快，赶紧上前一步，指着妻子说："她耳聋，听不见。"

老大爷叫张明才，81岁，但看上去还很精神。

"要是没有易地搬迁政策，我们祖祖辈辈只能住在大山上了，哪有今天这么好。我家原来在马楠乡鸽子厂村，那地方又穷又冷，我家五口人都住杈杈房，房顶烂了盖点塑料布，烧柴背一根烧一根。"

老人说着一个劲地摇头，像是表示和旧生活的一种决绝。

"我大儿子也搬来了，也分到了一套楼房，他有点残疾，我随时过去照顾他。"

从钟青山的口中，我还听到了很多鲜活的故事。

"我们红光安置区搬迁时，正值春节前，有些群众在老家刚宰了猪，把上千斤猪肉搬进来。有的把上万斤洋芋也搬了来。根本无法摆放进单元房。我们只得做群众的思想工作，希望他们改变下生活方式和行为习惯，动员他们把猪肉和洋芋卖了，以后需要了就到街上去买，又不像在山里居住，赶个街也不方便。一些群众还是通情达理的，也听我们干部劝导，果真把带来的猪肉和洋芋给卖了，把屋子收拾得整整洁洁、干干净净。

"搬迁群众中，也会因为房子有攀比心。有的群众家本来人口就少，这房子是按人口来分配的，看人家多的住大面积的房子，他们心里会不平衡，来找我们社区干部理论，我们的干部也只能平心静气给他们做思想工作。

"随迁户也会与卡户攀比，主要是比房子花不花钱。卡户的房子是政府出钱，拎包入住，而随迁户则每平方米要自己补上2000元，一个人头，政府每人补助12000元。这样算下来，随迁户住上100多平方米的房子，自己得出20余万元，他们就觉得自己不划算，也时常来找我们社区干部理论。

"有的群众把老家养的鸡带来，养在卫生间里。有的人家养了五六只鸡，有一家在卫生间养了6条狗，被我们的楼栋长发现后，都一一做了动员，引导变卖成现金。

"有一户群众，在老家养了一群羊，搬迁前只能变卖，在扶贫干部的帮助下，卖得 20 多万元，用个蛇皮口袋装来，搬进新家后，钱一直放在枕头下。社区干部又动员他家拿去存在银行里。

"有些群众的钱，用卫生纸包了一层又一层，又用塑料袋包一层，再用黑袋子裹一层，看上去又好笑又辛酸。"

钟青山副主席还给我们讲述了好些感人的小细节。

"马楠山上的苗族同胞搬来新区非常高兴，坚持要给党中央和习近平总书记写感谢信，想在春节时通过节目表演用苗语和汉语呈现出来。

"也有少数群众来诉苦，说他家如何如何穷困，说得一把鼻涕一把眼泪。我们的社区干部就给他做艰苦细致的思想工作，还带他们去看望一个残疾家庭，这家有 3 个残疾人，连梳头都不会，但人家也不叫苦连天，那些叫苦的群众，觉得这个残疾家庭比自己还苦，也就不觉得苦了。

"有一户人家，男人腿残了，老婆也跑了。腿是在老家自己修房子的时候断的，医院要求截肢，但他自己力求挽救，想保守治疗，由于他的坚韧，在浙江打工挣钱治好了腿疾，现在还每天坚持走路。他的精神感动了小区的很多人。

"有一户人家，门锁打不开了，社区帮助叫了开锁公司，本来要收 60 元，优惠 10 元，收 50 元，但搬迁户只借到了 30 元，开锁公司也就收了 30 元。这些虽然都是些点点滴滴的小事，可是却温暖着很多人。"

说到搬迁安置的经验，钟青山认为有 3 条最为宝贵：

第一，现场解决问题。如地方沙石料等原材料要素保障，通过在现场科学决策，合理调度，保障了生产、运输等各个环节。

第二，云南建投这支战无不胜的高原铁军，成了建筑保障的关键。从头年冬天开工到第二年冬天完工，他们历尽了千辛万苦，作出了巨大牺牲。

第三，群众支持。为了腾地，搬迁了94户原住民，为了易地扶贫搬迁的大局，他们牺牲了自己的个人利益。

红光社区党支部书记周益群是全国劳模，多年来一直从事社区工作，做群众工作是把好手，但对这些从高山上新搬迁来的群众，周益群也显出一脸难色。

"我感觉要学的东西太多了，易迁群众中冒出的问题，有些我根本想象不到，有的奇葩事真是让人哭笑不得。

"红光小区32幢，住了50户左右独人户。我们的社区楼栋长基本都是女的，那些单身汉晚上闲得无聊，经常夜半三更借故打楼栋长视频电话。搞得这些女人很难堪。"

周益群说着笑得用手蒙住自己的脸，根本抑制不住。

"关键是，这些姐妹，她们受了委屈也不说。当第一个女楼栋长来给我辞职时，我还觉得纳闷，根本就不知道到底发生了什么。

"后来又有几个女楼栋长来找我辞职，没办法，我只好在其他栋找楼栋长。找来找去，年轻有能力的不干，难找。愿干的，都是在家带孩子的留守女性。为了方便管理，我们的楼栋住户是要建微信群的。第一次有楼栋长找我辞职，说不干了，只说有事。找第二个也没做多久，也不知道原因，只说不干了。有一个晚上，很晚了，我突然接到一个视频电话。一听，他是32幢的独人户，我才明白了那些姐妹们不干楼栋长的原因。

"后来，我们找了一个30多岁的男性当32幢的楼栋长，那些单身男性才终于不打视频电话了。"

周益群书记又说到了一个现象。

"社区里的五保户，很多都不愿意去敬老院。有一位老人，平常觉得他很挑，问他为什么不去敬老院，他说那里面女的都没有。类似的问题客观存在，我们做社区服务工作，也不能一刀切，还得结合实际来弄。

"这样的实际情况，导致我们社区的女孩子们根本不敢一个人去开展工作。比如，12幢，一幢楼有56户，基本都是单身户、五保户、独人户，单精神病人就有56人。残疾人也多，生活很不方便。还好，人都是有感情的，我们社区里，互帮互助也很多。有一个人眼睛残疾，爱干净，经常打扫楼道卫生。有一位卖菜的群众，还时常给社区的老人送菜。经常给一位生病的老人送点白菜、豆花啥的。偶尔会去看看老人，帮助她收拾打理下屋子。有的单身老人住院要监护人签字，没亲人的，我们的楼栋长就代他签了。"

生活中，还有很多日常小事，虽是细枝末节，但在周益群和那些社区干部那里，却是要一点一点去完成的具体事务。

"有一位老人走出自己的楼栋就找不到家了，家人怕她走丢，在她的包里装着一张纸条，写了家人的电话。老人每一次走丢，只要给楼栋长看过纸条之后，就打电话过去通知她的家人，这样的事，一天要重复好几遍，但我们的社区干部从未有半点怨言。

"社区里还有几位独居老人，没有人照顾，我们的社区干部、挂包干部和楼栋长就分头去照顾他们，轮流去教他们做饭。从电磁炉的使用，去银行取钱啥的，从头教起。7幢的楼栋长，是个妇女，凡是楼栋里的大小事，她都包了。有一家两个老人，一个小孩子，连买米啥的，都找楼栋长代办。

"我们社区的每幢楼，都实行了网格化管理，都公布了楼栋长、干部、警察、物管、社区包保人的电话，每人负责几个楼栋，群众的大小事，都有他们日夜工作的身影。

"有一天我去入户的时候，一位老人动情地说，楼栋长比她的女儿还好。老人的这些话，对我们既是安慰，也是动力，为了更好地为社区有困难的老人们搞好服务，我们针对一人户和二人户，再给楼栋长配两位同志，送医院啥的，能够有个应急的帮手。甚至到了夏天，他们的饭做多了，怕变质，我们的社区干部每天都去查看，还要留意人居环境是否干净，有没有吃的，做好饭没有。这些事情都很琐碎，但不做不行啊！"

从周益群的话语里，我们分明能够感受到一位社区党支部书记身上的担子之重，责任之大，但他们得到的却很少。

"一个楼栋长的工资每月才675元，公服性岗位每月才600元，但他们的工作量很大，要负责50—70户群众的日常生活服务。我们小区的房子，最高的11层，每天，社区干部和楼栋长都要上上下下跑几十趟。

"对有劳动力、无产业可扶、无法外出打工的'一有两无'群众，我们还安排了保洁员等一些公服性岗位照顾他们，一方面解决了卫生清扫的问题，另一方面，也让他们增加一份收入。

"在平时的工作中，我们除了要管理服务好群众的吃喝拉撒，还要安排好群众的娱乐活动，在我们红光社区，文艺活动很丰富，有狮舞、广场舞等好些个文艺协会和社团，平时很活跃。

"下一步，正准备建广场、职工服务站、老年大学、派出所和文化服务中心，建好后，群众的文化生活就会更加丰富多彩。"

一些群众，搬来小区后，重新组建了家庭，过上了美满幸福的新生活。

"有一个60多岁的老妈妈，老公死了，搬来小区后，她又找到了心仪的老伴，嫁到了永红社区。小区里的群众，有些人家两夫妇都是重组家庭。有一家再婚妻子带了两个孩子过来，加上自己家的一个孩子，共五口人居住，家中孩子姓氏也比较复杂。一个家庭可能有几个姓氏、几个民族，社区干部才入户时，都有点搞不清楚，得多去几次，才弄得清他们的家庭关系。

"团结乡花石村的一个男青年，打工从外面带来一个女孩，回到家里走不成山路，慢慢习惯了，能走下山路了，跑了。现在搬来新区，条件好了，才又找到了一个老婆。高山留不住人啊，都很愿意搬出来的。即使老年人不想搬，年轻人都要坚持搬。"

说到对安置区新生活的适应，周益群书记给我们讲了好些趣事。

"有一个小学生，刚搬来时，爷爷奶奶不习惯社区生活，说想搬回老家生活，可孙子不答应了，孙子说不回去了，要回就你们回去吧，他一个人在这里。在这里学校比老家近多了，等考上大学了，带爷爷奶奶到北京买房。说得让爷爷奶奶高兴得不得了。这小孩子连过春节、清明上坟都不回去了，怕回去了爷爷奶奶就不让他再来新区了。

"有一个马楠乡搬来的苗族群众，省里领导来调研，问他搬来新区怎么样。他说，很好，下雨天终于可以不穿水鞋了，终于可以穿胶鞋了。"

周益群学群众的腔调学得惟妙惟肖，看上去可生动了。

"来调研的领导问老家的房子拆了没有，他说我的房子本来就是权权房，不要了。搬家时，孩子还在马楠乡上学，他说老房不要了，搬到新区后，再也不想回去了。

"苗族群众说在老家时，孩子从家里到坪厂村再到马楠乡上学，车费要40元，还不能直接到家，要走一段稀泥路，搬来红光小区后，真不想再回老家去了。"

说到群众的住房，周益群书记说，条件太好了，变化太大了。

"6—9人户，好些家都通过摇号摇到湖景房，最大的有140平方米，穿透窗户，就可以看到山脚的金沙江。搬家后，社区还开展了一些丰富的激励活动，办了爱心超市，凡是操家理务做得好的，都给予一些奖品奖励。最高一户可到爱心超市兑现260元物品，或者兑换电磁炉啥的，群众对于改变不良生活习惯有了动力，效果也十分明显。"

就社区日常管理的激励，周益群书记也是想了很多办法。

"我们社区还制定了10条管理措施。如爱心超市，通过政府一个季度为一个社区配给30000元物品，再通过社会捐助一些，小区商铺租金支付一些，我们就开办了一个规模很大的爱心超市，再抽社区干部、乡镇联络员、居民小组长、管委会干部等，一起对群众的行为习惯改变、操家理务进行评比。同时，各楼栋之间又实行交叉评分，社区交叉评比，最终评出优秀家庭，公示无异议后，兑现一些日常生活用品给群众。通过这些激励措施，群众对于改变传统生活陋习有了动力，更加主动适应新生活，生活水平也得到了大幅提升。比如，在今年三八节期间，我们社区就搞了一个活动，各家把家里整理好了，晒出照片，评出一、二、三等奖，奖给毛巾、吹风机等生活用品，群众可高兴了。"

对于新搬到红光社区的群众，能否解决他们的就业，至关重要。在这方面，周益群也是有说不完的话。

"为了稳住群众，让他们有更高的收入，我们一家一户动员群众，劝导他们外出打工挣钱。今年3月6日，我们通过社区干部入户动员，包了26辆大巴车送农民工到浙江等地务工。车上还给群众准备了口罩，买了面包和矿泉水。6日，大巴车浩浩荡荡从永善县城出发，8号早上就到了浙江嘉兴。在路上，有的带着小孩子，一路上还晕车，都需要照顾。途中，一位农民工兄弟就很让人暖心。他会帮着我们的干部一起管理服务群众，那些晕车的，肚子疼的，身体不舒服的，他都积极主动上前帮助，感动了很多人。其实，一辆车上，很多人以前都不认识，通过近三天的旅行，在路途中互帮互助，大家的感情加深了，气氛也融洽了。

"有的农民工兄弟就很有感慨，说他们以前外出打工都是各走各的，各找各的钱。但这次疫情期间，县里的干部统一组织外出打工，一路上大家都会相互照顾。在路上，到服务区，上个厕所，有的下车就找不到车了，我们随行的干部就分成小组，一个人负责几个人，盯着。第一天晚上在服务区，有一个农民工上厕所后找不到自己坐的车了，我们的干部找了一个半小时，都没有找到，结果，他跑到其他车上睡着了，电话也不接，我们就跑到其他车上一个一个去看。后来专门安排人盯着他，防止下次再走丢。

"大家外出打工是非常不容易的，为了给农民工兄弟搞好服务，我们当时在一辆车上选择了一至二人来负责本车的管理服务，通过努力，终于完完整整、安安全全地把农民工送到了务工目的地。

"让我们最难忘的是一个残疾人，他行动不方便，上厕所都要有人扶他去，当时，我发了个200元的红包给他，他没有收，说政府帮助他们送到打工的地点已经很感动了。有些人坐车脚都会肿，但一直坚持了下来，最终还是坚持到达了打工的目的地，实现了就业需求，也保证了他们基本的生活需求。"

记得一位画家朋友说过，永善县，是最适合写生的地方，因为那里的每一座大山，每一条江河溪流，都是一幅天然的山水画。我想说的是，在这些画一样的山水间，那些温暖的易迁故事，更让我感动，我徜徉在这一幅幅的画儿里，舍不得离开。

还是得离开了。

2020年6月7日，完成永善县红光安置区的采访之后，我驱车赶到了被网红们称为全国最窄的县城盐津，与事先约定的盐津县委常委、县委宣传部部长罗旭见面。

盐津，因城北渡口至今尚存曾经产盐的古盐井而得名。

朱提江，这条当地人称作关河的河流，以破竹之气势，在乌蒙大地上撕开了一条神秘的大峡谷，这就是诡异无限、风光无限、百看不厌的朱提江大峡谷。峡谷两岸，两列波涌云起的巍然群山蜿蜒而下，如两条即将起飞的巨龙蓄势待发。谷底水流湍急，两岸人家炊烟袅袅，山腰上具有川南风格的民居依山傍水，大都青瓦白墙，或为一楼一顶的小楼，房前屋后翠竹成荫，绿树环绕。

江边，一座座吊脚楼沿江而筑，每户人家修筑两层的小楼，至少得从江滩上筑起三四层楼高的柱子，才得以支撑。小楼的门脸大都迎着山脚公路，开了风格各异的食馆旅店，店主大都古道热肠、开朗大方，尽显盐津人机敏灵秀的秉性。

一条青石板铺就的小路，连通各家各户，与峡谷中顺河而下、宛若玉带飞舞的四车道高速公路和游龙一样的内昆铁路形成了一张血脉一样的路网。这座曾经只能用脚步丈量的峡谷，曾经只有马作为主要交通工具日以继夜走了几千年的雄关险隘，似乎就在弹指一挥间，就成了一条谈笑间旅游愉悦、看山玩水、品读历史的快速通道，让人不得不佩服先民的伟大坚韧和人类与大自然相亲相融的大智大慧。

古称石门关的豆沙关，无疑是古人由蜀入滇的第一道险关。至今，在关河西岸岩壁上仍可看见沧桑历史留下的"滇南枢纽""其险也若此"等摩崖石刻，这里被誉为"滇南第一关"。一古城堡巍然屹立于石门关，远远看去威严雄壮，真可谓一夫当关万夫莫开之险关要隘。贞元十年，大唐使臣袁滋，也就是那个擅长写篆书的大书法家持节册封南诏，途经石门关，面对深山密林，雄关险道，徘徊茫然之际，虽然趁着酒兴只留下了"袁滋题"三字真迹，却定格了一段民族团结的重大史实，使得这块摩崖面积仅 0.44 米 × 0.36 米、从左至右全文直书八行、每行 3—21 字的碑记成为了国家级重点保护文物，成为"维国家之统，定疆域之界，鉴民族之睦，补唐书之缺，正在籍之误，增袁书之迹"的重要文物，被誉为"民族友好的标志"。与古城堡对峙的对岸绝壁上，一条崖缝里，至今仍遗存 5 具古代僰人悬棺，站在悬崖绝壁间，听着滔滔的关河水声，让人对这个曾经在峡谷里繁衍生息、世代相传却神秘消失的僰人充满了无限遐想。

"五尺道"，一条从历史烽烟中走来的繁华古道。秦开疆拓土，开凿了一条在历史上影响深远的"五尺道"，现残存长约350米，两三寸深的千年马蹄踩出的脚印尚有百余个保存完好，清晰地见证着历史的厚重与久远。五尺道，是由川入滇，到缅甸、印度的"蜀身毒道"（古西南丝路）中的重要通道。如今，五尺道已成为了一段历史，仅存的那350米，除了当地人偶尔走走，更多时候，成为游人缅怀历史的一段见证。值得一提的是，就在雄奇险峻的石门关脚下，出现了一个见证历史的奇特景观，五尺古道、老213国道、双向四车道的高速公路、内昆铁路和朱提江水道五道并行，共同穿越仅数百米宽的石门古关，堪称现代露天交通博物馆，无疑成为5000年来交通变化进程的一个缩影。

豆沙古镇，就横卧在豆沙关背后的山腰上。穿越朱提江的绝壁之下，抬头仰望，映入眼帘的，只有一线蓝天或者一片白云，谁也不承想，就在这一线天的旁边，竟然会闪出一个镇子。镇子古老，破败，清一色的木板房，朱红色的油漆在岁月的剥蚀下显出了历史的影子，暗红里透着古道尘埃的气息。一条主街横穿镇子，青石板铺就的小街被千百年来的马蹄磨得泛着青悠悠的亮光。

如果从康养旅游的角度来看，盐津山城多姿多彩的风情，中和水乡的妖媚，美味飘香的夜市，梦幻灯影里城江相融的诱人夜景，普洱镇古老的渡口，吊脚楼上喝一碗盖碗茶，听一出川剧或者当地的玩意儿（一个地方剧种），听茶馆老人讲讲古道上、江河里的繁华往事、过眼云烟，都是不错的景致和愉悦的体验。

不过，这里要呈现的，是盐津在脱贫攻坚大决战中绘就的绚丽画卷。

盐津水田新区，在关河左岸的高山顶上。这里建有26幢高楼，安置贫困群众3079户14111人，配套建设了1所小学、1所幼儿园、1个卫生服务站等基础设施和公共服务设施。

盐津给人的印象，是峡谷、深涧、沟壑，是壁立千仞之山峰，是浩浩荡荡之关河，没有想到，在水田村，呈现出了一种新的气象。更没有想到，在那些大型机械推平的小山丘上，在群峰包围之中，竟然在短短的一年时间，立起了数十幢高楼，搬来了一万多易迁群众，令人不得不佩服那些日夜鏖战的建设者，那些跋山涉水的乡村干部，那些拖家带口的乡亲。

　　在这座未来的新县城，我们见到了那些从深山里搬出来的群众，他们也惊奇于生活的变化，惊叹于梦一样的现实，按照他们的话说，做梦也想不到，会提前至少 10 年实现自己的梦想。

　　刚搬来水田新区的谭家春，从小就生活在水田村，路不通、水不通、电不通的日子，曾经让这个山里女孩十分渴望靠近县城，于是嫁到了县城所在地盐井镇仁和村。虽然同是一个镇，但峡谷里关河岸边的仁和村离县城近多了，不像老家水田村，开门见山，羊肠小路弯弯绕，要走上一天半日的，才能进到那个满江吊脚楼的县城，去吃上一碗苕粉。

　　"以前一看这里是山，那里是山，刚开始有这个规划，说水田要建新区，觉得不可能，不现实，还不是因为自己没多识几个字，没眼界嘛。"

　　谭家春说着脸上笑开了花，都笑出眼泪来了，她扬手揩了揩眼泪，有些羞涩的样子。

　　"上学时都是走小路，到处都是山。谈恋爱的时候，等恋人的那个地方，如今都起了一座座高楼。"

　　谭家春说着，一脸的陶醉，仿佛刚刚做了一场美梦。

　　"搬来水田新区后，我老公做水果生意，在易迁点的农贸市场。以前，我是旁观者，现在是参与者。以前觉得人家跳广场舞，个个像天仙样，不觉得是身边人，现在，我也加入了她们，天天在跳广场舞啦！"

谭家春当上楼栋长啦！

"真没想到，我都带'长'啦！哈哈。"

谭家春是个爱开玩笑的女孩。

"我们楼栋常住的有几十户。在管理中，也会有很多新鲜事发生，也会很累，但我太享受这个工作了。觉得自己的工作很有意义，很开心。

"他们上街，早上出去，晚上回来。他们很明显的变化是，以前自己地里种了自己吃，搬来新区后，没了土地，他们每天要出去买菜。"

谭家春告诉我们，易迁群众刚搬来时，也有些不适应，需要社区干部去帮助他们疏导情绪，解决一些像芝麻样的小事，让他们慢慢稳定下来。

"有一次陪一个朋友去入户，问一位大叔在老家方便吗。"

"方便啥啊，公路也不通，一年都没上过几次街，儿媳妇都跑了。

"可是搬来新区以后，成天带孙子，连个说话的人都找不到。成天也是闷兮兮的，现在有个想法，想回家。"

"这里不是家吗？"

"不习惯。卫生间就设在家里，上个厕所都不方便。说不定儿子明天给带个媳妇回来，我就想回家，不管儿子他们了。"

"你想回家的原因是什么呢，就是不习惯？"

"是啊，一点都不习惯。"

"你可以去找楼下的老人们摆一下，还有很多人连基本的生存都成问题，你也看看谁更不容易。"

"那明天我就下去和人摆摆，说说话。"

再过几天，我又去入户，问大叔是否适应新区的环境了。

大叔哈哈大笑，笑得唯一剩下的一颗牙齿直发抖。说道：

"现在适应了，还是这里好。我听了你的话，去看了那几户残疾户，生活好困难哦，和他们比起来，我好多了，也就是偶尔想回家而已。"

"见大叔想通了，我也好高兴，觉得自己做社区易迁群众的思想工作，蛮有成就感的。"

谭家春笑得可灿烂了。

说到谭家春，这是一个长相清秀的女孩，交流中得知她今年27岁，带一个孩子，父母健康。

"俩老人还在一直帮助我们呢，现在和我们一起住，128平方米的房子，父母、妹妹和我们一家三口6个人居住，够大的。

"我2013年嫁进婆家，2014年待了半年。觉得在老家仁和村，上街实在是不方便，出门走路20分钟后才有车坐，就是那种绿色的乡村小面的，我们都开玩笑说，这是乡村公交车，每人15元。但还是觉得太不方便了。

"我原来在浙江海宁打工待了五六年，现在还是觉得搬来水田新区好。现在我一个月工资3000元，老公一个月5000元，够一家人的生活开支了。要是以前在村子里，想吃东西了，只有流口水，想上个街还得等天气转晴。现在直接下楼打个车，做什么都很方便。以前出门前，得备雨伞、水鞋。现在生活质量有了很大的提升，孩子上学也很近，觉得自己是个城市人了。"

"将来有什么打算？"

"穷的时候想稍好一点点就好了，现在想要更好。就想要孩子有更好的发展，跟我不一样，去奔他自己的大好前程。"

社区干部还给我介绍了搬来楼栋里的一个老人，叫杨学芬，62岁，六口人，3个儿子，一个外孙，一个外孙女，原住盐井镇仁和村，搬来水田新区以后，生活的变化十分明显。社区干部说，以前帮扶干部去她家，她说搬去新区了，吃什么啊？总是担心生活无着落。

她的挂包干部叫朱申义，是个40岁左右的中年干部，经常下乡去到她家，给她算几笔账，做对比，但她没经历过城市社区的生活，给她说啥，她就是不相信。去给她做宣传动员的时候，她不听，一口咬定不搬就是不搬，她自己老公死得早，小儿子和外孙都是智障，搬来社区，自己连买菜和水果都不会。

眼看搬迁分房了，老人的思想工作还是没有做通，挂包干部又上门去做工作，她还是说不搬，理由就是搬去了两个孩子怎么办，饿了怎么办，走丢了怎么办，一系列的"怎么办"像几个大大的问号刻进了挂包干部的脑子里。

"老人家，你要是说去了真的不习惯，我们再送你回村里来吧，我给你做担保。"

听到挂包干部说得斩钉截铁，老人家终于动摇了，下了搬迁的决心。

"来到新区以后，我们的社区干部和志愿者轮流上门教她如何用电磁炉，如何使用马桶，如何开锁，如何上电梯，教了几次，终于能自己弄了。现在两个智障孩子还学着在小区里捡塑料瓶卖，赚到的钱够他们的零花钱了。在社区的关心下，还为他们家解决了两个人的低保。两个儿子在浙江打工，女儿的两个小孩也由老人负责照顾。后来我问她，还回去吗？她笑得合不拢嘴，说不回去了，一个月的时间，都适应新区的生活了。"

社区支书说起老人杨学芬的变化，满脸的欣喜。

从盐津县普洱镇正沟村搬迁到水田新区的刘克会，怎么也没有想到，自己会当上扶贫车间主任。28岁的刘克会，家里8个姐妹，家里人多，负担也重，搬来新区后，住进了A3栋。

"100多平方米的房子，比起老家来，现在好多了。以前在老家，3个孩子走路上学，我每天穿水鞋走烂路，用个背篓背着孩子的衣服和鞋，到了学校门口，才把污脏的衣服脱下来，给孩子换上干净衣服，我要让孩子干干净净地坐在教室里读书。

"送他们去学校，单边要两个小时，每天来回4趟，走8个小时，每天要给孩子换两次衣服。"

听了刘克会送孩子上学的事，我忍不住眼眶一热，让我想起了孟母三迁的故事。

对于刘克会来说，不正是新时代的"孟母"吗？

"我现在在制衣扶贫车间上班，我很喜欢这份工作，我从小就喜欢打缝纫机，做这个工作，我有信心做好。现在我一个月能拿到2600元工资，过了实习期一个月能拿到3000元。加上老公做建筑工，一个月能拿4000元，我们家的日子，越来越好了。"

我问刘克会，以后有什么新的打算。

她仰头看了看屋外的天空，说：

"搬来新区以后，政府分给我们新楼房，孩子上学也近了，剩下的，就要靠自己打造自己的生活了。家中的地全部种了笋竹，一年下来，也有几万元的收入。在我们老家，当地有4万亩竹山，每年的3月份打笋，可热闹了。

"我们种竹，按照退耕还林的政策，一亩地还补助我们1500元，低效林改造，一亩也补助300元。我们都很愿意种竹。"

生活中，总不会一帆风顺，刘克会刚搬来水田新区不久，就出了一宗车祸，骑电动车撞上了一位大爷，右额受伤，大爷一个月后医治无效，不幸去世。为此，刘克会需要赔偿死者家属20万元钱，逝者不幸，生者愧疚。这事对于死者家属和刘克会来说，都无异于晴天霹雳。

"我贷款赔了老人家属20万元。老人去世后我还买了烟花、炮仗送给他家。

"我老公不认识字，打工也只能做一些重活，现在得了痛风，发病后根本做不了重活。对于我们这种经不起风雨的家庭，遇到车祸这种事，可以说是雪上加霜。老公说要离婚，不想拖累了，说是压力太大了。我就跟他说，再大的压力也能扛过去，更何况现在我们搬到了水田新区，还有各级干部在帮助我们，我们能够靠双手挣钱生活下去。

"在我最困难的时候，我们社区组织捐款 5000 多元，给了我很大的信心，让我们一家很感动。

"从来就没有什么能打败自己。"

这个不识字的农村妇女，在她的身上，我仿佛看到了一座高山。

在水田新区采访，我见到了中和镇艾田村搬来的李忠会，交谈中得知，这个清秀的女子，43 岁，家中三口人，老公不幸生病去世，2019 年搬来新区，她一个人带着两个儿子相依为命。

"两个儿子在读书，搬过来生活上发生了很大的改变，社区还帮助我解决了很多问题。

"搬迁前，村上看到我家的困难，就很照顾我，让我当了村里的生态护林员，每个月有 700 元生活补贴。搬到这里后，社区了解了我的情况后，又让我担任了楼栋长，每月可领到 1350 元。"

"李忠会做了公益性岗位工作后，家中有了一份收入，更有上进心了。她家的压力确实大，大儿子在昆明读体育学校二年级。我们把她纳入了低保，一个月有 500 元，生源地助学无息贷款有 7000 元，大儿子又得到常青藤补助，一个月有 400 元，同时纳入了雨露计划，一年 3000 元。大儿子上大学的费用，基本能够满足了。为了挣钱，供养小儿子读初中，在社区干部的关心下，李忠会还兼职做了社区的保安，每个月又能增加 2300 元的收入。两个公益性岗位的工资，她每月可领到近 4000 元。

"我们也在鼓励李忠会，让她有合适的也可以找一个老伴。搬迁后最好重组家庭，一起分担下家庭的困难。"

在水田新区采访的每一天，我都被感动着，搬迁群众的善良与拼搏、勤勉与自强，常常让我热泪盈眶。基层干部事无巨细的为民情怀，也常常让我感动。浪急涛涌的关河水，在盐津穿乡过城，经年不息注入长江，无数历史的经验和碎片在这道关河峡谷里经受沧桑洗礼。但无论经历怎样的磨砺，这块神奇的土地，从来不缺少坚强与奋进的生生力量，正如在这场脱贫攻坚的大决战中，在盐津的山山水水，总有扶贫干部的足迹写下历史的记号，总有百姓的汗水浇灌着这块孕育希望的土地。

在水田安置区采访，一些人一些事，总是让人感到一种向上的力量，一种源自生命的原始爆发力，也许正是盐津大地生生不息的力量，在推动着整个社会的成长奋进。这种力量，正是由一个又一个有上进之心的鲜活个体，来担当和主导。

美发工唐美朋，这个剪了一个时尚小寸头的 31 岁的小伙，家中八口人，原住庙坝镇茨竹村桐子社，有两个孩子，大儿子读三年级，小儿子 2 岁多。他有些腼腆，说自己 23 岁时就离了婚，妻子生了一个孩子后，因为家庭条件差，加之自己也不懂事、不珍惜，一个家庭就此离散。现在，他重组了家庭，搬来安置区后，自己开了一家美发店，生意还行。二嫂带着侄女跑了，二哥暂时单身，也跟着他一起住，一家人住 150 平方米的房子，足够大了，五室两厅，很宽敞。

"在昆明做工，我每月能挣五六千元。老人不识字，教不了孩子，孩子学习跟不上，成了我们最大的困难。搬来新区以后，老人孩子都在身边，让我们一家人很放心也很开心。

"31 岁以前，我一直在外面学理发，但没有赚到钱，3 年前听说易地搬迁，我家有八口人，能搬来，我觉得就是对我人生最大的改变。如今这个愿望实现了，我也可以好好做生意了，照顾好自己的老人和儿子了。

"以前很迷茫，也在牛街镇开过美发店，生意也不好做，光房租的压力就很大。现在收入还好，去年 10 月 1 日开店，借了两三万垫本，现在半年下来基本还完了。接下来我会好好经营这个美发店。"

让新区群众意外的是，唐美朋居然还给老人免费理发。

"我的店开在水田新区农贸市场，国庆节开业时，我在门口插了一面红旗，很热闹，只要店里有空，我就免费给 66 岁以上的老人理发，一直持续到现在，以后，我也会一直坚持。"

我很好奇唐美朋为啥会冒出给老人免费理发这个想法。

"想法很简单，当时父亲 66 岁了，就想为 66 岁以上的老人免费理发，像对待父亲一样对待这些刚搬来新区的老人。当时还拉了一个横幅：热烈庆祝中华人民共和国成立七十周年。我老婆也很支持我的做法，她也在店里忙前忙后地招呼。"

说起生活的变化，唐美朋简直有些吃惊。

"3 年前，我只想在老家拆了老房，翻修一下，不敢想 3 年就改变了生活，政府给我们穷人送了房子，生活改变得就是这么快，永远没有想到，也真的不敢想。但是今天，这一切，都成了现实。

"特别感谢挂包干部曾仕美，她是我们县卫生局的干部，经常跑我们家。感谢她那么多年跋山涉水去家里做思想工作。我曾打电话给她，想请她来家里吃顿饭，可是她一直为扶贫的事忙得不可开交的，一直没有时间。"

唐美朋的一句话，让我深深感动，尽管挂包干部至今都没有在他家吃过一顿饭，但挂包干部的心里，又怎能不温暖呢？

滩头乡新田村乌木小组搬来的女孩王晴，全家五口人。她娘家以前在普洱串丝龙台组，搬到水田新区后，现在已当上了 A 区 A5 楼栋长。这个 32 岁的姑娘，她的磨难和经历，堪比一位岁月沧桑的老人。

王晴的老公刘海之前在工地上打工摔成重伤，刚康复不久，又带病出去打工了。目前就是她一个人带着孩子住在水田新区。

"没想过要搬来这里。我嫁到老公家，家里太穷了，就一间瓦房，男女老少都住一起。我们乌木一个队有二十几家人，周围两三公里没有人烟，二十几户人家的媳妇全跑光了。婆婆家4个儿媳妇跑了3个。我妈妈和朋友也劝我跑了，离开这个穷家，太苦了。在外打工，也有小伙说给我父母很多钱，让我跟他过，不回去。但我还是坚持住了，没跑。再大的诱惑也没有改变我的初衷，我想和老公过一辈子。我老公很能吃苦，对我也很好，我只想和他一起外出打工挣钱，希望以后能过上好日子。但没有想到，我们刚到工地打工不久，日子稍好一点，他又从楼上摔下来，一个肾被摔坏了，当时医院都不收了，我一个人在外地，人生地不熟的，喊天天不应，叫地地不灵，我成天在医院里哭，眼泪都流干了，我不甘心自己的老公就这样没了。

"当时在工地上，慌乱中，我的裤子不小心扯破了，在医院几天没换，就我一个人在医院招呼他，忙前忙后的，根本顾不了自己穿啥了。我们家的情况很特殊，没有亲人能够帮得上我的忙。刘海的哥哥几年前也是打工死在隧道里。3个月前，母亲又得皮肌炎，家里的状况糟糕到了极点。那些天，我一直在医院里痛哭，感动了医生，医生后来派了一个党员过来帮助，我老公才住进医院，有了一张病床，就这样在医院待了一年。

"老公出院后，就一直养伤，两年时间什么活也做不了，都靠我一个人在外地打工挣钱养家。那段时间，我对生活几乎绝望了，不知道以后怎么活下去。"

说到这里，我看到王晴的眼泪落了下来，在屋外射进来的亮光下，闪着忧伤的光。

"后来老公的病好一点了，可出不了重力，但他说我一个女人家，外出打工也太辛苦了，他死活要自己出去打工，后来就去浙江嘉兴工地上，指挥塔吊，一个月有4000元左右的收入，每月都打款回家。我婆婆身体也不好，肌肉发炎，也做不了重活，天天需要服药。我老公也天天吃药。但我坚信，日子会一天天好起来的。我老公和婆婆对我都很好。我会一直顾好这个家的，带好我的孩子，让他读好书，长点出息，今后也做个对社会有用的人。"

她说起在老家时的艰难日子，王晴像是在述说一段古老的往事，显得有些轻描淡写，但我分明能够感受到她的不容易。

"嫁到婆家时，家里穷得叮当响，没有床睡觉，就用块门板垫在竹子编的楼上当床。但这都不算啥。关键的是，交通太不方便了，从乌木走到新田村上要过 30 多次河水。从乌木到滩头乡上单边要走 3 个小时才能赶到公路边，坐摩托或者面包车，从我们村进个县城，顺利的话都要花一天的时间。经常出一次门，进一次县城，要一天走到黑。"

同为山里人，我最能感受王晴所说的艰难。住在这样闭塞的大山里，赶个集买个盐啥的小事，对村民来说，都是得花上一天时间去办的大事。听了王晴的诉说，我常常在想，那些生活在乌木小组的人，要是遇上个肠梗阻啥的疾病，还不得眼睁睁看着死去吗？但很多时候，我是不敢往深里去想这些突发事件的。我在心里默默祝福，愿他们每一个人都好好的，平平安安。

她说到自己刚外出打工时，差一点被人贩子拐走的经过，真可谓一出历险记，让我都捏了一把汗。

"我和老公是 2010 年外出打工时，在盐津火车站认识的。当时我去福建，老公去广东。在盐津火车站，一个接近 50 岁的老男人骗我，说他买错了票，没有买上去六盘水的车票。我当时还挺同情眼前这个老男人的，还劝他赶紧去换票，那老男人果真去换了票。这时一个年轻帅气的小伙轻轻把我拉到一边，告诉我说你被骗了，之前他也是用同样的手段欺骗了其他女孩。小伙还千叮万嘱的，要是没有这个小伙的提醒，我一直都被蒙在鼓里。正是因为他的提醒，我才幸免被那老头拐走。要真是那样，才不知我以后的日子咋个过呢。

"说来也是缘分，后来这个年轻帅气的小伙，成了我的老公。他比我大两岁。"

回想起这段温馨浪漫的爱情时光，王晴脸上露出了几分羞涩。

"你叫什么名字，在哪上班？"王晴当时是第一次出门，胆子很小，只敢怯生生地问站在自己身边的恩人。

"刘海，在广东服装厂上班。"

"那次虽然互相留了QQ号，但半年没有联系。说老实话，那时我也贪财，当时我也去了广东的一家厂里上班，一个月的工资才1000多元。刘海说，他想来我们厂上班，我就当真了。当时我们厂里有一个规定，引进一个人到厂里工作，可以得到600元的奖励。当时刘海成了我的引进目标。我就答应他，说你来吧，我给你当介绍人。"

"逗你玩的，我现在佛山那边一个月的工资都3000元。"刘海很肯定地说。

"就因为他这话，后来我一直没理他。那段时间，我妈妈也正给我介绍男朋友，说盐津有个公安局的，离了婚，要找一个农村女孩，但我一听就烦，不愿意。为此，我妈妈也很失落。"

王晴说，正是那次在盐津火车站，老公刘海临行时要了自己的QQ号，两人才建立了联系，结下了这段姻缘，风雨同舟，共渡难关。

说到王晴的坚强，水田社区支书林小琴更是赞赏有加。

"当时A5栋的楼栋长嫌工资太低，要外出打工，一时还找不到合适的人选来当楼栋长，我就去做王晴的动员工作。她当时住C8栋，我说让她去试试。可也有A5栋的人不满，意思是怎么从别的楼栋选一个'外人'来当他们的楼栋长。我就给群众解释，根本没有人来报名。群众虽然也没说什么，但我知道王晴要让群众认可，还得靠她自己。为了打开工作局面，王晴就一家一户地去跑，向楼栋里的群众说明她为啥来当这个楼栋长，每天晚上八九点还在入户。每一户人家反映的问题，她都一一记录下来，认真地帮助人家解决。通过几个月的辛勤工作，现在A5栋的人都很认可她，跟她成了朋友，处得像亲人一样。

"王晴这个姑娘因为在外面打过几年工，长了点见识，现在还学会了在抖音上卖腊肉和竹笋等农产品。也结识了不少的网友，帮助社区里的群众卖了不少的农特产品，打开了一条销路，社区里的群众可喜欢她了。"

采访结束后，回到昭通，有一天上抖音，无意间刷到了王晴，先看到她的一段留言："昨晚上给爸爸打电话，感觉他又流泪了，他说他怎么样无所谓，只希望我们四兄弟姐妹好好的就行了。这辈子感觉欠父亲的太多了。"视频里的王晴，眼里噙满了泪水。

看了王晴的这段留言，我更加理解了王晴的懂事与坚强。这个农村女孩，她太不容易了。

我还看到她写下的一句话："我能熬过曾经的一切坎坷，我就不怕眼前的小问题，给自己加油吧！"

视频里，皮肤白皙的王晴用牙咬了咬自己的嘴唇，再鼓了鼓腮帮，扭头看了看左侧，眼神里流露出一缕坚定的光芒。我相信，王晴说到的，她一定能够做到。

50多岁的李永顺是团结社区为民党支部书记，从盐津县中和镇艾田村铜厂坡搬来水田新区。采访中，李永顺给人的感觉能说会道。闲聊中才得知，他曾经于2006年至2012年在老家当过代课老师，算是村子里最有文化的人了。

李永顺家是因学致贫，2013年纳为贫困户。家里4个小孩，一个儿子三个女儿。有两个小孩同步上高中，靠种地的收入实在是维持不下去了，李永顺选择了出门打工，先是在昭通范围内做建筑，主要从事管理工作。李永顺的大女儿李俊杰，已出嫁，儿子李昌昆，专科毕业，学的监理，在镇雄县打工。还有一个女儿李海霞在昭通做工程造价，另一个女儿李润芳在浙江服装店上班。如此说来，随着脱贫攻坚的圆满收官，李永顺家算是顺利脱贫了，几个孩子都有事做，不让李永顺太操心，对于一个农村家庭来说，已经挺好了。

因为当过代课教师的缘故，李永顺的觉悟自然高了许多，他从不去找社区的工作人员说这说那的，一般的小困难，就自己克服了。再多的麻烦事，不顺心的事，到了李永顺这里，都变得气顺，他更多的是选择包容和理解。

"我们的镇村干部和社区干部，他们已经很累了，为了我们搬个家，他们操碎了心。"

说到搬迁，李永顺更多的是感动。

"从老家搬过来，得到社区的关注，很多事情都让我特感动，比如今年抗疫期间，很多人不理解，为什么要把人堵在楼道里面，不放出去。群众不理解其实也算正常，毕竟这新冠肺炎疫情刚暴发，还有一个逐步了解和认识的过程。我们社区干部就通过电话告知，用小喇叭宣传、散发传单等方式去做群众的宣传工作。真是做到了苦口婆心，用心用情。几轮下来，这些在农村自由散漫惯了的群众也逐渐理解了。

"群众也是通情达理的，看到我们社区干部天天堵卡，组织社区干部给社区群众亲自买菜送上楼，也受到了感动和教育，在社区组织的疫情防控捐款活动中，大家都很踊跃。记得我去到残疾老党员秦益初家，他家从豆沙镇石门村搬来，住 B5 栋 8 楼，老人家是从朝鲜战场回来的受伤老兵，从大腿部位截肢，他态度坚决，非要捐 100 元钱。他说现在社会好啊，我们进入了新时代，一定要捐钱。老秦说得老泪纵横，让我深深感动。"

"搬迁群众总是有一些细节让人感动。"

水田社区支书林小琴补充说道："疫情暴发，大年三十这天，本来大家都想回家过年，但接到抗击疫情的紧急通知。所有的挂包干部和社区干部全部返岗，没有一个退缩，我们水田新区 26 幢楼启动了

43 个卡点。整个易迁点，党员代表和群众代表 256 名全部上阵，24 小时蹲守卡点。

"在疫情防控期间，我们的易迁点是最困难的，群众的整体素质不高，要说服群众守在家里不出门，是件很难的事。他们会问，为什么不让我们出来？为民党支部书记李永顺主动发动群众，6 个同志三班倒，饭都是由社区干部送到楼栋去的，一直坚守了 18 天。本来我们社区打算让他们休息了，但为民党支部书记李永顺说，楼上还有两户居家隔离，他再坚守两天。李永顺的一席话，让我为之感动，为有这样的社区干部能在危难时刻挺身而出感到高兴。在李永顺的带动下，为民党支部捐款 1000 多元，别看数额不大，可都是易地搬迁群众一点一滴凑起来的呀！"

在昭通大地，勤劳智慧的贫苦百姓，坚守故乡，他们能掘地三尺，黄土变金。实在生存不下去了，他们就搬迁，他们曾经左顾右盼，曾经担惊受怕，怕异乡容不下他们。但他们还是搬了，因为在他们身后站着的，是强大的党和政府，是拉着他们一起挣出泥淖的乡里乡亲。在大雪纷飞的寒冬，那一幅幅上百辆卡车绕行在蜿蜒山路上的搬迁场景，壮阔成乌蒙山中最为震撼壮观的风景。

那叫易地扶贫搬迁。

异乡安家路

　　如此大规模易地搬迁，可谓前所未有。在中国古代的移民史上，每一次大移民，都伴随着一部血泪史，总有一些百姓流离失所，无家可归，抑或挨饿受冻，客死他乡。

　　在新时代的今天，我们不可能也绝不能重演历史，今天的易地搬迁，那是国家强盛的重要战略布局，是中国为世界减贫作出的范本。如何让群众在异乡安家，让每一个人都有尊严地生活在中国大地上，这是值得深思并急需解决的实际问题。

　　在这一点上，云南昭通，无疑探索了一条成功之道。

　　2020年6月9日，我们来到了全国第二大跨县区易地扶贫搬迁安置区鲁甸县卯家湾采访。

　　鲁甸县，距昭通市中心城区昭阳区27公里，半小时车程，是古朱提银的主要产地、南丝绸之路的古驿站，境内有著名的马厂、野石新石器和乐马银矿古遗址及新街坪地营、转山包清代古战场遗址、清雍正年间建造的独具魅力的拖姑清真寺等，都昭示着这块肥沃之地的久远历史和厚重文化。仙人洞、天生桥、乐红石林、梭山黑石天然大溶洞、轿顶云海、梨园春色、砚池波光等风光旖旎的自然景观，更使得鲁甸有着巨大的发展潜力，必将在乡村振兴的时代大潮中赢得先机。

　　因其县城所在地土地平旷，良田万顷，成为昭通市少有的富庶之地。在昭通市"一城三区"总体布局中，鲁甸县也是未来的一个区。在未来昭通"苹果之城"的蓝图里，数万亩烟波浩渺的千顷池，会将鲁甸和昭阳两个区连为一体，成为昭通大地上耀眼的乌蒙水乡。在这片依山脚铺展开来的平坦坝子里，卯家湾安置区，则更像是一颗冉冉升起的新星，耀眼、夺目，充满新的希望。

但作为一个传统的农业县，多年来一直以种植水稻、玉米、马铃薯为主，在工业上也没有支柱产业。因此，多年来，鲁甸县城一直没有得到大的拓展和飞跃。即使几年前开发了新区，建了一些街道和楼房，呈现出焕然一新之势，但人气始终不旺。一段时期，鲁甸的房价都低得有些让人失去信心。谁也没有想到，因为易地扶贫搬迁政策，会使鲁甸发生翻天覆地的巨大变化。为把易地扶贫搬迁的政策落地生根，昭通市作出了跨县区安置易迁群众的大胆构想，经市、县两级反复论证，决定选址卯家湾，建设一个安置区，主要安置来自巧家、彝良、永善、盐津、鲁甸五县的 9100 户 39082 名易迁群众。这里还同时配套建设了 1 所卫生院、6 个社区卫生室、4 所幼儿园、1 所小学、1 所九年一贯制学校及部分公共服务基础设施。让市、县两级领导没有想到的是，建成后才发现，卯家湾安置区，已然成了全国第二大跨县区易地搬迁安置区。

春熙社区位于鲁甸县卯家湾易地扶贫搬迁安置区 1、2# 地块，我们看到，一幢幢崭新的高楼拔地而起，一条条宽大的街道和马路横竖交错，这里哪像一个安置贫困山区群众的地方，这俨然就是一片新城啊！

"我们春熙社区，共有 15 栋楼 2418 户 7854 人，社区 60 岁以上老年人有 1309 人，精神病患者 58 人，残疾人 333 人，孤儿 7 人，特困 29 人，省外就业 1353 人，省内就业 1979 人；香菇大棚承包有 58 户；社区共有 127 名党员；社区住户有汉族、回族、彝族、苗族、布依族、哈尼族、傈僳族等 11 个民族。"

刚坐下，社区支书张福来就给我们介绍情况，我惊叹于这位社区干部惊人的记忆力，一连串的数字，从他的口中像倾倒珍珠一样哗啦啦全滑了出来，看他一点都不用思考。

"为了带领群众做强产业，增收致富，我现在带着他们管理香菇大棚，目前，已签订合同 6 户，其中有 1 户贷款，3 户自筹，1 户已种植采收，已有 351 人加入了我们的合作社。我对香菇种植充满信心。"

张福来是卯家湾安置区春熙社区、卯家湾社区的支书，多年在公安辅警岗位从事社区治安维稳工作的经历，让他在社区治理上如鱼得水。张福来是文屏镇砚池山村本地人，对鲁甸地面上的事，可谓人熟地熟，这个看似有些大大咧咧的中年男人，实则心细有加，尤其对这些从永善、巧家等县搬迁来的贫困群众，更是关怀备至，让群众犹如归家，春风拂面。

"我是 2019 年 8 月进入卯家湾开展工作的。社区干部 12 月 20 号搬来卯家湾时，没有办公室，大家站着办公。为了让易迁群众尽快找到工作，我带动大家种大棚，很快发展到 20 个大棚，有 58 户易迁户加入大棚野生食用菌种植。

"易迁群众一般早上 6 点进大棚，计件结算工资，我提供饭给他们吃，群众讲客套，说不吃，你太好了。我就不高兴了，非让他们吃不可，我就给他们说，你们搬到卯家湾，就是一家人，赶紧吃。

"这些从大山里搬出来的群众，多年过惯了日出而作、日落而息的原生态生活，现在一步搬到城市社区，要适应新的生活，自然有一个过程。刚搬来时，有些群众践踏绿化带，乱扔垃圾。制止他们时，还会骂娘，让我们的社区干部也很委屈。

"有一天有一个人，他拿着他的钥匙来社区找到我说，你们喊我搬来的，我的房子我不要了。我说你不要算了，送我。

"我不送。

"这也许就是一部分群众的心态，你真叫退房，搬回老家去，他又开始犹豫了。

"我们社区是以老年人为主的社区，有一天一个老人，巧家搬来的，也是因为一点小事和社区干部吵架。我又从中调解，我告诉他们，易迁群众不容易，社区干部也不容易，大家都要相互包容和理解，一起把社区建设好，建设成为美丽和谐的新家园。"

挂钩帮扶春熙社区的鲁甸县文明办副主任邹树娟也给我们讲述了她遇到的一些小故事。

"有一个66岁的老人去偷钢筋。我就给他讲，你不要偷，怕人家打你。

"老人不仅不听劝，还恶语相向：'你这个狗日的，老子给你一刀砍了。'

"类似这样的委屈，我们的社区干部也只得忍气吞声。只要群众能够稳定下来，能够发展致富，我们被骂几句，也不在乎了。

"谢忠清家，夫妻两人都是精神病患者，最小的孩子只有半岁，没吃的了，我又带着社区干部去帮助打扫家里卫生，买米油给他们吃。从农民到市民，有一个过渡期。摆在我们社区面前的，困难很多。我从去年8月份到现在就没有休息过。

"这是我选择的，我应该做的。"

邹树娟副主任的一席话，说得恳切，入情入理，令人动容。

对于社区干部，真的是一把辛酸泪，擦干泪水再继续。

正如时任鲁甸县委副书记吴君尧对一位社区干部所说："老熟人，你选择了社区，就像你讨一个媳妇一样，是你自己选择的，你只能认命了，不可能后悔了，你只能干了。"话虽然说得朴素，却很在理。

县委宣传部的常务副部长李贵俊给我们讲述了一个辛酸的小事故。

"一位70多岁的老大爹，刚搬家来，看到电梯上上下下的，每一天坐在电梯外看，问电梯安装师傅，收多少钱？"

老大爹大概是把坐电梯想成坐班车了吧！

"你家住几楼？"

"我没有住这里，如不收钱，我来多坐几趟。"

听了这个小故事，我鼻子一酸，眼泪差点涌出了眼眶。

老大爹朴实、好奇、憨厚里透着童真，要不是遇到易地搬迁，也许老人家一辈子也不会走出大山，终老幽谷。电梯这玩意儿，永远不会在老人家的心里留下任何印象。

罗富燕，是春熙社区的副主任。说起自己的经历，也是十分感慨。

"2019年6月，看到招聘志愿者的公告，我就报了名，如愿加入了志愿者队伍。在工作中，事务琐碎，但总有许多感动难以忘怀。

"到了春熙社区，我但任楼栋长。有天，一位老人叫我妹妹，说她搬来社区，看病啥的都不知怎么办，摸不着头脑。当时是正月初二，正是新冠肺炎疫情期间，她说自己感冒了，这状况，在当时疫情暴发的大背景下，大家都怕。但想到老人年纪大了，要是没有人管她，不及时到医院看看，难说会拖成大病。我就主动找到老人，我说老人家，没关系，不要怕，我带你去输液。

"后来过一段时间，我去看她，她老是说：'妹妹，你吃一点我做的饭嘛，你这么好心的妹妹，去哪儿找啊！'

"我觉得老人家就像我的外婆一样，给予了我莫大的鼓励，让我很受感动。"

罗富燕是乐红镇的搬迁群众，刚搬来时，就到社区做义务劳动，一分钱没有。

"从2019年11月4日接到社区领导要我协助工作的通知，到2020年2月份，4个月没有领到一分钱的工资，我就想当这个义务楼栋长，为这些从大山上搬迁过来的群众，我觉得这样做自己很充实啊！"

她还给我们讲述了他们家的故事。

"我婆婆蒋德珍，都 63 岁了。开始村上领导去动员她，坚决不答应，就说自己不想搬出来，她在老家种折耳根，卖了贴补家用，勉强能够维持生活。她就是担心搬出来找不到事做，没有收入，难以为继。搬到卯家湾后，在社区干部的帮助下，给她在一号地块和六号地块找了个勤杂工岗位。现在每天可以挣到 150 元，比起在老家时，出去 3 天只能挣到四五十块钱，真是天壤之别。

"这里热乎，现在我身体好多了，你们不用担心我的身体，以前坐摩托都会晕车，现在好得很。我婆婆拿到工资的第一天，她就回到家，花了 50 块钱买了一斤肉，儿子说这么贵，还买？我婆婆说，我赚到钱了，平时以素菜为主，今天就给你们买点肉尝尝，好日子来了嘛，也不要一天过得愁眉苦脸的。我和老公听了，都十分高兴，觉得婆婆像是变了个人似的。"

邓云祥是卯家湾社区的一名楼栋长，他给我说到了一件趣事："搬来卯家湾新区以后，我当了一天的志愿者，在搬东西的时候，我发现有家人搬了一个小便桶到新家来，是一个铝合金的尿桶。

"问为什么带来。

"她说怕来了没厕所，下楼难得跑。"

这样的一个小故事，乍一听似乎有点逗，但细细一品，就会发现我们易迁群众的朴实可爱之处。他们常年过惯了山里自由自在的生活，一下子要搬进城市小区，这样的跨度也实在是太大了，完全就是原始生存状态到现代生活方式的一个巨大跨越。

从雨露社区副支书吴朝洪的口中，我听到了这样一件事："有个老人生病了，我们送他去医院。医好后 4 天，儿子回来了，非常感谢，提了点核桃，老人买了包软云烟，送给我们，感谢我们。老人家的举动很朴素，很真诚，让我们几位社区的工作人员都很感动。

"有个老者叫张家云，70多岁，从永善县码口镇搬来，从老家带来了7只狗，1只公狗、1只大狗、5只小狗。楼栋里的其他住户闻到味道不好，到社区反映后，我去他家实地查看，给老人说，虽然你喜欢养狗，在农村养可以，但你现在住上了现代化的小区，放在卫生间养，实在是不卫生，你要赶紧处理，不然影响其他人了。

"老张说：'好，我听你们的，不是这么好的政策，我也不会搬来这里。'

"后来，老张说话算话，尽管有万般不舍，还是把7只狗全部送人了。

"这些易迁群众，你对他好，他是会永远记住的，他们来自大山，为人正直善良，懂得感恩。"

梭山镇甘田村搬来的王庭坐，对搬迁工作竖起了大拇指。

"当时干部去做工作的时候，大家都不想搬，没一个人报名。我是共产党员，也是贫困户，我带头报名，我想带动下大家。名是报了，但我的妻子不干了，妻子流着泪，说搬去没吃的，我说你不要哭，祖祖辈辈在这大山里，出去看看山外的世界。看着妻子这样子，我也犹豫了，想去退了，不搬了。但2019年的3月份，说马上要启动搬迁了，我坚持做她的工作，直到2020年4月12日搬家，政府包车送我们来，是那种19座小客车，坐上去很舒适。

"到了卯家湾，我拿钥匙带她去看了新房，她很满意，我们一家都很高兴。第二天带她看了鲁甸城，宽阔的大街，漂亮气派的楼房，超市、商场、广场很热闹，我老伴看了很好奇，喜欢上这座小城了。一个星期以后，我问老伴还回不回村里去，她只是摇头。

"我们也不能光指靠政府，还得自力更生，在卯家湾新区安定下来后，第三天，妻子心慌，说叫找工作给她做，闲不住，当时我在外地，我说我八九天回来，她说没工作吃什么啊。我知道妻子心里是很担忧的，怕没钱用，怕没有吃的。我回来后，就带她到鲁甸城里餐馆找工作，沿街问了很多家，都不合适，最后找到一家叫百家粥铺的餐馆，老板人随和，答应接收我老伴，说第一个月工资 1300 元，第二个月 1500 元，坚持做上两三年，每月可领到 2500 元。工资虽然低一点，但我老伴已经很满足了。现在我还有个孩子在鲁甸读初中，出门几步就到新家了，比起老家来，简直没法比了，现在我们家过的是天堂日子啊。

"老家没有搬迁来的人家，现在看到我们家的条件这么好，都后悔了。前几天，我打了个电话回去给亲戚，我家的土地给他们家种着。偶尔村里有个红白喜事，我老伴才会回去，给当地人说起自己搬来新区的打工生活，亲戚们都很羡慕，会来我们家串个门，也萌生了想搬出来的愿望。"

"你们村民小组一共搬来多少户人家？"

"13 家人。"

"他们最担心什么，为什么有些人家不想搬迁？"

"担心搬来后家中地没了，房没了，找不到钱用。

"我是 2020 年 4 月 18 日来看了房，确定搬迁了，才回去拉老家的家具的。

"在搬迁过程中，给我最大的感受就是，党委和政府对我们易迁群众真是太关心了。当时我们包车回去拉家具，回去时车上多了一个小孩子，超载，被交警拦下了。我当时很慌乱，只说我是搬迁户，回去拉家具。听说我是搬迁户，交警同志二话没说，给我们放行了，只说以后注意下。我就给妻子说，你看，国家对我们贫困户多好。"

王庭坐说："自家去年花椒卖了 4000 多元。当时在村里就觉得这个收入已经不错了，现在看来，我老伴在餐馆打工 3 个月的工资，都超过了在老家一年的花椒收入，而且我们家还住上了新楼房，孩子也可以在县城里上初中。"

王庭坐一高兴，就跟我拉起了家常："我家有6个孩子，负担很重，早年我代过课，一辈子没出门打过工。1978年当会计，有个公办老师不想当了，只有两三个学生，不读了，村里让我去教书。几年下来，也就只有四五十个学生。我这辈子，要不是有党的好政策，那永远也不可能走出大山，住进城里的小区房。"

王庭坐也说起了村里那些不愿意搬迁的人，有极少数的群众，还真有点扶不起的猪大肠的样子。

"在甘田村的半山上，就发生了这样一个小事，搬迁本来是件大好事，但有个别群众随你讲不听。有个年轻人，工作队去宣传扶贫政策，让他搬迁，可他说，同志我问你，吃的穿的还有经济方面你们都扶我了，我到现在还没找到一个媳妇，你能不能帮助找一个呢？"

王庭坐说到这儿都笑翻了。

他还扳着手指头给我说起他的6个孩子，从他的眉眼里，我一眼就看到了老王心里美滋滋的味道。

"老大、老二、老三都在浙江打工，老四才20岁，就到深圳打工了。只有老五王文康，云南精诚保安培训学校毕业后，现在深圳实习。老六在县城崇文中学读初三，今年也中考了，但愿能考上个好的高中。我的父母也搬来鲁甸县城了，跟我二兄弟一起住，我二弟在鲁甸县小寨镇医院工作。我们家三弟兄都搬出来了。"

王庭坐说着，喜悦之情溢于言表。

在搬迁群众中，也有那种难以适应社区生活或者难改老家陋习的人。

社区干部介绍，有一位中年大婶，家里实在是脏得下不去脚，屋里乱得一团糟，社区干部每次进去，都引导她："你家小孩子很多，可以轮流拖地啊！"社区干部还教她拖地，教会她一些生活的常识。

第二次去，社区干部又给她说："政府给你家分了房子，你要讲文明、讲卫生，你要学会城市人的习惯。家里老小都有，别搞得又乱又烦，又臭又脏。"

功夫不负有心人，这样反反复复地做了几次工作以后，社区干部再去的时候，还真就看到了一个整洁的家。

和悦社区副支书周朝凡给我讲述了一个永善人的故事，他说："有位叫王启堂的老人，80多岁，是位老共产党员，他耳朵不好使，别人讲话他几乎都听不到。3个儿子都在外地做了上门女婿，有一个搬到了卯家湾社区，2019年出了车祸，成了残疾人。他有个女儿心特好，在这里照顾他。王启堂的女儿最爱打扫卫生了，时常把家里打扫得干干净净。平时没事时她也总提着扫把。我们每一次去走访，她都在打扫卫生，把走道打扫得干干净净。他女儿说，没有劳动，就没有收入，她想去找点工作做，她家里也还有几个孩子在上学，负担很重。后来她在社区找了个清洁工作，现在比较稳定。这个家庭非常懂得感恩，王启堂说话已经不利索了，但他见着我们社区干部都很感动，拉着社区干部的手一直流泪。"

春熙社区的楼栋长胡嘉良，原住巧家县崇溪乡崇溪村。

"我在老家没有房子，一直带着老婆在外打工。带着个孩子，没存下钱，遇上这个好政策，解决了房子，心里特别高兴。当时通知说2019年12月20号搬家。我提前5天回来，老家已没有房子，老婆、孩子没有住处，直接来县城住宾馆。当时，施工单位还在施工，我们就去临时党工委，那些干部好热情啊！我们登记后，心里也踏实了很多。搬家那天，领导干部还帮助我们把行李拿上楼去，看到这些干部都这样帮助我们，让我们一家非常感动。本来，我们才是干重活的人，现在反过来了，干部成了出重力的人。这是我们没有想到的。

"搬进去没几天，社区干部又上门问我们愿不愿打工，这可是求之不得的好事啊，解了我们的燃眉之急，我们两口子都找到了工作，就在小区附近的工地上，每个月能挣好几千块钱，我们也不再担忧生活无着落了。

　　"现在我们都没在工地上做工了，我们承包了两个大棚种香菇，收入也更高了。搬家时，政府还给了临时救助3000元，一个小碗柜，人家把地都给拖好了。让我们真正有了家的感觉，好温馨。

　　"我家有两个孩子，一个9岁，在鲁甸县崇文中学读小学，一个5岁，上幼儿园，每学期要1870元的学费。之前在外地打工，每次去打预防针，把人家推荐的也都给打了，后来才知道，那些推荐项目可打可不打，增加了我们不少的负担。搬到新区来，孩子上学、就医都方便多了，每天由社区组织10辆大巴专车接送，每天接送3次，还免费提供中午饭，让我们很放心，也为我们省了不少钱。

　　"自己没提一桶沙，没搬一块砖，就在县城得到一套新房子，这是我们几辈人努力都没有实现的梦想，今天，实现了，心里面非常感动和激动，生在今天的新时代，我们感到很幸福。"

　　景新社区楼栋长杜月平，有两个孩子，大女儿8岁，在鲁甸县崇文中学读三年级。小儿子读学前班："我给他买了100多元的书，9月份就开学了。"

　　杜月平说着露出了一脸的骄傲。

　　"搬出了大山，党和政府给了我们一个全新的环境，我要给孩子一个好的未来。"

　　杜月平是个健谈的中年男人，一米六七的个子，兴许是常年在外摆摊的结果，他的脸晒成了乌蒙山人特有的高原红。这个身穿夹克的朴素男人，说起话来有一种高原汉子的爽朗。和他的交流显得十分的轻松愉快。

"还有两个老人在老家。父亲 67 岁，母亲 64 岁，母亲重度残疾，坐轮椅。她习惯了在老家的生活。我暂时也不打算让她搬来新区，待稳定下来以后，再考虑把老人家请过来。"

交谈中，杜月平说到了一件暖心事。

"我和老婆摆了一个水果摊，有一位老人，60 多岁，姓赵，巧家县金塘镇双河村搬来的，儿子在外打工。老人家天天来买水果，天天都买最差的水果。我跟老婆说，我想帮助这个老人。第二天他又来我摊上，问我苹果怎么卖，我说好的苹果 5 元，差的 3 元一斤。有一天，我就问他你一天去敲核桃，一天 20 元，有一个小孩子在上小学，靠你敲核桃这一点点收入，怎么养活一家人，我都替你心焦啊！我说你去整个烤洋芋的烤箱来嘛，烤洋芋卖。开始他不相信，我说我们都是老乡。你还有一个孩子在崇文中学读书，要挣点钱才供得起。他说他没有多的垫本，家中只卖了只羊，有 1000 元钱。我说我借你 1000 元钱。老婆还骂我了，说我胆子好大哦。后来，我把我家的摊位给他一半，他说他没有钱还我。我说不怕，我先给你垫 1000 元，给你去昭通拉一个烤箱来，再借你 1000 元的现金做垫本，以后你有钱了，再还我钱。"

说到这，我被眼前这个本身也还在贫困线边沿徘徊的汉子所感染，穷人帮穷人，这需要多大的勇气和力量。

"3 个月以后，老人家就把卖洋芋赚到的 2000 元还我了，他说他现在一天能赚 100 多元。我听了好高兴，能够帮助我的这位穷老乡，让他家渡过难关，我发自内心地感到高兴。"

鲁甸县，这个从汉代就开始在龙头山采银开矿、到了明清达到鼎盛的朱提银都，今天，因为易地扶贫搬迁的好政策，发生了亘古未有之巨变。今日之鲁甸，已然成为昭鲁大地上一颗冉冉升起的明珠，散发出熠熠光芒。

镇雄，云南省第一人口大县，有170余万人口，也是昭通市最后一个脱贫的县。

几年前去过镇雄，留下的印象并不太好，感觉就是一座落后的、破旧的小县城。可今天的镇雄发生了巨变，新城区拓展了一大片，街道宽阔，大气如虹，人潮涌动，市井繁华。由于大地、鲁家院子和呢噜坪3个万人易地搬迁安置区分布在县城的不同方位，落子定局，使得镇雄的县城一下子拉开了骨架，呈现出一种势不可当的蓬勃气势，犹如养在深闺人未识的待嫁女子。

镇雄的地形地貌尽显乌蒙山区之特点，境内重峦叠嶂，纵横切割，大气、雄浑、险峻。早在夏、商时，就属梁州、雍州区域。天宝战争（754）后，入南诏，改为芒部。嘉靖五年（1526），援引"大雄"古名，改称镇雄军民府。万历三十六年（1609），改称镇雄府。镇雄，这个名字开始在历史的典籍中频频出现。镇雄，这一大气磅礴的水墨画卷，徐徐展开，美不胜收，壮丽奇阔。

镇雄县城依乌峰山而建，乌峰山不仅成了地理风水学上的天然屏障，更成了镇雄人的一座心灵圣山。在镇雄，至今也还有"乌峰山戴帽，镇雄城雨到"之民谚。乌峰山，事实上已成为镇雄人的精神之山，每年的端午节，镇雄人都会扶老携幼，呼朋引伴，爬上乌峰山去透透气，去看看远山和流云，去闻闻烂漫山花的味道，去感受乌峰山之大气雄阔。镇雄人就会无比自信，有着大山一样的豪迈和气魄，还有什么爬不上去的高山？

发源于镇雄县的赤水河，属长江上游支流，古称安乐水，上游称鱼洞，东流至川、滇、黔三省交界处的梯子岩，水量增大，经贵州省赤水市至四川省合江县入长江。全长523千米，两岸奇峰林立、绿树掩蔽、水急浪涌、草长莺飞，沿河两岸景观气象万千，变化莫测。不仅有着母亲河、美酒河之美誉，下游更有着红军四渡赤水的传奇和茅台酒之醇香，就是今天的镇雄人每每提及，都会笑得灿若桃花，引以为豪。

在脱贫攻坚与乡村振兴的进程中，镇雄的乡村旅游资源越发显现出其绿水青山独特的魅力和优势。位于翟底河西岸中屯的小山峡，南距县城20公里，可以说是镇雄旅游的灵魂。整个景区内，既可看漫山碧翠，赏绿水清月，还可观溶洞奇观，游"山峡"美景，更可到躲军洞里探奇访古。翟底河古名直料河，是乌江的支流。源出贵州赫章古牛车山脊，由西向东折南流。上游称溜沙河，下游称热水河，翟底河居其中段。整个河段幽深苍翠，水流淙淙，碧波荡漾，奇峰凸现，怪石林立，神秘优美。在这个峡谷中，躲军洞是个有着神秘色彩的地方，有上下两洞口。从上洞口进，石壁上有躲军避祸者题诗数首，或悲愤，或自嘲，或抒怀，风格各异，各有千秋。进入洞内，沿右石壁向前，有宽丈许的一条走道幽深向前，洞顶悬挂奇形怪状的钟乳石，形态各异，像动物者有之，像植物者有之，人形者亦有之，惟妙惟肖，神态自然，令人称奇。躲军洞内洞连洞、道相通，暗河涌动，神奇诡异，幽静时如入无人之境，躁动处暗河轰鸣，惊心动魄。对于洞内奇观，曾有人留下过这样的诗句："暗河生风六月爽，空山幽静听涛声。"有人说："躲军洞，是苦难人生的庇护所。玉带天宫，是清平世界的游乐园。"这样的评价，更让人对小山峡和峡谷中的躲军洞充满了期待。

在镇雄，有"鸡鸣三省"之称的坡头乡德隆村，令人向往；有保存完好，木楼连排、木雕精湛、青石铺街、炊烟袅袅、已有100多年历史的大湾古镇；有果珠坝可与桂林山水相媲美的渔洞风光；有或激流涌荡或高山流水的花山瀑布叠水；有千亩桃花装扮的世外桃源洛甸美景；有神奇诱人的木卓仙人洞；有罗坎小溪坝水乡清雅迷人的稻田、橘园、农舍和小河交织辉映的乡村风光；有群山环绕、小桥流水、翠竹青青、杨柳拂岸的镇雄水乡五德风光；有神奇的白水天桥；有登山休闲的凤翅山森林公园……这些地方，每一处都是助力脱贫攻坚和乡村振兴的宝库利器。

因为雄山大水的滋养，镇雄人的血液里流淌着豪迈、自信、热情和敢闯敢干的性格特质，这一点，尤其在脱贫攻坚大决战中，体现得淋漓尽致。他们无论走到哪里，都打上镇雄的烙印，有着自己独特的行事风格和特点，成就着自己的一方天地。一方水土养育一方百姓，镇雄这块厚土，足以让镇雄从贫困的洼地拔腿、奔跑、起跳、飞跃，一天天美起来，富起来，雄起来。

在镇雄采访，每一天，都沉浸在感动和震撼之中。

位于镇雄县旧府街道的大地安置区，建设有安置房28栋，共安置2164户10266人，改扩建九年一贯制学校1所，配套建设2所幼儿园、2个社区卫生服务站。

在镇雄县大地易地搬迁安置点裕和社区与万和社区，为了给易迁群众提供就业，安置点想了很多办法，开办了农贸市场，专业做蔬菜批发，那些搬迁来的妇女，每天早上4点就起床到农贸市场卸菜，工作三四个小时，一天能挣100来元。还开发了烧烤一条街，让易迁群众通过摆烧烤摊挣钱。有一家酒楼，除了两个厨师外，全是建档立卡贫困户。打造了250亩板蓝根，引导五六十岁的妇女和老人到基地务工。还组建了劳务公司，专门向广东、浙江等沿海发达城市点对点输送务工人员。裕和社区仅今年就向省外输出务工人员948人，社区就业率达到92%。

雷贵林，家住泼机镇关门山村，全家五口人搬到大地安置点，他说："当初不想搬，主要是因为环境陌生，不习惯，故土难离，担心找不到工作。但是媳妇想搬，她说搬来交通条件好，周围人的素质也好，主要是娃儿可以在城里读书。我也是这样想的，为了孩子有个好的前程，也豁出去了。说实话，第一晚搬进新区，根本睡不着啊，自己也不知道是好是坏。不过到现在，我也不慌了，能打工挣钱，挺开心的。"

说到收入，雷贵林说："在老家的话，也只能种点包谷和洋芋，十多亩土地一年下来也收入不了几千元钱，现在在城里建筑工地打工，一个月下来，也有 4000 多元收入，比在老家好太多了。"

朱雪，老家在镇雄县泼机镇李官营，今年 31 岁，她家共七口人，搬来新区后住上了 120 平方米的房子。

"在老家，我家住的是一间只有 40 平方米的烂瓦房，我带着孩子在家种地喂猪，老公在外打零工，一年总收入在 3 万元左右，没钱用的时候，就找亲戚借一点应个急，还欠下了贷款。现在好多了，我们家 7 个人住在一起，一家人欢欢乐乐的。

"其实当初我老公还是很想搬来新区的，但我老是担心没有了土地就没有了收入，怕养不活我们家七口人，所以我拿了新区的钥匙又退回去。

"社区的干部就告诉我，相当于把一套价值 80 万元的房子送人了，干部上门做了好多次工作，尤其帮扶干部刘存涛，经常跑我家做思想动员。他说，不用怕，上面领导会帮助你们解决问题。我开始半信半疑，有些犹豫。我老公就给我说，你太笨了，政府白送你一套城里的房子，你还不要，也不知道你是咋想的了。还好，后来我改变了主意，还是答应了搬迁。今天看来，还是搬了好，帮扶干部为了我们家搬迁，也是跑够了。"

说到搬到新区的收入，朱雪一下子来了劲头。

"我家租到了一个卖菜的摊位，老人帮助我照看，我老公在上海工地上打工，我们家一个月的收入有 7000 元左右。"

裕和社区支书成涛告诉我："全社区有 57 户建档立卡贫困户，每人有 5 平方米的扶贫车间商业用房，整体出租后，每人每年可分红 1000 元。建档立卡贫困户租用农贸市场的摊位，6000 元左右一个，每个摊位每天毛收入 800 元左右，净收入 200 元。而且这些摊主每天工作的时间也不是太长，就早晚两个时段，早上 7 点半至 8 点半，晚上 6 点到 7 点，这两个买菜的高峰期一过，其余时段他们还可以兼职做点其他，社区还动员餐厅、学校买菜，都到新区农贸市场，照顾这些易迁户的生意，尽量增加他们的收入，让他们能够稳定下来。"

张义红，这个 37 岁的男人，娶了个 45 岁的残疾老婆，他和前妻生有一女儿，前妻因为嫌弃家里穷，通过网聊和一男人私奔了。后妻付贤珍的男人死得早，留下 7 个孩子，加之身体有些残疾，一家人的生活过得十分艰难。

"几年前我在上海打工，回老家时经人介绍认识，觉得挺好的。当时只觉得这个女人命运太苦了，负担这么重，我想我一定要帮助她撑起这个家，把 7 个孩子抚养大。

"现在妻子带过来的 7 个孩子中，有两个已结婚，一个读大三，两个读高中，我和前妻生的女儿也才 11 岁，正是花钱的时候，负担还很重啊！

"我在老家时种了十几亩土地，几个小孩子读书，一年要花十几万，我也不敢搬迁啊，就担心搬到城里找不到工作。挂包干部反复找我做工作，说不要怕，会替我找到工作的。知道我原来是个厨师，就动员我说，你去租个商铺，开个餐馆，生意会好的。开始我胆子小，怕亏本。在社区干部的鼓励下，馆子终于开起来了，没想到生意还行，月收入在一万元左右，比我以前在上海餐馆打工收入还好。

"我老婆在工地上洗车，一个月也有 3000 多的收入，加上我开餐馆的收入，勉强可以供几个孩子上学。"

张义红说着笑得眼睛眯成一条缝。

"我家原来特别穷，我父亲在楚雄当兵时受伤，我妈又被人拐走，当时我哥哥才 3 岁，弟弟才 3 个月，后来我父亲也死了，当时我才 11

岁，我哥哥 12 岁。"

这真是一个多灾多难的家庭。四女儿在昆明禄劝读高中，又不幸出车祸，医掉很多钱。

采访完张义红，我感觉轻松了不少，听这个瘦弱的男人讲故事，虽然讲得轻描淡写，但还是从他的轻言慢语中，分明感受到了一个男子汉的顶天立地。

搬到裕和社区的王光艳，30 多岁，老家在镇雄县泼机镇瓜娃村，一起搬来的公公婆婆都近 80 岁了，带 4 个孩子，老公龙天泽是个退伍军人，之前一直在江苏打工，搬来新区后，为了照顾老人和孩子上学，两夫妇开了一个餐馆。

还没有回答完我的一个问题，王光艳就哭了，眼泪止不住往下流。

"以前在外打工，每年能挣七八万块钱，都给公公婆婆治病了，还好，搬到裕和社区后，在社区干部的关心下，我们家开了一个烤鱼店，现在每年收入有 12 万元左右，还住上了 120 平方米的单元楼房，日子好多了。"

说到易迁群众，裕和社区支书成涛有说不完的话。

"张义红刚搬来时，我们让他当了一个楼栋长，后来他的第四个女儿出了车祸，为了照顾女儿，他自己退出了。今年初，县发改局拍租铺面，我们就动员他去租一个，现在，每天有五六百元的纯收入，养家糊口没问题。

"像朱雪这种情况，他们家一直在外务工，搬来新区后，为了拉近感情，我几次上门，还开玩笑说，做顿饭给我吃嘛。针对她个人素质不错的实际，我动员她到劳务公司工作，主要做劳务信息员。她的老妈，又去农贸市场卖菜。这样，一家人的生活就有了着落。

"雷贵林这家伙，反复了几次，搬来了又搬回老家去，我们又多次上门，开导他。为了稳住他，我让他到我的工地上学开挖机，他自己也可以在城里找些木工活。赚到钱了，我就和他开玩笑，叫他发支烟来抽抽，他也很大方，要送我一包。我笑着说，哪个要你的烟，不就是开个玩笑而已。如今，贵林这小子终于算是稳定下来了，作为社区支书，我也算是尽了一份责任吧，问心无愧了。"

下午，我们来到了位于闹市区的南台街道文德苑社区。在这个社区，我又见到了好几个易迁群众。

杨兴是有两个孩子的年轻妈妈，26岁，家中有五口人，搬迁之前，一直在家种地，养了一头猪，一年的总收入在两万元左右，勉强可以维持生计。

"我家的困难主要是老公生病，他患有甲亢和肺结核病，我最担心的是，搬到新区后生活没指望，找不到工作，挣不到钱，那我家的两个孩子和老人咋办。"

"那后来咋想通了呢？"我问。

"扶贫干部人真好，跑了我家几次，一直动员我家搬迁，说党的政策很好，错过这个村，就没这个店了，不搬是要后悔的。我也和老公反复商量了几次，还是决定搬了，也不能辜负了扶贫干部的一片苦心。

"现在嘛，都适应了，也不想回去了，我在幼儿园找到了一份打扫卫生的工作，每月1800元的工资，老公也在外面打零工，因为他的病还没有好，每月只能做四五天的工，今年每月能挣到1000多元的收入，也可以贴补下家里的开支。"

我问杨兴："你觉得搬来新区最大的改变是什么？"

她扬了扬头，说："改变肯定很大啦，小孩子读书近了，教育条件也好很多，关键是我老公看病更方便了。"

说到这，杨兴的眼泪就唰地流下来了，一旁的社区女支书忙递过去一张餐巾纸。

"小妹，坚强一点，会越来越好的，你老公的病也会尽快地好起来。"

镇雄县伍德镇新田村搬来的孙华友，家中有六口人，带 4 个孩子，还有一个 80 多岁的老人。

"我们家主要是因学致贫，两个孩子读大学，负担可重了。"

老孙说话间，一种自豪感溢于言表。

"前年我老婆得了卵巢癌，四川、昆明到处治疗，更加重了我家的负担。搬来新区后，我参加了劳动技能培训，学修车，培训期间每天还补助 60 元钱，政府想得很周到，生怕我们这些易地搬迁群众没有吃的。"

对于未来，孙华友没有更多的奢求。

"我会木工活，现在，我只能在城里打点零工，养家糊口，每天能挣到二三百元。平均下来，一个月能有 3000 元左右收入。至于将来，梦想都寄托在了孩子身上，我就多花点时间陪下老婆了。"

这看似微不足道的梦想，却是那样温润。相信老孙的日子，会越来越好的。

镇雄县以古镇搬来新区的成忠祥，是个 54 岁的汉子，家中六口人，儿子已娶了媳妇，他患有腰椎间盘突出，出不了重力，主要靠妻子一个人劳动。

"大儿子腰部也在工地上受伤，使不上力，搬来新区后主要靠我养他，我老婆就带两个孙子。儿媳妇在浙江打工，每月有 3000 元左右收入，大儿子家搬来后，住上了 100 平方米的单元楼房，小儿子家的房子有 120 平方米，更宽大一些。比起老家那些石头砌成的房子，真的感觉像在做梦一样。

"但说来也是好笑，我媳妇刚搬来时，不适应，死活都要搬回去。

挂包干部又三番五次去做她的工作，政府还给了 1000 多元的家具，给我们买了床和桌子。我媳妇犹豫了好久才终于搬来了新区，稳定了下来。"

见到文德苑社区支书袁仕英时，这个 50 多岁的老支书正在忙前忙后为移民群众工作。这个个子不高、微胖的资深老支书，虽然当了多年的社区干部，但之前都是面对城区的老居民，问题没有这么集中，情况也没有现在这般复杂。

"为了做好群众工作，刚搬来时，我们就成立了几个党支部，组建了党员志愿者队伍，按照网格化管理的要求，教群众乘坐电梯，教他们操家理务。一切从头学起。

"才搬来小区那阵，有些群众会从窗户丢垃圾下去，那要是砸到楼下的人，还不出人命？即使伤不到人，也严重污染小区的环境啊，我们社区干部就很着急，挨家挨户上门指导，要求每家每户必须要有垃圾桶、垃圾袋、蓄水桶。家里零乱的，还要教他们收拾整洁，做到地上无烟头，被子叠放整齐，沙发保持整洁清爽，不乱堆放杂物。这些虽然都是些细枝末节的小事，但却是改变群众生活方式的起点，要让群众从农民变市民，这些引导教化是必不可少的。

"在小区群众的管理中，最操心的，要数那些单身老人和父母离异的孤儿了，光是第 37 栋，就有 141 个单身老人，他们的生活安全，最让我们揪心，得随时过问他们的生活状态，生怕有半点闪失。

"特别是那些个酒疯子，是小区管理中最为棘手的。他们喝高后，会去敲女孩子的门。喝酒最凶的刘龙平，从镇雄县源盐镇搬来，四级残疾，成天喝酒，醉醺醺的。他还有些号召力，才搬来那段时间，随时邀约一帮酒鬼一排排坐在小区里，离他们老远就能感受到酒气熏天，乌烟瘴气。有一个女楼栋长去入户，三楼住着一个酒疯子，每次去，他都要拉着这个女楼栋长说话，想打她的主意，女孩子吓得根本不敢单独入户。之后，社区的女干部入户，都必须是三五人一个小组，且必须佩戴社区工作牌。为了彻底根治这些不良现象，我们社区干部挨家挨户做思想工作，给他们讲喝酒的危害，甚至告诉他们如果不听，以后要取消给他们的所有好处，凡是因为酗酒闹事违法的，一律送公安机关严处。对那些患精神病的人，及时送精神病医院治疗。同时建立民情台账，以楼栋长为网格信息员，工作做到挨家挨户，每天工作到十一二点，才慢慢扭转了酒疯子到处招摇的局面。

"有些群众，处不好邻里关系，常常因为打扫个楼道、过道卫生啥的闹矛盾，我们的社区干部就会不厌其烦地去做调解工作，现在和谐了很多，大家也养成了良好的卫生习惯，开始适应城市小区的新生活了。

"正向激励也是十分重要的。在我们小区第37栋，有一个残疾人，叫刘昆，32岁，耳朵残疾，母亲去世早，读过几年书，在老家找了个女朋友，后来一起外出打工，摆过地摊，弹过棉花，都亏了本，但他锲而不舍，终于选中了经营鲜花这一行，时间不长，就已经还上了贷款。他就把本人的创业故事写成文章，社区组织召开群众会，让他去讲，现身说法，他也毫不保留地把自己的创业经验分享给那些想创业的小青年，引导青年要尽量找一个相对稳定的工作，多学技能，自主创业，做到自强、诚信、感恩。在他的带领下，社区的好些青年都受到鼓舞，纷纷外出打工，或者自己学做小本生意，开始了创业之路。"

在就业方面，袁支书也有自己的绝招。

"我们组建了一个就业扶贫站，建了一本劳动力台账，做到家底清楚，通过外输内转、公益岗、兜底保障，凡是能输出到外地打工就业的，我们就输出到外地打工。不能输出的，内部输到县城工地、宾馆、酒店就业或从事家政服务。尤其是家政服务，还有一个观念转变的过程。之前，这些从山区搬进城的群众，老认为进家庭服务不好意思，通过我们培训，告诉她们家政服务员也是一种职业，大家才慢慢转变观念，开始接受。那些去做家政服务的大妈大嫂，每月也能拿到 2500 元的工资。

"我们还在小区旁边搞了一个临时蔬菜市场，动员未就业人员去老市场贩菜来卖，从中赚取利润，这样每个人一天可以挣上百元的收入，基本的生活开支就有了保障。

"通过这几个月不分白天黑夜的工作，在就业方面，我们做到了让群众短期能脱贫，长期能发展，前景令人期待，虽然辛苦，也值得。"

说到做群众的工作，镇雄县鲁家院子安置点南苑社区支书赵高彦也是有一肚子的苦水。已 45 岁的赵高彦常年担任社区干部，做群众工作很有一套。

鲁家院子安置区位于镇雄县旧府街道，建设安置房 32 栋，共安置 2282 户 10370 人，新改扩建九年一贯制学校 1 所，配套建设了 2 个社区卫生服务站。

"住 14 栋的 84 岁老人刘世珍，从母享镇搬来，儿子儿媳和两个孙子全是智障。家中只有刘世珍老人支撑。刚搬来时，老人就吵着要搬回老家去，说儿子儿媳和两个孙子不会使用电梯。知道这一情况后，我们就组织社区干部每天去他们家服务，教他们使用电梯，如何做饭。最后，老人家被社区干部的真诚服务打动了，不再提回老家的事了。

"老人说，她生是南苑社区的人，死是南苑社区的鬼。

"老人家古道热肠，每次回老家，都要带点包谷花啥的给我们社区干部，老人家还经常留我们社区工作人员在她家吃她亲手做的包谷饭，不吃，她就哭。她说，社区的工作人员把他们家当作了亲人，她就是想表达一下感谢的心意。老人家的每一次挽留，都让我们很是感动。"

赵高彦说："我最担心的是老人要是过世了，她的儿子儿媳和两个孙子怎么办？这个家庭再也没有老太太亲手做的热菜热饭了。"

听了这个故事，我觉得好沉重，要真是没有了刘世珍老人，那这个家庭完全失去了支撑，只能依靠民政部门兜底保障了。

"刘世珍老人还有一个女儿，身体健康，正常。"赵高彦虽然只有只言片语，但足以让我们看到了这个家庭的希望。

"家住南苑社区9栋的金友乾，我们社区副主任李瑛花了35元钱，买了一把锄头送给他，动员他去板蓝根基地打工，后来他做了20多天拿到2000多元工资，回来就还给他买锄头的钱。

"我们社区板蓝根和吊瓜套种，达3000多亩。我们动员了社区的老人和妇女去板蓝根基地打工，每天可以拿到几十元到100元不等。

"住南苑社区15栋的杨孝斌，从牛场石笋村搬来。汪武芸从镇雄县母享镇三河村搬来。两人分别到社区大厅租铺面，一了解情况，两人的本钱都很少，单打独斗肯定不行，我们社区干部就动员两人合租一个铺面，共同经营分红。两人也很爽快，最后终于成功合作。"

赵高彦支书给我们讲了一件有趣的事。

"中屯镇齐心村搬来的朱某，因为爱喝酒，敲诈芒部搬来的50多岁的赵某两百元钱，闹到社区后，经过调解，要处理朱某。没想到赵某竟然下跪求情，求社区别处理朱某，说大家搬到一起来住了，就是缘分，以后低头不见抬头见的。"

呢噜坪安置点建有安置房44栋，共安置2926户13206人，配套建设有1所幼儿园、1所九年一贯制学校、2个社区卫生服务站等公共基础设施。这些易地扶贫搬迁群众于2019年12月19日搬来，在搬迁过程中，社区干部也是经历了诸多辛酸。

"2019年12月12日，支书拿个喇叭站在门口喊话，告诉大家注意事项，我们通过亲情式、保姆式服务，服务型工作，通过召开群众会，欢迎易迁群众入住新家，给他们讲党的惠民政策，如何盘活老家的承包地、林地和宅基地'三块地'，在群众中开展感恩教育，引导广大易迁群众感恩帮助自己的人，感恩党的好政策，让自己一步一步过上新生活，过上好日子，使易迁群众从陌生人到熟人到朋友，最终成为我们的亲人。

"有一个易迁群众，不务正业，天天喝酒，宿舍里酒瓶乱扔，堆成山，像个垃圾场。有一天，喝多了，肠胃出了问题，卧床不起。社区干部到他家后，拒不配合，根本不起床，红着眼看着我们，没办法，社区干部只有把他提起来，强制送到医院。没想到他洗了肠胃后又跑出来，不配合治疗。家中卫生也不打扫，臭气熏天。他的父亲外出打工，再也不想管他，准备放弃。但我们社区干部并没有放弃，楼栋长多次上门作动员，对他进行教育引导，终于转化过来，去学了钢筋工，每月收入 2000 多元，一高兴，说要请我们社区干部吃饭，感谢社区干部对他的教育。并反省之前因为不务正业，天天酗酒，影响了左邻右舍的正常生活，实在不该。"

何高贵，住沛泽苑社区，身体残疾，搬来后不稳定，一直想回老家。社区干部三番五次上门做思想工作。

"疫情期间，我们发了个喇叭给他，让他每天给群众做疫情防控宣传，每月发 1000 元工资给他，勉强稳定下来。他有一个儿子，患智障，随时不穿裤子到处跑，社区干部又给他送去衣服裤子，叮嘱何高贵管好自己的儿子。

"过年时，何高贵回老家杀年猪，回来时提了一只猪脚杆来送给我，说是放在门卫，我坚决不要，让他提回家。但我心里还是很欣慰，老何不仅稳定下来了，通过送岗上门，让他当上了保洁员，给他们家四口人全解决了低保，基本生活有了保障，他也有了一颗感恩之心。这种转变，也是我们社区干部干好工作的动力。"

说话间，赵高彦支书伸出左手，竖起 5 个指头数给我们听：

"针对群众难就业的问题，我们社区开展了挖掘机、育婴、茶艺、电工、钢筋工等工种的技能培训，让搬迁来的社区群众人人都能掌握一门手艺，外出都能就业稳岗。

"社区干部背来送去，服务群众要用真情。

"一位住十一楼的生病老人，80 多岁，行动不便，女儿外嫁，儿子在外打工，没人招呼，社区干部每天从十一楼背到一楼，就诊后又从一楼背到十一楼。循环往复好些天，直到老人病情缓解，能够自理生活。"

说到社区干部的辛苦，赵高彦支书摇了下头："虽然苦累，但看到易迁群众过上好日子，我们很高兴。"

镇雄县大地安置点万和社区的副支书李琳，是个 30 多岁的年轻女性，大专生，有多年社区工作经历，做社区工作很有经验。

"万和社区安置了来自镇雄县 19 个乡镇 1100 多户 5300 多人。这些来自不同乡镇的群众，聚在一起，有个适应融合的过程，在社区管理和服务方面，也给我们的工作提出了新的挑战。

"坡头镇搬来的艾忠祥，50 多岁，家中有三口人，儿子智障，瘦弱，刚搬来时，每一天都去社区反映没事做，没有收入。社区干部去入户，发现他家烧煤。老艾冷得直淌清鼻涕。问老艾，说不习惯使用电磁炉。社区干部赶紧送去一个取暖炉给他。

"像老艾这样的特困群众，我们社区在春节等节日慰问时，都会特别给予关照。社区还给他安排了保洁员的工作，每个月增加 500 元的收入。有了稳定工作和收入，老艾的精神状态也好多了。"

易迁群众中，大多数都是懂得感恩的、善良的。

"住万和社区 14 栋的李春仙，疫情期间主动捐款 1000 元，她说她儿子得了重病，国家给予了关心照顾，病好了，要回馈社会。"

裕和社区支书成涛，在社区工作已有4年时间。说起社区的工作，如数家珍。

"镇雄县易地搬迁要求在2020年3月30日前必须完成，因此各项工作都得加紧。但1月24日，也就是大年三十这天，因为新冠肺炎疫情暴发，市县严格管控，搬进新区的易迁群众之前在农村过惯了自由自在的生活，本来搬来小区住进楼房就有些不适应，因为疫情又要对小区实行封闭管理，群众中就弥漫着一些不稳定因素，成天人心惶惶。社区干部就冒着危险开展社区防控工作，宣传疫情防控知识，稳定群众情绪。疫情期间，社区安排了70余人值班，苦战了一个多月，直到疫情有所缓和，才解除了社区的封闭。

"疫情期间，从湖北回来了两位打工者，被隔离观察了48天，我们社区干部每天都给他们送菜送饭，从未间断，直到解除隔离。社区干部虽然工作辛苦，但没有谁有怨言。

"疫情期间，除了做疫情防控工作，我们社区干部还要通过电话访问，了解每个家庭的就业情况，为下步疫情趋稳后的劳务输出摸清家底。处理好车费补贴和稳岗补贴，我们社区还开发了100余个铺面和摊位。通过包车输送群众到省外务工。对那些不能输出、只能在当地就业的群众，我们与13家当地酒店、足疗城签订了就业协议，组织易迁群众到企业务工，增加收入。"

镇雄县易地搬迁安置局副局长余大贤说："镇雄县除了县城大地、呢噜坪、鲁家院子3个万人集中安置点外，还有以勒、母享、碗厂3个乡镇安置点。从建设到搬迁再到稳定，各级干部作出了巨大的牺牲。有一位副局长，得了脑梗，住院出来就立马上班，坚守岗位。为了保障施工，城管、交警通力配合，对拉沙石等建筑材料的车辆一路放行，有什么问题立马解决，高效运转，全天 24 小时不间断施工，确保了工程按期交付使用。

"为了分房搬迁顺利，每个社区派了 5 名干部下沉一线帮助工作，每天和社区干部工作十几个小时，做到每一套房子都完成房源排查，凡遇到房子有什么明显问题，立即安排修缮，确保易迁群众住进完好无损的安置房。"

镇雄县委宣传部副部长熊涛和尹朝勇陪同我们在镇雄大地上行走、采访，给我们介绍了很多情况，让我们对全县的易迁情况有了一个全方位的了解。尹朝勇除了宣传部副部长身份，还是县文联的主席，是一位诗人、作家，对易迁群众的改变，他有自己的视角。

"易迁群众的改变，最明显的，是懂得感恩，政府给了他们房子，让他们从高寒冷凉的老高山上搬进城，这是前所未有的改变，他们能够真切感受到这种革命性变化给他们自己及子孙后代带来的改变。很多群众都发自内心感恩共产党，感恩习近平总书记的英明决策，感恩各级领导干部的辛苦付出。

"在镇雄，县委、县政府主要领导非常务实，带动了全县干部作风的大转变，为贫困群众做了太多的事，全县 6 个安置点的建设，产业的发展，学校、医院的扩建提升，都让镇雄县的老百姓感受到了实实在在的变化。在群众心目中，党就是他们的坚强后盾，干部就是他们最亲的人。

"10 年前，你在镇雄的大街上问个路，可能会有人给你反说，但是今天，你走在镇雄宽阔的大街小巷，无论你问谁，他们都会热情地给你引路，因为镇雄的老百姓真切地感受到了一个日新月异的巨变，他们都想为镇雄代言，树立镇雄良好的对外形象。他们想脱贫，想奔小康。"

在镇雄县，我们走进了赤水源镇的银厂村，昭通市政协下派干部龚昌伟是这里的扶贫督导员，一直给我们介绍情况。镇雄县政协下派的扶贫干部李其凭对村里的情况也格外熟悉。

"我们村坚持走11233的路子，即党支部引领；专业合作社服务；坚持两个自愿：农民自愿拿出土地，自愿将退耕还林补助纳入合作社经营；做到三个明确：明确土地权属归群众，竹子归群众，今后收益归群众；做到三个到位：讲到位，算账到位，情感到位。因为有了村里的好思路，目前，全村种了6000亩方竹，1500亩蔬菜，2013亩中药材，800亩榛子，100亩刺脑包，养了600桶蜂，产业覆盖了13个村民小组的群众。"

火车跑得快，全靠车头带，有了这样的村党支部，有了这样一群敢闯敢干又热心为群众服务的干部，哪还有扶不了的贫。

谈到群众的变化，龚昌伟说："通过脱贫攻坚工作的深入开展，群众有了明显的变化，对国家改革发展大局的认识有了很大的提高；在群众中迸发出了一股自下而上的支持力量，这种力量有无穷的动力；因为产业发展了，群众生活富裕了，银厂村从原来的上访村变成了零上访村，这种变化是最为深刻的。"

当地干部指着眼前的一片长势繁茂的林子告诉我："2018年6月25日，茅台集团在这里搞了一个公益活动，种了600亩公益林，还捐了2400万元，专门用于赤水河源头的保护。"

看着眼前满眼的绿，我仿佛看见了一条没有尽头的赤水河，一路东流去。

巧家县，是个烟火味十足的地方。县城位于金沙江东岸，这是一座不仅有着灿烂历史，更有着地道烟火味的地方。心灵手巧的巧家人像祖先侍弄铜器一样，在吃上用足了智慧做足了工夫。在巧家，不去品尝一下当地的卷粉、凉米虾、破酥包子、砂锅米线、熨斗粑、炒攀枝花等地方特色小吃，就算没有真正品尝过巧家的味道，算是白来一趟了。杧果，是巧家人最得意的水果，金灿灿的色泽，饱满圆润的果型，在绿叶丛中显得格外诱人，甜而不腻，酸甜适中。有着"水果之王"之称的巧家杧果，最大限度地满足了堂琅人后裔和外来游子馋涎欲滴的食欲，那些来到巧家的外地人，吃不了还"兜"着走，再沉重的行囊都要带上几斤，和亲朋好友一同分享。小碗红糖，也是巧家一绝，香气浓郁、色美味正，含糖量高，营养丰富，还具有补血、抗衰老、加快人体新陈代谢等食补作用和排毒养颜功效。产糖的季节，走在大街小巷，到处都能看到背着竹背篓的卖糖人的身影，小碗红糖，无疑已成为人们口里"割"不下的"甜"了。

如果说满山丰富的颜色滋养了眼睛，各色美味丰富了人们的胃觉，丰富的资源增强了人们的底气，无穷的创造力丰富了人们的遐想，那么我想，就一定有一种东西支撑着巧家人生生不息，那会是什么？会不会是创造了辉煌灿烂的"铜"文化的堂琅先民们如大药山一样扎根泥土、顶天立地、坚忍耐劳的吃苦精神和他们朴素善良的厚道品质？

巧家县药山镇洗羊塘村位于药山镇东面，与滇东北最高峰药山相邻，平均海拔 3200 米，全村有建档立卡贫困户 385 户 1462 人。由于地处高寒山区，气候恶劣、土地贫瘠，被"冠名"为巧家县最贫穷的村。洗羊塘村种植结构单一，主要作物仅有马铃薯、荞麦，粮经作物种植比例严重失调，且由于自然条件恶劣，亩产量只有 300 公斤左右，群众收入渠道单一、经济收入低；基础设施建设较为滞后，住房条件差，部分群众饮水困难，求学、就医不便，群众生产生活面临严峻挑战，部分区域已基本丧失人类生存条件。巧家县紧紧抓住易地扶贫搬迁的政策机遇，以整村搬迁为抓手，挪穷窝、换穷业、拔穷根、改穷貌，变"包袱"为财富，变"穷途"为坦途，变"末路"为出路。随着易地扶贫搬迁项目的实施，洗羊塘村发生了翻天覆地的变化，全村群众彻底告别了昔日居住的茅草房，住进了水、电、网配备齐全的"小洋房"，实现了减少贫困人口和改善生态环境的双重目标。

同为巧家县的东坪镇道角村，与洗羊塘村高度相似，最高海拔3939米，最低海拔2100米，村委会驻地海拔2920米。因背靠大药山，受高海拔、低气温、常年多雾、土地贫瘠等地域条件制约，产业以马铃薯、燕麦、荞子为主，农业生产"靠天吃饭"，教育、医疗、交通、通信等基本公共服务设施严重滞后，生存环境非常恶劣，属于典型的"一方水土养不好一方人"地区。自20世纪90年代，许多农户通过外出务工定居、投靠亲友等方式远迁普洱、勐腊、江城等地谋生，自发搬迁203户1144人，有组织搬迁95户253人，常住人口减至78户283人，其中建档立卡贫困户占常住人口的83%。巧家县因地制宜，大胆创新，以易地搬迁和土地流转推进人口重构、产业重组、生态重塑，破解了"一方水土养育不了一方人"的历史难题。在工作中，道角村做到树好"一面旗"，坚定"搬出去"的决心，"不把扶贫工作干好誓不罢休"，实现了整村搬迁至鲁甸县卯家湾安置区。

水富市，万里长江第一港，云南之北大门，是昭通唯一的非国家级贫困县市，尽管基础相对较好，但由于县境内山高坡陡，一些丧失生存条件的地方，群众的生产生活依旧十分困难。

秦汉时，水富境内为僰人属地。史载，隋文帝开皇六年属开边县。宋乾德五年废开边入僰为郡僰道县，宋徽宗政和四年改僰道县为宜宾县。1974年7月1日成立水富区。水富之名，乃取水东、水河之"水"，安富之"富"而成。1981年10月1日，水富县正式成立。2018年11月6日，正式更名为水富市。

这一小段描述，似乎概括了水富的历史，事实上，水富是如此丰富的一个川滇交界处的小县，她有着自己悠久、厚重、灿烂、包容的历史文化，有着独特的区位与资源优势，有着川滇味水乳交融的江边风情。

生态宜居，用来形容水富市，真是再恰当不过。

铜锣坝国家森林公园在太平乡境内，进入丛林深处，九座大小山峰竞相凸起，水青冈大树围峰而立，像是一个个庄严的哨兵，守卫着每一个不可侵犯的山头。威武雄壮，气势非凡。平水坝、白寨坝、铜锣坝、五里坝等七个小湖泊像七面铜镜一样映照着原始森林美丽的容颜。铜锣河像一条精巧的项链一样，把七个珍珠一样的湖泊连成一串，异彩纷呈，风韵无限。青翠幽静的竹林深处，一汪湖水横卧林间，湖水清澈，水雾升腾，朦朦胧胧如诗如画，如梦如幻。铜锣河是这片原始森林的灵魂，她是蜿蜒的，一路舞蹈着穿林而过；她是清亮纯洁的，像是从天上流下来的圣水，没有经过哪怕是一点点尘埃的污染；她是激情豪放的，在罗汉坝的山林中流淌，或婉约，或闲淡，或低回，或起伏。铜锣河有着自己的韵律和节奏，流到关门滩，险象环生的绝壁制造了两叠天然壮观的瀑布，把所有的流淌推向了高潮。铜锣河，似乎一下子就从一个纯洁的少女变成了风韵十足的少妇，成熟得像是眼前这片发育得无比充分的原始森林，风姿绰约，风情万种。

铜锣坝，无论是春之烂漫迷人，夏之苍翠幽深，秋之枫叶红遍，冬之雪白茫茫，都有着自己独特的性格，都有着自己别具一格的风韵，她是丰富的、多情的，她似一位永远对你含情脉脉、温情无限的女子，她含蓄与奔放同季，风情与端庄同林，是个移步换景、百看不同的山中奇景，她永远值得期待。

在脱贫攻坚的战役中，智慧的水富人想到了金沙江右岸的玛瑙山，把江底的温泉用管道抽上了山顶，又在那片曾经的荒山上开创了另一片开阔无比的天地，建起了一大片泡澡的浴池。这里地势更加开阔，有平地，有山峦，有树林，有流水。空气清新，群峰迭起，远看青山，近观金江，抬头弄月，低头戏水。你可以在错落有致、造型新奇、舒适自然的浴池间自由选择，蓝天作被，温水润身，尽享大自然之造化，也过一回仙人的日子。

水富还做足了乡村旅游的文章。让那些藏在深闺的美景露出羞答答的面容，有兴致的话，移民新村邵女坪的乡村晚景安闲祥和，是可以去看看的；到楼坝的古渡口去走走，清代帆船往来的影子必浮于江心，在朦胧灯影里，说不定还能听到一支小曲儿。

金沙江边的船上去吃一顿麻辣味十足的"江团鱼"，味美而肉质细腻，也是水富之一绝，吸引了不少外地游客。

在脱贫攻坚大决战中，水富市充分发挥自身临江而居的资源优势，主动作为，把易地搬迁与乡村旅游有机结合，完成易地扶贫搬迁建档立卡对象 404 户建房任务，新建贫困户安全住房 2022 户，累计解决 2426 户贫困户住房问题，并已全部搬迁入住。紧扣"危房不住人、住人不危房"宗旨，筹资 4000 余万元开展农村危旧房建拆整治行动，拆除农村不安全住房 4291 户，复垦复绿 7 万平方米，新建农村安全住房 762 户。实现了户户有居所，人人有事做。

众所周知，脱贫攻坚推进到一定阶段，剩下的都是贫中之贫、困中之困，都是难啃的硬骨头。对与水富市紧紧相连的绥江县而言，硬骨头也不例外，还是易地搬迁。因为贫困都集中在偏远、高寒、贫瘠的地区，基本是"出门通行无路、就医就学无钱、山高谷深无望、人畜混居无知、土地低产无效"，搬迁才是唯一出路。比如：南岸镇蚂蟥寨，前后都是悬崖峭壁，土地全是 40 度以上的贫瘠陡坡，就地发展根本没有希望。绥江县用 8 个月完成了安置点 22.5 万平方米的房建任务，1 个月完成了 2022 户 7711 人搬迁入住，真正实现从"山里人"到"城里人"的历史性跨越，百姓脸上透露的是满足的笑容、内心洋溢的是幸福的开心。69 岁的杨盛鎌老人在一次与干部交流中感叹道："我做梦都没想到，能够搬到这么好的地方住，过上城里人的生活，真是想不到的幸福。"

乡愁，是一个人心灵深处最难忘却的记忆。群众搬迁后，难免会出现留恋故土、不适应新环境而待不住、想回去的念头。绥江县按照"硬件建设与建立完善社区管理机制同步"要求，建立了"党总支＋片区长＋楼栋长＋警务长"的网格化服务管理机制，实行机关联系支部、支部联系党员、党员联系群众、县级8个机关支部联系兆佳坝8个片区支部，8个片区长、33个楼栋长、9个警务长实行分片负责，149名社区党员组成6支志愿服务队，5家机关抽调5人组建了易迁帮扶工作队，开展政策宣讲、纠纷调处、平安建设、家政服务等志愿服务活动，做到了党的组织无处不在、党员作用无处不发挥，让群众真正找到了踏实、暖心、有家的感觉。

绥江县，因为山高谷深、不通不畅而摆脱不了被列为国家级贫困县的命运。好在，这个在向家坝电站建设移民中曾经创造了在较短时间内搬迁一座县城的"绥江经验"的地方，从来就不惧困难，不畏艰险，拥有敢打必胜的信心和决心。

2014年全面建档立卡时，绥江县共有33个贫困村，建档立卡贫困对象11399户46721人，贫困发生率为41.3%。经过干部群众的日夜鏖战，到2019年末，33个贫困村如期出列，贫困发生率降至0.21%，成功实现贫困县退出，脱贫攻坚取得决定性和阶段性成效。实现了"产业增强、道路变畅、房屋安全宽敞、就医就学有保障，水更清、电更亮，文明新风处处有榜样，欢声笑语歌颂党"的显著变化，刷新了农村面貌，洗礼了群众思想，锤炼了干部作风，加速了地方发展。

在教育引导群众方面，绥江县的做法也可圈可点。引导干群拧成一股绳，确保合力脱贫"一条心"。建强村级组织这一基层战斗堡垒。采取支书领办集体经济公司，党员带头发展实体产业；算清"五笔账"引导群众树立感恩意识。把自强诚信感恩主题实践活动贯穿脱贫攻坚全过程，以小组为单位，向群众算好经济实惠账、环境变化账、民主政治账、干部付出账和自身贡献账"五笔账"，收集整理了一本扶贫故事集、一部人文纪录片，让群众清楚所得实惠，看到干部真情付出，感受到扶贫实在成果，从内心深处知恩感恩；开展"321专项行动"塑造新风尚。开好党员会、代表会和群众会"三个会"，抓好诚信感恩、脱贫光荣"两教育"和环境卫生"一整治"，做到开好每一次会。共唱一首歌曲，共照一张合影，颁发一本脱贫光荣证。开展一轮以"理发、梳头、洗脸、穿衣、家居物品摆放、院坝清理打扫、圈舍柴房规范"为主的环境整治"五个一"行动。特别是齐唱《没有共产党就没有新中国》这首歌时，大家都肃然动容，有很多人唱下来都热泪盈眶。同时，在每个村设置"光荣榜""曝光台""爱心小超市"，评选脱贫示范户、卫生示范户、诚信示范户，营造了自力更生、脱贫光荣的浓厚氛围。同时，对少数不孝顺父母、好吃懒做的贫困户进行阶段性歇帮和公安机关教育劝导，塑造良好新风尚。

昭通人，自古以来就善于在艰难困苦中拼打前行，从先祖们在深山老林中与豺狼虎豹战斗，到与洪灾、泥石流、地震、风暴、山火等频繁的自然灾害抗争，再到今天攻坚拔寨的脱贫攻坚战，这方土地上的百姓从来就没有退缩，他们负重前行，挺起脊梁，立下愚公移山志，用自己的双手，在人类的减贫史上，写下了浓墨重彩的一笔。

在昭通，每个县，都有自己的鲜活经验。每个县，都有自己的丰硕战果。每个县，都把脱贫攻坚的"坎坷之路"开辟成了一条通向小康世界的"磅礴之路"。

心安处是故乡

心安处，是故乡。

尤其对于这些离开故土、搬到新家园的贫困群众，又何尝不是如此？

"搬得出"是关键，"稳得住、能致富"才是硬道理。面对全市35万多名搬迁群众的切身利益，昭通没有简单地"一搬了之"，而是通过发展产业、促进就业"双业并举"，做好易地扶贫搬迁"后半篇文章"，确保搬迁群众就业有渠道、产业有支撑、收入有保障。

在迁出地，聚焦盘活60万亩耕地、77万亩林地、0.81万亩宅基地"三块地"，通过集中流转土地与退耕还林还草还竹、发展特色产业相结合，推行良种良法、高度组织化和集约化模式、党支部＋合作社"三个全覆盖"，促进贫困户与特色产业发展有机衔接，实现资源变资本、资金变股金、农民变股东"三变"，切实增加群众收入。在迁入地，以扶贫车间、产业基地、劳动密集型工业园区建设和公益公服岗位开发等为重点，规划建设5318个蔬菜大棚、3791个食用菌大棚、60万平方米"扶贫车间"和45万平方米配套商业设施，引进电子元件、设备终端、服装加工等劳动密集型产业，提供岗位约4.98万个，开发公益公服岗位0.78万个，完全能够满足搬迁劳动力充分就业。

2020年，新冠肺炎疫情刚刚趋稳，昭通火车站就人头攒动，昭阳区送走了几批外出务工人员。为确保外出务工群众顺利找到工作，昭通采取"家门＋车门＋厂门"三门联动服务模式，一条龙服务，通过政府无偿提供路费，包专机、专列、专车的方式，把有就业意愿的群众直接送到沿海发达地区务工。

搬迁只是手段，脱贫和发展才是目的。唯有就业才是保障搬迁群众"能致富"最重要的途径，群众有事做、有收入才能真正"稳得下来"。

在昭通大地，无论走到哪一个易地扶贫搬迁安置区，我们总能看到一张张洋溢着幸福神情的笑脸，不用说，一看就发自内心，让人感动、欣喜。

正如永善县红光安置区搬迁群众唐富相所说："以前住在山村，成天与土地打交道，煮饭用的是灶头，全身抹得黑漆漆，身上弄得一股烟臭味。现在搬来新家最幸福的是生活条件好了，出去游玩不到三米就是柏油路，十七八米就是广场、超市，做什么事都很方便，这是以前做梦都没想到的好事。"唐富相也逢人就说："生在红旗下，要感党恩、听党话、跟党走！"

大关县天星镇双河村石明翠夫妇感慨地说："多亏政府帮助，我们才能顺利地从靖安新区快速到广东，不然还不知道要等到什么时候才能返岗。今年外出务工很温暖，出门上车门、下车进厂门，很感谢政府帮助解决了返岗复工难题。"

45 岁的胡嘉良搬迁来卯家湾安置区后，承包了食用菌大棚种植，面对崭新的生活他这样说："以前，我们两夫妻始终要拿一个工照顾小孩儿、老人，只能一个人去打工，除掉一家人的开支，根本存不了钱修房子。现在我们不但没有出钱，甚至没提一桶沙灰，没拿一块砖头，就住进了这么好的楼房。我 3 月份种植香菇，一个棒出五茬，我今天摘的已经是第三茬了，这三茬就差不多回本了，四茬五茬菇，就是我们家赚的。有一万多块钱，不但生活费够了，还添置了几样家具，我认为这就是小康生活了。"

绥江县则制订了竹、半边红李子、生态渔业、特色经作、特色养殖"五大产业发展计划"，实施李园、茶园、菜园和千头牛场、万头猪场、十万羽鸡场、百万尾鱼场"三园四场"，推动产业集中、连片和区域性、规模化发展。全县共发展竹产业 43 万亩、半边红李子 10 万亩、猕猴桃等其他产业 7 万亩，建设了 30 个年出栏 6 万头的标准化生猪养殖场，实现户均产业 2 亩以上。

昭阳区是昭通市的中心城区，是市委、市政府驻地，也是全国 832 个国家扶贫开发工作重点区（县），是一个历史文化积淀深厚的地方，境内北闸过山洞出土的人牙化石表明，早在 10 万年前，就有人在这块土地上繁衍生息。从昭阳大地走出的蜀王杜宇，"教民务农"，在蜀国大地创造了灿烂的农耕文明，文人墨客曾留下了"庄生晓梦迷蝴蝶，望帝春心托杜鹃"的千古绝唱。

秦朝开凿的五尺道，从历史的烽烟中走来，在创造了物质文明的同时，更使得中原文化、荆楚文化、巴蜀文化和滇文化在这里交汇融合，创造了辉煌的朱提文明。

昭阳境内出土的汉碑，被考古界、学术界无可争议地确定为海内第一碑，堪称稀世珍宝。其史学价值、书法研究价值至今仍不可替代。晋墓的发现，更是补史之阙，成为海内外研究蜀汉两晋"南中大姓"最为珍贵的历史文物。彝族六祖分支祭祖圣地、禄氏故城遗址等众多的历史文化遗迹，标识着这片土地的古老与厚重。

自 2009 年以来在昭阳区太平街道水塘坝正在发掘的古象化石群表明，这里应该是中国南方一个规模巨大的古象群埋藏地。著名自然科学家、美国宾夕法尼亚大学教授江妮娜更是表示，在昭阳区发现的古象化石群，证明数百万年前的昭阳是远古时代旧的动物灭绝、新的动物崛起的重要活动地带，对于研究世界上一些动物消失的原因，具有相当高的科学价值。更为珍贵的是，考古人员在古象化石群还发现了一颗灵长类动物的牙齿，这是考古工作者发现的亚洲最早灵长类动物牙齿化石。

历史上，昭阳区曾有过风姿各异的昭阳八景："龙洞吸月""恩波蜃影""宝山环翠""凤岭飞霞""洒渔烟柳""珠泉涌碧""雨公云鬟"和"花鹿食草"，不要说亲临观景，单凭这些诗意弥漫的名字，就足以让人心驰神往。

从历史深处走来的昭阳，一路坎坷，一路艰辛，一路沧桑，一路奋进。

贫困面大、贫困程度深、扶贫难度大，是昭阳区最为鲜明的特点。近年来，昭阳区扶贫攻坚任务异常繁重，不仅要确保区内的群众有序搬迁安置，还要完成市内其他5县区搬迁群众的易地安置任务。

在全国最大的易地扶贫搬迁安置区靖安新区，这些来自不同县区的易迁群众，他们到了新的居住地，是否水土不服？是否落地生根？是否安居乐业？是否安身安心？带着这些问题，我走访了昭通市9个万人以上的易地扶贫安置区，采访了200多位干部群众，我想尽可能还原这些易迁群众搬迁前后的生活状态。从他们朴实的话语和日常生活状态，我找到了想要的答案。

从昭通城出发，汽车穿过北闸镇境内一个长长的隧道，眼前豁然开朗。一个小小的水乡样的坝子呈现眼前。作为昭通城市规划中一城三区最北端的靖安新区，这里群山环抱，闪现了一个小小平坝，洒渔河从坝子中央缓缓流过，给这个土地平旷、阡陌纵横的盆地添了几许水乡般的温馨与浪漫。

扑入眼帘的，是沿洒渔河边矗立的那些森林一样的高楼。这里哪是一个乡镇，俨然就一座新城啊。想想一年前，这里还是一片玉米地呢！

为确保来自6个县区高寒贫困山区的易地搬迁群众在2020年春

节前搬迁入住新居，昭通市、昭阳区在靖安坝子选址，在白纸上作画，2000余亩土地上似乎在一夜之间热闹繁忙，机械往来，民工忙碌，挥汗如雨，日夜奋战。昭通请来了最能建房的铁军"中国建筑"，这些"钢铁"一般的能工巧匠，背井离乡，坚守岗位，攻坚克难，钻探、地勘、土建、装修，每一个环节都争分夺秒，丝丝入扣，一幢幢高楼如雨后春笋般拔地而起。而正是这一幢幢高楼的落成，那些从大山深处搬迁下来的建档立卡贫困户，才真正拥有了属于自己的温馨家园，从今往后开始了崭新的生活。

摸了下家底，昭阳区靖安安置区，位于靖安镇，是全国安置人口最多的易地扶贫搬迁跨县安置区，建设安置房149栋，安置昭阳、大关、永善、彝良、镇雄、盐津6县区群众9115户40002人，配套建设有1所卫生院、6个社区卫生服务站、1所高中、1所初中、2所小学、2所幼儿园等公共基础设施。

一个阳光穿过乌蒙山垭口、洒在靖安坝子那些黄色高楼的早晨，在靖安新区，我见到了易迁群众彭发德。

跟随彭发德去龙潭村，是一个时阴时晴的上午。我和云南电视台的记者张歆易、金志坚老师到达惠民社区时，靖安新区党群服务中心的办公室主任吴学艳和社区的一男一女两位年轻90后干部已经在彭发德家的楼下等着了。社区主任辛永巧还开来了自己的面包车，交由社区的一位小伙开着，成了彭发德和他女儿、儿子当日的"专车"。

彭发德从楼梯间出来，穿了一件干净的深色夹克、一双运动鞋，手里夹着一支烟，看上去蛮精神的。

昭阳区靖安镇龙潭村的深山谷中，大雾常常是说来就来，说走就走。

彭发德50岁左右，2018年7月16日从楼梯上摔下来，右腿受伤。彭发德有4个孩子，大女儿嫁到昭通火车站附近，二女儿在温州打工，三女儿彭万春在靖安中学上初三，小儿子彭万朋在靖安中学上初二。

彭发德说:"在老家时,每天天不亮起床走路送孩子上学,现在小儿子中午都能回家吃饭。"

彭发德家的狗儿未带到安置区,一家人还真有些舍不得。

彭发德家所住的村子,共有两个村民小组,70多户人家,搬走了21户,还剩下50多户留守村庄。村里还有3户人家外出打工在外地买了房子。

彭发德说:"我们能搬下山,住进靖安新区,真是太幸运了,没有上级的关心,我下辈子也住不上这么漂亮的楼房。关键是我的娃娃从此改变了命运。"

"那你们村里没有搬迁的人,羡慕你吗?"

"很羡慕啊,当初不愿意搬迁的群众,现在到我们家去玩,都好后悔的。其实,当初村支书李文友来我家动员我搬迁时,我虽然也想搬,但还是有些摇摆,生怕我决定搬迁了,新区的房子又修不起来,担心搬不成。李文友支书见我有些犹豫,干脆写了一张承诺书给我,如果搬不成的话,他私人赔我3万块钱。现在想起来,真有点为难李支书了。"

正好李文友支书从村上赶过来,见到彭发德,露出满脸的喜悦。

"老彭,家也搬了,还不还我的承诺书吗?"

"要还要还,咋个不还,说话要算话嘛!"

彭发德说着赶紧摸一下自己的夹克衣袋,拿出了一张揉得皱巴巴的纸条,递给李文友。

李文友笑眯眯地接过纸条:"顺利搬了就好,等你的腿恢复了,也去找点工做做。"

"要找要找,不然光是靠我媳妇一个人在青岗岭乡污水处理厂打工挣钱,根本不够一家开支。"

李文友支书是个微胖的中年男人,40多岁,是靖安镇水管站的站长，委派到龙潭村担任村支部书记。

"说到易地搬迁，开始大部分群众都有顾虑，有的担心搬到新区后，离开了土地，不知道自己能做什么，怕找不到工作，挣不到钱养家。有的担心去了人生地不熟的，一下子适应不了城里人的生活。总是担心这担心那的，不踏实。为了做通这些建档立卡易迁贫困户的思想工作，那些天，我们村上的几个同志和驻村扶贫工作队的队员，一天到晚都在走访贫困户，苦口婆心给他们做解释动员。像彭发德这样的易迁户，他实在不相信能够搬迁，并且能够稳定和发展，我就给他写下了这个承诺书，让他吃下一颗定心丸。

"我们龙潭村有 379 户建档立卡贫困户，1938 人。为了做通这些易迁群众的工作，我带领村干部先后跑了 6 次，按照户口册锁定人口，开了两次群众会，一次宣传政策，一次签订协议，做了 6 次工作，第一次只签订了 4 家。通过给群众算收入账、教育账、卫生账、前景账，逐步打消了群众顾虑，开始慢慢接受易地搬迁，并积极主动配合工作，全村共 48 户人家提出搬迁申请，签订了 37 户人家的搬迁协议和危旧房拆除协议，并实现了全部搬迁入住新区。"

永善县茂林乡冷米村小组长刘正康，是搬来新区后才认识彭发德的，两人很快成为无话不说的朋友。听说彭发德今天要回去，坚持要陪彭发德去老家看看。刘正康 64 岁，老伴周兴芬 53 岁，全家四口人，老两口带 2 个孙孙，儿子刘远斌 30 岁，在江苏打工三年多了，家里享受了两个低保。老刘在老家茂林时，因家境贫困，村里给了他一个公益岗位，当上了村里的护林员，每月能拿到 860 元补贴。

和老刘交谈，能感觉出来，他是一个健谈而幽默的人，思想也较为开明。

"村干部去我们村动员搬迁时，村里没有一个报名，大家都舍不得土地和房子，最主要的是他们担心搬到新区后找不到工作，挣不到钱，生活无着落。

"看到没人报名，我就第一个报了，我是小组长，要带这个头啊，不然这么好的政策执行不了，可惜了。"

"那你的老伴不反对啊？"

"咋个不反对啊？听说我报了名，在家中又吼又闹的，硬要我去退了。我说这是上级的政策，哪是儿戏，男子汉说话可是要算话的啊！"

老刘说着挤了下眼睛，做了个鬼脸，一脸的得意。

"前不久叫老伴回去招呼挖房子，她打死都不去了，即使有个人情往来，她也推我去，说是怕坐车，会晕车。哈哈，这人啊，就是个贱坯子，差得好不得。这好日子啊，上去了就下不来了。"

一起同行的刘方银，是个帅气的小伙子，22岁，高中毕业就在外打工，学理发，开过理发店。后来又在玉碗村上工作过一段时间，现在除了担任惠民社区委员和6栋2单元的楼栋长每月能拿到的2000多元工资，晚上还在昭通城里酒店兼职，一个月下来，也有四五千元的收入，除了生活，还能还上车贷，小日子过得还挺滋润的。小伙子也还上进，目前还在读成人函授本科。

刘方银搬来新区前，住大关县玉碗镇玉碗村。玉碗这名字听起来珠圆玉润的，好听，可终究不是金碗银碗，也不是铁饭碗，那里因为山高坡陡，人多地少，广种薄收，群众日子普遍不好。尽管如此，当地老百姓的观念还是"在惯的山坡不嫌陡""故土难离"，真要叫他们搬迁，难于上青天。

"我们村子里2个村民小组200来户人家只有我家和我奶奶家搬迁。现在爷爷和小叔他们根本不想回村里去。"

刘方银说，他的爷爷刘正洪83岁，奶奶李三芝79岁，父母都近50岁了，搬来新区后，他们每天都爬12楼，正好锻炼身体。弟弟在昭通做理发师,底薪 5500 元,下步还准备开自己的理发店。

"我原本是有梦想,希望通过自己打工挣钱,能够在自己二十五六岁时,在城里买套房,把爷爷奶奶和爸爸妈妈也接到城里享享清福。没想到,易地搬迁让我们家提前实现了做城里人的梦想。想当年,我小时候就是因为学校离家太远,每天天不亮就要起床走路上学,每天来回得走三四个小时的山路,还时常走稀泥烂路,遇到洪水季节,就根本不敢去上学,坚持不下去了,就只有退学。"

刘方银说着摇了摇头,一脸无奈的表情。

"这下好了,我的孩子从此可以享受优质的教育和医疗了。"

陪我们一起去彭发德老家龙潭村的社区干部叫李秀伟,家住靖安镇松杉村,今年 21 岁,初三毕业后,读了一个学期的中专。说到易地搬迁,李秀伟打开了话匣子。

"我家四口人,父母都 50 多岁了,在老家住又破又烂的土墙瓦房,种点洋芋、包谷,养两头猪,一年下来,连温饱都解决不了。上个学看个病得走十多里才到镇上,搬到靖安新区来,我们家分到了 100 平方米的单元楼房,真是一步登天啊。"

我问李秀伟:"当初动员你们家易地搬迁时,父母有没有反对过?"

"咋个没有反对,我妈妈眼睛做过 4 次手术,我爸爸扛木杆挣钱,又被木杆打伤,花掉十多万块钱才治好,家里的情况很不好。我们那地方穷,姑娘们都不愿意嫁进村,我哥为了娶个媳妇,光彩礼就欠下十多万块钱,压力可大了。我爸妈都说,搬到靖安那滑石板上去吃什么?我们老农民,一辈子只知道种地养猪,其他事情我们也做不成,你搬去那里吃泥巴吗?

"镇上包保我家的干部是副书记袁永坤,他三天两头朝我家跑,做我爹妈的思想工作,反复给我们家算搬迁后的经济账,子孙未来的发展账，说了好多话，我爹妈才勉强同意搬迁。我觉得镇上的干部也好不容易啊，为了我们搬迁，他们真是费尽了千辛万苦。"

李秀伟目前是惠民社区的委员，每个月能拿到1230元工资。

"我们委员的工资虽然很少，但自己花，勉强能应付。现在国家又提倡地摊经济，我媳妇也每天晚上去靖安新区农贸市场摆地摊卖些小商品，还行，每月收入二三千元，比我们在老家可强多了。"

说到工作，李秀伟更来劲了。

"搬来靖安的人都很勤奋，中央、省、市、区的领导都很关心易迁群众，靖安新区管委会开发了很多岗位，比如保安、保洁、大棚蔬菜基地、锡箔纸车间、电子车间等。我们作为社区的干部，就是一个服务员，必须要为易迁群众办好事，为他们解除后顾之忧，让他们搬得来，稳得住。尤其在新冠肺炎疫情期间，社区干部更是冒着生命危险，挨家挨户进行排查，上门服务，帮他们找工作。

"能为党、为国家、为群众做点小贡献，挺开心的，我愿意。"

小伙子说着一脸的得意。

陪我们一同去彭发德家的社区干部李春梅，也是易迁户。老家在大关县悦乐镇大坪村柏香村民小组。全家七口人一起搬来靖安新区。有个妹妹毕业于红河学院，有个弟弟毕业于华东交大，现在广东中铁十四局工作。小弟在云南师大读大二。

"在老家时，我们家住茅草房，家里很穷，为了我们几兄妹读书，父母到广东，在工地上做绿化，专门挖树窝，很辛苦，还经常遇到老板跑路，得不到工钱。我们从小就随父母外出，去了9年，我学前班到二年级都是在高州市三口小学就读。2003年才回到老家悦乐大坪小学读书。

"前几年，我母亲主要在家喂猪，全家人都靠我父亲的收入生活。可是父亲也老了，今年52岁了，看上去像是60岁的人，有一只耳朵也听不见了。但父亲还是闲不住，刚搬来三天就出去找工作了，现在在普洱打工。"

"那你父亲对搬家怎么看？"

"很满意啊，太高兴了。我父亲是个不爱说话的人，但搬来靖安新区那几天，每天在屋子里反复走来走去的，对房子可爱惜了，走路都生怕踩坏地板似的，时时处处小心翼翼。"

陈康贤家住靖安镇碧凹村 10 组，在老家住的房子烂，土墙房，地震受损，吃水得到一公里之外的山沟里去挑，现在吃上了自来水，方便多了。2013 年修房子时，父亲摔断了腿，也没钱进医院，只有找镇上的土医生医治。

陈康贤激动地说："社区干部每天都要去看望慰问。我们家全家五口人，4 人享受了低保政策，基本生活有了保障。"

看到昭阳区靖安新区这些新居民的幸福生活，尤其令人欣慰，他们告别大山，将在靖安坝子的洒渔河畔，开启他们的幸福新生活。尤其他们的子子孙孙，将从此过上现代化的新生活，不再受闭塞之困、贫穷之扰。

惠民社区 13 栋的苟进敏老人，69 岁，原住永善县莲峰镇双田村，被大家公认为最懂得感恩的人。其老伴杨方银，74 岁。有三个子女，大女儿 48 岁，在永善县的一所学校食堂打工，家庭变故，再婚，家境不太好，离昭通靖安新区也远，无力照顾他们老两口。小女儿早些年嫁到了湖北，更是远水解不了近渴。儿媳妇 2005 年外出湖北打工时跟人跑了，儿子杨春华 2008 年癌症去世，家里的顶梁柱塌了，这个家也就垮了。留下了 13 岁和 7 岁的两个小孙子和老两口相依为命。眼看日子越来越惨淡，老两口心急如焚。好在赶上了易地扶贫搬迁，2019 年 12 月 18 日，老两口带着孙子搬来了靖安新区。

"我老伴得了前列腺炎，身体不好，搬来新区后，看个病方便多了。"

我问："你老伴现在干啥呢？"

"回家种花椒去了，家中还有几棵花椒，他舍不得，今年又买了1000多元的肥料种花椒，还买了一个烘干机。每年可摘100多斤呢！现在又开始点豆了，他又点了一些豆子。"苟进敏老人说着脸上露出了喜悦。

提起老伴，苟进敏又牵挂起他的身体来："我一直在给他说，叫他不要太苦了，现在政策这么好，干部们对我们像亲人一样，要养好身体，多活几年。"

我问苟进敏老人："按照政策，你家搬来了新区，老家的房子应该都拆了啊？"

"大房子都拆了啊，只留了2间小砖房，一间堆我俩的大板（棺材），另一间房有张床，他在里面住。等今年的花椒收了，我不让他回去了。"

问及年初搬来时的情景，苟进敏老人说："搬家时，永善县的领导很关心我们，给我们家买了张床、烤火炉、电磁炉，三样家具花了800元，又打了1400元到我家的卡上，我大孙子又取了6000元钱，买了些家具，沙发套、电视柜、烤火桌、高低床、衣柜、鞋柜、高压锅、电炒锅、油烟机啥的。"

社区干部小罗告诉我："苟进敏老人一家四口全享受了低保政策，搬来新区后转成了城市低保，每人每月可领到580元，四口人可领到2320元，养老保险可领到1300元，一家人的基本生活开支没大的问题。"

说到两个孙子，苟进敏老人备感欣慰。

"我大孙子杨洪健25岁了，在昆明螺丝湾做水电工，小孙子杨约润，19岁，在滇池学院读大二，一年的学费8000元，四年要32000元，是他大姑爹担保贷款供读的。等小孙子毕业找到工作，我就放心了。"

我问老人："当初搬迁时，你有没有过担心和犹豫？"

苟进敏老人一下子笑得很开心："犹豫什么啊，我高兴得很呢！当时，我老伴去村里开会，干部说我们家住在滑坡体上，不安全，要搬靖安新区。他当时听村里的人说，靖安这地方不好，搬去住在滑石板上，没钱用，去喝西北风啊！我不信村里人说的，我信政府干部说的，领导对我们这么好，搬去了怎么会不管我们，我也苦了四十多年了，苦不起了，又患有慢性结肠炎，还真想搬到靖安新区去过几年好日子呢！"

"那你老伴听村民说搬迁到靖安新区不好后，他怎么想？"

"他后悔签字啦，去找到村上的干部说反悔了，不搬了，可是签字改不了了，只能搬啦！我就暗自高兴。"

苟进敏老人说着笑得像个孩子一样开心。

"刚搬来新区的那些天，我人生地不熟的，洪家营卫生室的志愿者李露主动扶我去卫生室看病，感觉很温暖，就像是我的亲女儿一样。党群服务中心的干部王林来我家看我，问这问那的，生怕我们饿着冻着，我好感动哦，一夜没有睡着。要是在农村老家，山遥路远的，谁会去看我啊？

"我这一生都很坎坷，七八岁时，家里穷得吃不上饭，半盆菜豆花被我们几姊妹几下就抢光了，爹妈看我们太饿了，不忍心吃一嘴。小时候，我最大的梦想就是读出书来，过上好日子，可是家里穷，离学校又远，读完小学，在茂林农中读了一年的农中，就辍学了。21岁结婚后，在大兴贸易公司上过班，负责收红糖，管过一年的伙食，在莲峰镇的松田村代课一年，还作为县的妇女代表参加了县妇代会。从来没有今天这种幸福感。要是在老家，这段时间每天我都得顶着太阳在花椒林里摘花椒。

"在老家，看个病要穿水鞋走几个小时的山路，一点都不方便，志愿者们也经常主动上门服务。你看，政府给我们分了大房子，社区干部给我们送来了大米、油和烤火炉等日常用品，比我家的娃儿还想得周到。没想到习近平总书记关心我们，提前让我们过上这么好的日子，幸福来得太快了，再给我几个脑壳我也想不到。"

苟进敏说着用手指了指墙上贴着的习近平总书记的画像，露出了满脸的笑容，笑着笑着，眼里竟闪动着泪花。

苟进敏老人以最朴素的方式表达着感恩，在社区里，哪位老人找不到楼栋了，她就主动带路，一次两次反复多次她也不嫌烦。她还主动义务打扫楼栋卫生，使周边环境干净整洁。

为了记录下自己的心迹，她找来家中的卫生纸，用水芯笔写下了自己的真实感受："我们要跟党走，我们从大山走出来，住进了新房，这是党中央习总书记对我们贫困山区人民的关心，帮助我们挪穷窝。我们在这新区里看见老人小孩脸上挂着幸福和快乐的笑容，每个人都有了幸福感、安全感，连3岁小孩都欢天喜地，高兴得不得了。今天，我们要感恩党，跟党走，奔小康。"

这些不加修饰、出自一位70多岁农村妇女的文字，发自老人的内心，真挚、客观、情真意切。

在靖安镇的扶贫车间，我见到了清秀干练的女孩肖邦群。她正在靖安新区立时电子扶贫车间带班，她是班长，除了教那些新进车间的易迁群众，还要管理和监督好他们。

"这样的生活，是以前没有想到的。太好了！"肖邦群说着溢出了满脸的笑。

"我之前在深圳手机厂打过三年工，每月能挣5000元左右，搬来靖安新区思源社区后，看到有扶贫车间，正对我胃口，虽然工资没有深圳高，但是我能管孩子读书。我老公也在扶贫车间上班，每天他可以送孩子上学，下班后，他做饭，我就给孩子检查作业。孩子的成绩也上升了不少。"

说到上学，肖邦群兴奋起来了，她说："在老家大关县下高桥时，不通公路，从家走到镇上有 5 公里，得走一个多小时，为了方便两个孩子读书，我家在镇上租了一间房，2000 元一年的租金，租了 7 年，我老公又在外打工，只有我一个人在家照顾孩子读书，说起都辛酸啊。"

在康庄社区 7 栋，我们走进了彭付兰家。彭付兰今年 40 岁，老家在大关县下高桥下坪村民小组。老公李大文搬来新区后就外出打工挣钱了，每月收入在 3000 元左右。家里有六口人，父母都 70 多岁了，有三个孩子，大女儿李亦翠刚毕业于云南经贸外事职业学院会计专业。老二是个儿子，就读于昆明旅游职业学院。老三是个女孩，就读于靖安中学。

李亦翠激动地说："搬来这里好太多了，交通便利，环境优美，教育条件好很多，像我的弟弟，现在从家里走 10 分钟就能到靖安中学，要是在老家，得走一个小时的路才能到镇上的学校。

"我妈妈在老家时积劳成疾，切了一个肾，好长时间都做不了重活，搬来新区以后，偶尔做点轻巧活。一个月以前，妈妈参加了服装厂的培训，去服装厂上班了，每月可挣到 1500 元左右，希望通过自己的努力，日子过得更好一点。"

李亦翠越说越兴奋。

"以前想通过自己的努力，一家人住上好房子，现在因为脱贫攻坚，有党的好政策，有政府的帮扶，我们家提前 10 年实现了梦想，在农村，由于硬件条件差，居住环境不可能有这么干净，现在房子这么宽大，我妈妈每天都把家里收拾得干干净净，在新区举办的操家理务的评比中，我家还拿到了第一名。"

干净，确实是走进彭付兰家最强烈的印象。环顾四周，沙发、茶几、电视柜、洗衣机，每一样物品都摆放得整整齐齐，纤尘不染。女主人彭付兰胸前系着围腰，正在做早饭，听女儿给我们做介绍，也兴奋地打开了话匣子。

"在老家，我们家住在一个只有几户人家的独堡上，不通公路，只有一条小路绕上去，小时候因为离学校远，我也没上学，16岁就被母亲强迫结婚了。说来又辛酸又好笑，那时我们家里穷，七姊妹，没吃的，每天早上我就上山找猪草，回来也不会煮饭。

"我经常上山放羊，妈妈就会追到山上，要我赶紧嫁人，因为家里没吃的了，再不嫁人她就要跳崖了。所以我结婚早，到了婆家饭也不会做，是我婆婆手把手教会我的。在老家，天气炎热，种地全靠人背，每天都要背很重的东西走山路，常年苦累，身体出现了问题，做了两次手术，打过两次麻醉，现在反应都有些慢了。"

彭付兰说着伸手捋了下头发，灿烂一笑，感觉所有的困难都烟消云散了一般。

"我最近刚好参加了新区组织的家政培训，对我们可好了，去培训一天还发60元钱，结业时还发了6个碗6双筷子，可高兴了，就要有工作啦。"

我就有点好奇："啥动力让你把家里收拾得这么干净？"

"打扫卫生本来就是自己该干的事，社区不仅组织培训操家理务，还有志愿者上门来教我们叠被子，摆放物品，还搞评比，我们家因为卫生搞得好，得到了一等奖，得了一台洗衣机。自家卫生搞好了，还给我们积分，可以用积分去爱心超市兑换大米和食用油等物品，天下哪找这么好的事啊！"

苗族女孩张再凤家有四口人，搬到靖安新区住上了100平方米的大房子。问其老家，说原住大关县吉利镇黄荆村。

"在大关时，一下雨，山路上尽是稀泥，赶个街得走二三个小时，家中收入主要靠父亲在工地上打工。妈妈带着我们读书种地，生活困难得很。"

闲聊中得知，张再凤大专就读于昆明轻工职业技术学院，学的会计专业，2016 年毕业，目前在新区就业站一个公益岗位工作。

"家中还有一个妹妹，为了挣钱养家，爸爸一直在外省打工，目前回到新区，在蔬菜大棚上班，一天能挣 70 元钱。"

尽管一家人的收入不高，但从张再凤的脸上，分明能看出她发自内心的开心。

"一开始，我爸妈不想搬，但我太想搬家了，出去读了几年书，已经不习惯老家的生活了，希望能有一个自己的卫生间，能够洗澡。"

张再凤说着，有点羞涩的样子，抬头瞭了我一眼。

"为了我和妹妹能有个好的前景，我爸妈还是决定搬家。"

在康庄社区，我见到了党员志愿者荣兴林。老荣个子不高，看上去憨厚朴实，原住大关县木杆镇银吉村，全家四口人，搬来新区后住上了 100 余平方米的房子，一个儿子在昭通实验中学上高三，平时住校。之前因为孩子上学，家中贫困，纳入了贫困户。如今，三个女儿均已出嫁，负担减轻了不少，又搬到了新区，日子一天比一天好了。

"搬迁到新区，我太高兴了，看着这些高楼大厦，我好兴奋，像在做梦一样。小区里的群众还轮流打扫卫生，里里外外都干干净净的。社区干部三天两头跑家里来问寒问暖，看我们的房子是否有问题，问我们能不能生活下去，需不需要帮助我们找工作，枯水期，还协调消防车送水给我们，让我们感到很温馨。在社区干部的带动下，我还参加了社区里的义务巡逻。原来在老家，雨水大，潮湿，大多数人都得了风湿病。家家靠种点地为生，种一年不够吃半年。来到新区后，我家住上了大房子，从窗子里望出去，全是高楼，视线很好，我们村里的人来我看，都很羡慕，都想搬到新区来。

"我母亲 73 岁了，开始不想搬来，就是丢不下老家，舍不得。搬来后，住上几个月，再也不想回去了。她已经习惯了这里的生活。"

说到老家的土地，荣兴林也不担心。

"全流转给合作社了，种箬竹，与红柏套种。"

李道文家有三个女儿一个儿子，是个因学致贫的家庭。搬来后，李道文又远走广西，在工地打隧道。

去他家时，我们见到了他的女儿李亦旭。这是个清秀的女孩子，看上去机敏，干练。

"在老家，我家修了四间房，但后来房子出现了裂缝，不能住人了。我妹又在高桥镇上小学，我妈妈得了肾病，切除了一个肾，身体很虚弱，做不起重活。也因为这些原因，我家被纳入了贫困户。但为了我弟弟读书，我妈在镇上租了房子。

"搬家时，我还在上海读书，听说后，我高兴坏了，终于可以过上城里人的生活了。就连我爷爷奶奶，也愿意一起搬来，真好，现在买个菜啥的，可方便了。妹妹也在靖安中学读初二，走十多分钟就到学校，即便下雨，也不担心山洪暴发了。"

社区也会遇到特别困难的人家，这就让社区干部很费心。

靖安新区康庄社区的王开莲，40多岁，带八个小孩子，两个女儿外嫁，家中还有五个小孩子在靖安中学读书。一次意外，右手骨头断开，因为没有及时就医，落下了严重后遗症，出不了重力，生活极其艰难。针对她家的情况，社区干部三番五次上门动员，并给她找了一个在大棚里的工作。有了这份收入，加之孩子在靖安读书也不要钱，书学费全免，学校还提供营养餐，解了这个困难家庭的燃眉之急。

易迁群众，是扶贫干部服务的对象，因为干部用心用情的贴心服务，他们从大山深处贫穷的泥洼里拔出了腿，迈步走上了易迁之路，完成了从普通农民到城市居民的蜕变。而那些为他们服务的扶贫干部，却有着不一样的艰辛。为做好易地扶贫搬迁工作，扶贫干部可谓费尽心力，全力以赴。在采访过程中，我有幸近距离感受他们，成为他们无话不说的朋友。

臧永海，靖安镇农业综合服务中心干部。从靖安新区征地就抽在征地组，新区建成后，2019 年 11 月，被选派担任惠民社区的支书。

"这些土地，就是我们一皮尺一皮尺拉完的，一直征到 2019 年 3 月份。上面要求很紧，我们只用了 15 天时间就完成了第一批土地的征用任务。全部三个月完成。

"征地期间，地埂争议矛盾突出，每天要调解很多起纠纷，一天得配两包金嗓子喉片。

"在征地过程中，方法也得讲究，该硬要硬，该软就软，只能多给群众做思想工作。

"实际操作中，更要讲究方法，比如中学的地，第二小学的地，也是现征现用，涉及拆迁，情况复杂，群众工作难做通，只有三番五次上门。

"征完地，交由中建集团承建。在短短的 8 个月时间，149 幢房子就全部提供使用，2019 年 12 月 18 日启动搬迁。惠民、合顺社区是最先启动搬迁的社区，我们由靖安镇抽调的干部，又接着开展搬迁服务工作，见证了整个易迁的全过程，其中的酸甜苦辣，只有干过来了才能体味。"

2019 年 12 月 18 日，对于大关县木杆镇丁木村大田村民小组的罗春一家来说，注定是个具有转折意义的日子。这一天，他们家七口人将全部搬迁到昭通靖安新区。罗春是个 80 后女孩，2007 年毕业于四川合江少岷职业技术学校计算机专业，先后在浙江电子厂打过工，制作手电筒，工资每月 2000 多。其两个姐姐分别外嫁到贵州和昆明，小弟还在大关一中读高二，家中父母就只有靠罗春照顾，她也只能离开电子厂回到老家。搬迁之前，罗春在丁木村公所干过一段村委委员、治保委员，属于公益岗，熟悉村上的工作。有了这个基础，搬迁到新区后，2019 年 8 月 5 日，靖安新区指挥部信息中心招人，在丁木村的推荐下，罗春如愿应聘上岗，成为惠民社区的一名委员，先担任惠民社区 13 栋一单元 68 户的楼栋长，后又调整担任 9 栋 56 户的楼栋长。

"群众刚搬来那段时间，人生地不熟，对新的生活方式也不适应，这不会那不会的，就连最简单的电磁炉、电饭煲等电器操作都不会，我们社区干部自然就很操心，真可以说是保姆式服务了，每天早上六七点起床，一直要工作到晚上十一二点，还要提醒群众晚上关窗，看到群众的灯熄了，我们才安心回家休息。群众高兴，我们也有成就感，苦并快乐着。

"2019 年 12 月 18 日集中搬家，由于拥挤，电梯只能保证七楼以上使用，七楼以下只能靠人工搬运家具。我记得 13 栋 4 楼的张顺斌家，搬家时，我们几个社区干部先帮助其他几户没有劳动力的老人先搬完后，又来帮他家搬。冰箱实在是不好搬，张顺斌二话没说就自己背上去，让我们很感动。这些易迁群众，见我们社区干部都这么拼，尽心尽力帮助他们搬家，他们也大受感动，凡是自己能做的事，都尽量自己完成。

"我老公在云南建投混凝土公司上班，月收入 3000 多元，我的收入也有 2000 多，比起之前打工到处奔波，日子安稳多了，特别是小孩子能带在身边，还能在靖安新区的小学里就近上学，真是太幸福了。目前，我没有理由不好好工作。"

我和罗春刚出电梯，就遇到了一个年轻女子，清瘦，高挑。见到罗春就大声嚷嚷："罗姐，我老公说要拿只猪脚杆给你，等下我给你送去。"说话的声音高脆，含混不清。

罗春忙摆手道："别别别，我家有，不要你的，心意领了。你赶紧回家招呼娃娃去。"

可那女子不依，坚持要送给她："都准备好了的，我老公说一定要给你的。"

年轻女子边说边走，转出了小区大门。

罗春说，这个困难家庭让人揪心。

"她叫唐万现，家住惠民社区 13 栋，1992 年出生，精神病二级残疾，带一个孩子。大哥王德芳 50 多岁，腿部残疾，行动不便，一直跟着她家生活。两个孩子智障。全家七口人就靠老公王德军在外打工收入两三千元养家糊口。社区也很关心她家，为她家解决了 4 个低保。

"搬到新区后，她家的困难是最突出的了，原来在老家，她可以边带孩子边管家，每年还喂两头猪，在村里头，孩子可以到处跑。可是搬到新区里来，两个小孩子根本不敢放下楼来，只能关在屋子里。"

听了罗春的介绍，我的心情沉重起来。

"好在，她的大哥头脑清醒，可以帮助家里照顾一下，不然这个家庭真是难以维持下去了。"

罗春说起住户的情况如数家珍，仿佛说的不是别人，而是她的姐妹。

"易迁群众大多都善良厚道，我们帮助他们做一点点服务，他们都很感激我们，说我们社区干部辛苦。我每次去入户，那些老奶奶和大姐大嫂，都会拿出家里的美食给我们吃，我们不要，见我们加班到很晚，他们就会用碗把饭菜装好送到社区工作站，让我们好生感动。其实，我们真不忍心收他们啥东西，他们才搬来新区，生活还很困难，要添置些家用，大家都不容易，能够稳定下来就不错了。我记得有个老奶奶上次硬要送我一块肉，不收也不好，她会不高兴。后来，我又买了 100 多元的东西送她家，也算是一种补偿吧。"罗春说得很动情，她的语态和表情，透出了浓浓的爱意和温情。

帮助易迁群众尽快就业、稳定就业，是让他们搬得出稳得住的坚强基石。

2020年5月29日，我们正好赶上昭阳区总工会针对靖安易地扶贫搬迁群众举办的专业培训总结暨就业双选会。在现场，人头攒动，那些易迁群众穿着培训机构统一发放的工装，忙前忙后对接自己心仪的企业。

大关县天星镇沿河村田坝搬来的杨远付，也陪着妻子来到现场选岗位。和他攀谈几句后，我们之间成了熟人，他信心十足地说：

"我爱好支模，有这点手艺，一天能挣300元，一个月工作20多天，能挣8000元左右，不怕找不到工作。今天主要是陪我媳妇来选岗位，她只有小学文化，不知道有没有合适的。"杨远付说着用手指了指人群中的妻子。

"我们五口人，两个小孩子，一位老人，老大杨文夺，19岁了，是个男孩子，3月24日在靖安招聘会上找到了一份工作，每月可领到3000元工资。小儿子杨文杰才9岁，在靖安洪家营读四年级。只要我媳妇再找到一份工作，我们家的日子就过得去了。"

谈到现在的困难，杨远付说："目前才搬来，确实也面临一些困难，比如时不时会停水停电，家中78岁的老人爬楼困难，还有就是这里的工价不如老家的高，在老家，出去干活，一天能挣100来元，搬到这里，需要就业的人太多，一天只能挣到七八十元。但我还是愿意搬来新区，因为这些困难都是暂时的，一定能够克服。

"现在政策太好了，干部对我们群众没的说，挂钩我家的干部是天星派出所的民警，叫常开华，为了我搬靖安，经常到我家，跑破了脚板皮。我搬来靖安的当天，他亲自送我家来，还帮助我家搬东西。搬来几天后，又来靖安回访，我说请他吃个饭，感谢一下他，可是我订好的菜又被他退了，说不要浪费，才搬来新家，要节俭过日子。还随时给我打电话，问这问那，最担心我家母亲的健康。待我们家像是亲人样。

"我们村有个伍远洪，前些年媳妇和孩子搬迁到江城，就他一个人留在村里，现在都60多岁了，生活过得很糟糕。还是常开华经常跑上跑下的，帮助他协调了土地、户籍，还帮助他修缮了房屋。现在这干部作风太务实了，这都还不满意么，也真是说不过去了，我们贫困群众也不能全倒在共产党身上啊！"

正说着，妻子吴清永走了过来，一脸的失落，看来是没有找到合适的工作。站在我旁边的服务中心办公室主任吴学艳见她这样，就主动迎上去："你可以到就业服务站去问问，扶贫车间有服装厂需要工人，你不是喜欢打缝纫机吗？"

"在哪里问，我就是喜欢缝纫，这工作适合我，我去问问。"话还没说完，老公杨远付就主动挽着妻子吴清永朝就业服务站走去。

永善县搬迁来的朱之一家有八口人，他最担心的是就业问题，他说自己以前在金沙县打零工，每月能挣3000元，搬迁到靖安新区后，暂时还没有找到固定工作，但他说自己不担心。

"搬来这段时间，我因为只有小学文化，加之年龄偏大，找不到更好的工作，只能在附近打点零工。正好这次组织培训，我就报名参加了果蔬包装培训，结业了。

"要有就业，才有生活嘛！"老朱说着露出一脸的自信。

"在老家离集镇十多公里，泥滑路烂，难走得很，走路要两三个小时，搬到靖安新区，出门去哪里都有公交车，太方便了，我家四个儿子两个姑娘住进了滨江社区150平方米的大房子，从此走出了大山，都好脚好手的，要靠自己挣钱养活一家人。这里搬迁来4万多人，不可能政府人人包干，啥子都靠政府包嘛。"

在靖安镇西魁梁子 5 万亩马铃薯种植基地，组织易迁群众前去除草的镇党委副书记袁永坤告诉我：

"为了尽最大可能解决易迁群众的就业，全镇今年引进反季种植大棚鲜花 200 亩，全部实现滴灌管理。

"我们靖安镇有 26.4 万亩土地，耕地就有 11 万亩，计划种竹子 10 万亩，今年已种下 2000 亩，到雨季再种 3000 亩。一亩地可采 300 公斤笋，按每公斤 10 元计算，光采笋一年的亩产值可达 3000 元。"

靖安新区劳动力转移就业服务中心主任董程鹏，一直在做易迁群众的思想工作。

"我们主要围绕'六个一批'来开发就业岗位，通过东西部援建，恒大集团给我们新区配套建设了 3000 个大棚，我们就通过培训，输送一大批中老年和妇女群众过去就业。"

董程鹏指着眼前洋芋地里正在除草的易迁群众：

"今天我们组织了两百多群众来，在土妈妈公司的洋芋地里除草，来了能适应的，就留下来，不想干的，就用大巴车把他们送回去。下一步，我们还会协调公交公司开通新区通往洋芋种植基地的班线。每天跑两班，方便易迁群众到基地来劳作。

"我们通过建立大数据平台，收集群众信息，积极与用工企业对接，通过给群众发短信和让楼栋长直接入户通知等办法，做到'两个尽可能'。尽可能走出外省就业，目前新区 68% 的群众都实现了省外就业。尽可能实现周边就业，对那些要照顾家庭孩子的，或者身体等种种原因不能外出就业的，我们就在新区附近开发就业岗位。比如说与广东东莞等地的企业协商，让企业直接把扶贫车间开设到新区、种植大棚蔬菜、输送到建筑工地打工等方式，让有劳动能力的群众全员就业。

"这些易迁群众刚搬入新区，各方面的综合素质都有待提高，只能通过培训让他们尽快适应新生活。尤其是要把他们从传统农民培养成产业工人，这是一个漫长的过程。加之易迁群众的期望过高，找工作既要轻闲，还要高工资，这样两全其美的事，到哪去找。面对这样的群众，我们只有通过耐心细致的思想工作去引导他们，转化他们。"

靖安镇党群服务中心主任吴学艳，2015年起一直在靖安镇政府办公室工作，老公自己在靖安开办了一家合作社，有一女一子两个孩子。2019年11月调到新区党群服务中心工作时，新区设立了临时党工委和党群服务中心，成立了办公室、劳动力转移就业服务中心、商业运营中心、党群中心、社会团体。吴学艳担任办公室主任，这可是一个中枢岗位，负责整个新区党群服务中心上情下达、下情上报、综合协调服务的关键岗位。

"镇上一纸调令，我们16名干部就过来了，当时说的是临时抽调工作半年。刚开始新区工作还没有理顺，有种不适应、害怕无法胜任的担忧，而且我的工作是镇政府和新区两边兼顾，感觉有点力不从心。"

吴学艳其实并不是靖安人，老家在红河州，几年前考公务员来到靖安镇政府工作，结婚后一直住在昭通城里。这段路照说也不算远，20多公里，正常情况下40分钟的车程，主要是阴雨多，秋冬雾大路滑，深冬还常年覆盖冰凌，有些危险，一个女孩子开车，就更是不放心。加之工作特别繁忙，吴学艳回家的时间就很少。

"孩子丢给奶奶带，只能奶粉喂养，都不认我，只找奶奶，想想还是有些内疚。尤其怀上二孩时，常常会半夜惊醒。

"刚开始到安置区工作时，也和老公吵过架，有一些不如意，工作干不好受到委屈，老公也有不理解的时候，会哭。尤其遇孩子有个三病两痛，自己就显得很脆弱。"

"那现在适应了吗？"我问。

"现在么，好多了。"吴学艳轻松一笑。

"老公有些不理解的时候，我就跟他开玩笑说，你入党，我可是你的介绍人哦，要支持工作。他也只是笑，接受呗。"

第一批群众搬迁入住时，吴学艳带领 5 位干部负责搬迁工作。

"帮助易迁群众搬东西，啥都做，楼栋管理，给群众送米送菜，提供保姆式服务，群众的满意度达到 90% 以上。"

王剑在担任康庄社区支书前，是靖安镇上的一名干部。昭通市决定在靖安建设易地扶贫搬迁安置区，他便被靖安镇党委选派开展征地拆迁工作。征地完成、安置房建好后，工作重心发生了转移，按照组织的选派，他到新区担任了一名支部书记，由一名地道的乡镇干部变成了一名走百家串百户的社区干部。

王剑见证了整个新区从规划、征地、放线、建设到搬迁的全过程。

"当时觉得年底完成建设搬迁，根本不可能，简直就是天方夜谭，不可思议。没想到 8 个月后，一座新城真的就屹立在了眼前。

"我们昭通把地球上最能造房子的人都请来了，这真正体现了靖安速度。"

谈到当初的征地工作，王剑表情一下子就紧张起来，仿佛又回到了征地的现场。

"当时补偿标准刚出来，争议很大，群众觉得补偿过低，而且从此失去了祖祖辈辈的土地，心里恐慌，不知道以后的日子咋个过。我们乡村干部就挨家挨户上门做思想工作，实在是做不通的，就动用亲戚朋友关系，多次登门，给群众算账，让群众以大局为重，看到一个更好的未来。但是说实话，这个做工作的过程，实在是太艰辛了。"

谈到被征地群众的思想变化，王剑松了一口气。

"新区建好以后，靖安的本地人也开始感受到了易地扶贫搬迁带来的红利。他们可以在家门口就做起了小本生意，推豆腐、煮凉粉、卖烧洋芋，都能赚到不少的钱。他们自己的房子，也开始升值了，老街上的房租成几倍增长，这就是一个最明显的变化。"

谈到做易迁工作的辛酸，王剑这个表面冷峻的高大汉子，一下子显得有些低落。

"我是 2019 年 12 月 14 日来社区报到的，18 日启动群众搬迁工作以来，一天要接两百多个电话，两个充电宝都不够用，我几个月没有回城里的家。就是在靖安新区，宿舍到办公室只要 10 分钟，但是每天回去都是凌晨两三点钟。

"我媳妇是个医生，在市中医院工作，生二孩时我都没有赶上，等我到医院时，孩子已经出世，我当时抱着孩子眼泪就下来了，想想上幼儿园的大女儿我也管得少，觉得亏欠妻儿太多。孩子出生三天后，我决定把妻女接到靖安，住在我的宿舍里，我想这样我也可以抽空照顾一下。可是那几天工作忙得焦头烂额，根本就没有时间，每天都工作到半夜，没办法，只能把母亲接到靖安来照顾她们母女俩，为此，妻子也是很不理解。有一天，我实在是忍不住了，坐在车里大哭了一场，也算是一种发泄吧。我父亲脑溢血也 3 年多了，由于工作太忙，也只能偶尔抽空去医院看看他，陪他做康复治疗。但是我也不能陪太长时间，1000 多户几千易迁群众在等着我啊，我还有好多的事要去做。

"庆幸的是，小孩的身体挺棒的。"

王剑说着露出了一脸幸福的笑。

"很多时候，是易迁群众感动了我们。我记得刚搬迁入住那几天，有 500 余位群众义务帮助大扫除，21 位群众一直帮助干到凌晨两三点，给他们每人泡了一桶方便面，群众还说，现在的干部真是太好了。后来给他们每家发一袋米和一桶油，他们坚持不要。我当时眼泪都感动出来了。这些群众，只要你是用心对他们，他们是永远记住你的好的，是懂得感恩的。

"刚启动搬迁时，为了赶时间，有些房源还有一些小毛病，比如，有家的房子里地板未干，我们就给协调一间房让他们家先住下，过两天彻底干了，再让他家搬进去。开始搬迁时，几部电梯都不能正常使用，我们干部就帮助群众搬东西上高楼，一天要反复上上下下跑几十次，脚都跑肿了。

"当然，我们也会遇到那种刁钻的群众。比如有一家，我们好几个干部都在帮助他家搬东西上高楼，可上楼一看，家里的4个年轻人却坐着打牌。当时有干部就说不搬了，这种懒汉思想可不能助长。

"我们最常遇见的情况，就是群众经常打不开自家的门。有的是跑错了楼栋，有的是跑错了单元，有的是出门忘记带钥匙了。我们的社区干部就反复去帮助他们开锁，后来实在是应对不了了，直接让他们找开锁公司，让他们支付几十块钱，就长记性了，下次也就记得带钥匙出门了。有一天，有一个中年大姐，忘记带钥匙出门，又找到社区干部，社区干部就给她找了开锁公司，并砍价让只收40元，省去她20元。后来锁打开了，这大姐也讲信用，说家里没钱，要去跟邻居借，但最后只借到了30元。开锁公司一听，也挺同情这大姐的，后来又为她减了10元，只收她30元钱。像开锁这样的事，在搬迁之初，我们社区每天都要接到好几起，尽管心里觉得烦，还得耐着性子帮助他们。

"我们楼栋长的待遇非常的低，一个月只有400多元工资，基本等同于做公益。全天都在工作，每天干到深夜。八成的时间用于房源排查，要看房子里水电是否有问题，门窗哪里还有缺陷，只要发现一点点小毛病，都要及时安排施工方为群众处理好。尤其是在疫情期间，社区干部更是冒着生命危险去做精准排查工作，我们康庄社区1000多户5000多人，2000多劳动力，都要一一普查到位，既要给他们讲清楚疫情防控知识，又要掌握他们的劳动力就业情况，为疫情平稳后外出就业做前期动员工作。"

搬迁入住之初，各种基础设施都还有大大小小的毛病。比如用水，康庄社区位于整个新区的最南边，从最北端水厂出来的水，经过其他5个社区之后，到了康庄社区水量就消耗得差不多了，水量供应不上，远远满足不了群众的用水需求。

"从2020年2月22日至5月20日，社区群众没水吃，我们每天动用拉8方的水车送两次水，现在用的水车可一次运送45吨了，水车把水运到小区后，居民就自己来提水。可也有一些老弱病残的群众不能自己提水，我们就动员志愿者和社区干部帮助送水。"

昭阳区永丰镇，是昭通城南郊一个土壤肥沃、瓜果遍地的果蔬之乡。近几年来，在脱贫攻坚的号角声中，永丰镇率先觉醒，敢闯敢试。海升集团流转新民村土地打造的现代苹果庄园，成了全国乃至世界单体面积最大的苹果庄园，"昭阳红"苹果品牌，正是在这块充满生机与活力的土地孕育出的。青坪村、三甲村大片大片的葡萄庄园、西瓜庄园、草莓庄园，元龙村500余亩集中连片的万物生苹果庄园，成为高原蓝天下最为耀眼的、散漫着芳香之味的现代农庄。

不说古代的蜀王杜宇，稍稍翻阅民国历史就知道，永丰镇新民村，本就是一个有着深厚农耕文明的地方。民国时爱国将领龙云和卢汉，双双把家祠修在永丰镇簸箕湾和绿荫塘，可见龙卢二姓是何等看重永丰这个地方。最为传奇的是，龙氏家祠的修建，主要由龙云的胞妹龙志桢花了几年时间督建完成，之后一直以毕生心血守护着家祠。也正是在龙志桢和当时民国驻昭通将领安恩溥的合力推动下，修通了龙宫阴河，排泄了积水，方露出良田万顷，故将这一地方命名为"新民"，这个有着鲜明时代印记的名字，至今仍然沿用。当时，龙志桢还购买田地和农具，开垦土地，教民务农，使得这片土地到了今天，仍然是最出种的良田沃土。

这块有着悠久农耕传统的土地，在新时代又被赋予了新的使命。在脱贫攻坚的大潮中，永丰镇再次站立在风口浪尖，成为安置大山包镇一万多名易迁群众的首选宝地。这是一个依山而建的社区，在短短的不到一年时间，矗立起一幢幢高层楼房，成为那些像黑颈鹤一样迁徙的贫困群众做梦也想象不到的新家园，并有了一个温馨的名字——虹桥馨居。

2020年6月8日，我们来到了昭阳区虹桥馨居。见到了虹桥社区工作站站长肖远燕。

小区刚建好，志愿者肖远燕就被派到这里做社区的服务工作。工作站站长这个工作可不好干，这里的群众全是从海拔3000多米的大山包镇搬迁来的，从生活习惯、风俗民情、思想观念上，都有很大的差异，要去改变的东西太多，要做的事简直堆成山。对于肖远燕这个90后女孩来说，挑战也实在是太大了。

好在，肖远燕跟随那个一直做志愿服务和易迁工作，以热心周到著称的、人称"赵姑妈"的干部赵声跃，做志愿服务工作已经8年了，在为社区群众服务方面，学到了一些经验。说到群众工作，这个90后女孩如数家珍，并不像一个年轻女孩，倒像是一个经验老到的长者，在娓娓道来讲故事。

"第一家搬来的，老婆跑了，男人带着3个孩子，他不外出打工吧，没钱养家。要出去做事吧，孩子4点半放学以后又无人照管。我们就想帮助他找一份下午5点就能下班的工作，可是找了好几家企业，人家都不接收。我们也知道企业的难处，也理解他们，企业，毕竟有很具体的事要做，谁不想找一个年轻力壮又有技能、全身心投入工作的员工？有一家企业的老板说，你这个嘛，给他找个媳妇就好了。我们社区干部听了也觉得好笑。很多为群众服务的工作，我们也知道做了不一定会有效，但我们还是主动去服务，这样我们的心里会踏实很多。

"没办法，我只好去动员他的邻居帮助接送孩子，可人家接了一个星期不愿意了。有一天，邻居也没去接，他父亲也没去接，小孩子走丢了，走错了路，淋了大雨。邻居看着也很内疚。后来，一家企业听说以后，终于接收了这个最艰难的中年男人上班，并允许他下午5点下班接孩子回家。这件事，今天想起来，我们都一直很感激。"

肖远燕，这个90后女孩，身上承载的东西实在是太多了，本应该身轻如燕、翱翔蓝天的天使般的年龄，却让她过早地担起了社会赋予她的重担。问她是什么原因成就了她今天的样子，这个长一张昭通苹果脸的女孩笑得可爱而灿烂。

"赵姑妈对我的影响比较大。我从小就没见过我妈妈的样子，我睁开眼见到的第一个女人，就是赵姑妈。开始时只是叫姑妈，现在我一直叫她妈妈。她对我很重要，我在心里有一个位置永远留给她。赵妈妈给我的养育之恩，让我发自内心地喊她一声妈妈。"

肖远燕是个身世坎坷的女孩，从小没有母亲，跟着父亲长大，父亲是个剃头匠，靠一点点微薄的收入过日子，生活十分贫寒。是时任凤凰街道文渊社区的党支部书记赵声跃在家访的过程中，看到了这个家庭的难处，一直在关心着这个家，帮助肖远燕渡过难关，直到她考上了卫生学校，拿到了护士资格证。

赵姑妈，在文渊社区是出了名的热心人，她还没有进社区工作，就立志要成为一名社区干部，要成为"社区老人的女儿，社区孩子的姑妈"。在昭通本地，人们的认知里，觉得姑妈是除父亲外最亲近的人。赵声跃的这个理想妥妥地实现了，今天，凡是她工作过的社区和村组，无论大人小孩，都会亲切地称呼她赵姑妈。她也常常以此为荣。

虹桥馨居的工作，都是些为民服务的琐碎事，事虽小，但每件事你不及时去做，都会影响易迁群众的基本生活，对他们来说，小事即大事。

为了做好群众的这些事关他们生计的大小事，当地党委、政府极其重视，专门抽调了镇村干部，组成专班开展工作。

　　"我们虹桥社区一共有 16 个人做服务工作。从大山包镇抽了 5 名镇干部，每个村两委各抽 1 人，涉及易迁户的一个村选 1 个群众代表。群众代表又被选为楼栋长。每个楼栋长负责管理服务一个楼栋。虽然听上去人很多，但实际开展起工作来，人手又显得特别的紧张，群众的事，是永远也做不完的。"

　　肖远燕说到一件事，听起来既有点搞笑，更有些辛酸。

　　"群众刚搬来时，对楼栋也不熟悉，常常跑错。有一户群众，他家本是 7 栋一单元的，错跑到二单元，钥匙打不开门，自己去找了开锁公司的人把锁换了，把家具全搬进去。沙发、电视柜等家具全搬进去摆放整齐。同时还从老家搬来了 10 袋洋芋、6 袋麦子、1 头猪的肉。"

　　听到肖远燕讲的故事，我都惊呆了，这要是写成小说，八成没有人信，毕竟一套房子啊，这样的事，要在其他人来说，那都是大事啊，怎么能说错就搞错了呢！

　　更有意思的是，当二单元住户来了后，惊得目瞪口呆："这可是我家的房子啊！"

　　随即拿出钥匙来要去开门，先搬进去的主人只好说，锁已经被自己给换了。确认搬错了后，我们就动员先搬进去的人家搬出来让给主人家，可是先搬进去的人家坚持不让，说户型也都是一样的，都差不多，"就让他家搬去住我们家的房就好啦，都一样"。

　　可是主人家根本不干，坚持要房归原主，不能调换。

　　"同事都挺支持我的。遇到大小事，大山包村两委和镇上的干部，都会鼎力相助，大家拧成一股绳，就不怕事情做不好。移民群众也通情达理，都说自家的小孩子自己管，怎么还能让我们管学生的事呢？

　　"这些话，听了都挺暖心的。"

　　说到现在自己当工作站站长，和以前在社区做志愿者的区别，肖远燕粲然一笑。

"以前在文渊社区是当助手，现在是自己动手来做，挑战还是蛮大的。

"同伴都说自己是个工作狂。以前跟朋友在一起很亲密，现在整天只有工作，和朋友亲近交流的时间都给了社区群众。平时遇到一些棘手的问题，我就会打电话给赵姑妈请教。比如，组织活动这些事，虽然以前做过，但遇到一些新的问题，我就不知道该咋做了。上次我们社区想和中国农业银行搞一个活动，我就有点困惑，怎样合作，是否合规，一些细节如何操作，我都一一请教了赵姑妈。"

在社区工作中，会遇到很多具体问题。"社区一个 80 后，是个精神病患者，疫情期间又不能及时送精神病院。对他的监管就落在了我们社区干部的身上，那些天，我感觉压力好大，生怕他弄出点啥事来。就派了专人每天盯着他的言行，成天都提心吊胆的。"

和群众打交道的时间长了，肖远燕都和群众打成一片了，他们想说什么，想做什么，从一个表情，一句话，一个动作，肖远燕都能猜出八九分。

"这些易迁户，当他们大声说话的时候，其实是他们要拿出一种气势来。生怕我们社区干部不理会他们的诉求。

"你们干什么的？

"你们要管不管？"

肖远燕现场模仿了一些群众说话的口气，惟妙惟肖，形象而可爱。

"有一位妇女，在车间敲核桃，经常带着孩子去上班，时常又哭又闹的。按照规定，这肯定是不行的，我们一位女同事去做她思想工作，被她吼了。随后又请了一位男同志去，还是被吼。再请一位老同志去做工作，依然被吼。看着那妇女也不容易，我想她一定是有她的难处，我就买了一个爬行垫放在车间，让她的孩子在那里爬行玩耍，孩子也就会安定一点了，不再又哭又闹的。"

当问及做社区干部的感受时，肖远燕说出了自己的心里话。

"有时受了委屈，也会很难过。

"我有一位朋友，在彝良县医院上班，一个月一万元收入。想想我的这位朋友，自己也觉得这些年耽误了青春，钱没有挣到，也没有去考个公务员和事业单位啥的，多少还是有点心慌。但一想到群众的笑脸，想到他们的好，自己就释然了。

"社区里的群众真的很有人情味，很懂得感恩。有的老人会送我她们自己编织的毛拖鞋、自己绣的鞋垫等，同事都说，再过两年，我的嫁妆都凑够了。"

肖远燕说到这里，脸腾地一下红了，年轻女孩独有的羞涩显露无遗。

"有一户人家，一个妇女带着两个小男孩，她不识字，也辅导不了孩子的作业，像这样的家庭还不在少数，如果社区能帮助他们做一点，让小孩子从小端正了，那多好。我就组织志愿者，开办了4点半课堂，把每天下午放学的孩子集中起来，有志愿者去辅导他们作业，孩子们在一起，可开心了，还交上了搬迁来的其他村的小朋友。

"教育是改变一个家庭最好的办法，如果一家人孩子都考出来了，那一家人的命运也就改变了。别人帮助你，还要自己使力。别人拉你，自己再努力一点，也就上去了。看着那些天真好学的小朋友，我就觉得作为社区干部，我们再坚持坚持就好了。

"移民群众的事，无论大小，都得过问，必须第一时间给解决掉，否则他们会觉得没人管他们。有时会有群众打个电话来，说家里的灯泡坏了，也得要去解决。有些人家厨房漏水了，自己不会去社区反映，直到社区人员发现才找施工人员去帮助处理。

"有些苗族群众很实诚，在工地上打工，从早到晚一直做活，不知道歇气，直到老板看不下去了，心疼他们，才叫他们必须要休息一下。

　　"为了给这些易迁群众找工作，我们就到处去问，工地上、农庄、草莓园、餐馆、超市，只要有一线希望，我们都会去帮助联系对接，我们就是想尽最大努力把那些没有技能、上了年纪、很难找到工作的群众找一份稳定的工作，也赚一点钱来贴补家用。最近，我们附近的物流园快施工完了，到时，我也会去跟老板沟通一下，看能不能解决一部分群众的就业。

　　"开始，有的群众不愿意去做一些力气活，觉得赚钱少，不体面，丢人，一心想拿高工资。经过我们的开导，现在群众就业的意愿也大大提高了。有时，我们开个群众会，有些群众都觉得耽搁他们的时间了，说小肖，你这个会赶紧开了，不要耽误我们工作，一天可是要挣上百元钱的。群众能有这样的觉悟，有就业欲望，并能安心做一些看似不起眼的工作，我们社区干部，也觉得挺有成就感的。

　　"在这些群众中，大部分人得了病都不去医院看，他们常年在大山里面生活，一是离医院太远，交通不方便，懒得去。二是省钱。有病就拖，小病拖成大病，大病直接拖死。在我们社区里，有一户群众从大山包镇搬来，原本一点小病，直到拖成大病被我们社区干部发现了，才送到市医院去看。

　　"为了做好疾病预防工作，现在我们专门去对接了几家医院，定时到小区开展义务检查。"

　　说起服务易迁群众的事，肖远燕有说不完的话，哪户人家几口人，叫啥名，孩子多大，哪里读书，家中有没有病人，生啥病，儿子女儿在哪里打工，做什么工作，家里有些啥棘手的困难，她都能说得清清楚楚。她说到每一户群众，都像是说到自己的亲人一样，两眼放光，充满感情，令人肃然起敬。

　　对于自己的未来，肖远燕也有打算。

　　"其实我的专业是护理，但自从干上社区工作以后，我觉得我的长处可能就是社区管理了。我想好好地干着，以后有机会参加公务员考试，我就去考一下，能考上更好，有个更大的平台服务群众，考不上，只要群众需要，我就一直做社区工作，这样离群众还更近一点。

"其实，将来的梦想，我还是更想在工作之余，过自己的小生活，有自己的小孩子、爱人，做个小女人。成天做饭啥的，一家人其乐融融。但是现在的状态，不允许我这样想，也做不到，我现在只想把安置点的事理上一条正轨，让这些大山里搬迁来的群众，能够过上安心、舒心的小日子。"

在虹桥社区工作站站长肖远燕的引领下，我们来到了央视《新闻联播》曾经用三分多钟时间报道过的苗族群众张德富家。

张德富，是大山包镇交子沟搬迁到昭阳区永丰镇虹桥馨居的贫困群众。交子沟，是大山包镇的一个传统苗族村落，地处车路村的一条山沟里。村子背依大山，面迎山坡，村前有一条小河沿山谷流过。这个村子也就二三十户人家，家家草房，户户土墙，海拔3000多米，土地贫瘠，气候寒冷恶劣，地里只出产洋芋、苦荞和燕麦。就是村庄房前屋后的那些水冬瓜树，长了三四十年，也才碗口般粗，成了典型的小老头树。交子沟的土地，就像是很难产崽的瘦牛，干瘪、瘦弱，像是临终仅有一丝丝幽幽气样，艰难地延续着生命。在交子沟，正常年景，亩产三四百斤，纯收入也就二三百元钱，要是遇到冰雹和霜冻，则血本无归，全年的生活都成困难。这里的苗家人，常年缺吃少穿，一方水土已经养不好一方人。交子沟的村民，看个病，得走上10公里山路，翻山越岭，跋山涉水，才能赶到大山包镇上。如是遇上肠梗阻、脑梗、心梗啥的急病，那就只能等死了。这里的孩子上学，夏季，随时受洪水威胁，因为没有一座桥，那河沟被洪魔挡道，孩子们只能多翻几座山头，绕更远的路上学，山风吼，河水急，雨淋身，路难行，其中艰辛，只有孩子们自己能够感受得到。

张德富是从小生长在交子沟的苗族小伙子，他也不知道自己是迁入交子沟居住的第几代苗族人了，在他的眼里，这里虽冷，却是自己的衣胞之地，生于斯，长于斯，他没有觉得故乡不好。当镇里的领导和区里的挂包干部左一次右一次上门，做他家的思想工作，动员他家搬迁到位于城郊不到10公里地的永丰镇虹桥馨居安置点时，他其实是反感的。

张德富说："习惯了，踏实。搬出去，没地种，不知道自己能干点啥子，就怕养不活这个家啊！"

是的，像张德富这样的担忧，其实又何止他一个呢！

迈出第一步，总是那么艰难，但如果连这一步都迈不出去，那也许永远都只能生活在闭塞的穷山沟里了，他们的下一代，也只能过着抬头看山还是山、低头望水还是水的一成不变的苦日子了。

在一个阳光朗朗的早晨，我来到了张德富家，这是一套150平方米的房子，他母亲正坐在阳台上晒太阳，身上穿着一套苗族的花裙子。正好，张德富和我同乡，我知道交子沟的苗族妇女，即使在大山包那种高寒冷凉的地方，即便吃不饱穿不暖，她们爱美的心，从来就没有泯灭过。平时，那一身蜡染的、绣有田字格的、红白相间的花裙子，是一定要穿在身上的。即使下地干苦活重活，也不会脱下。这让她们在高原碧蓝的天空下，显得是那样的独树一帜。如果遇到节庆活动，尤其是每年的花山节、端午节，那更是盛装打扮，把发髻挽得高高直立，仿佛昭示着她们山峰一样的存在。

在张德富家的新房子里，我看到早晨的阳光从他母亲高高的发髻上照射进屋，阳光下正好被他母亲的发髻划成了两半，直直地落在他家客厅的水泥地板上，那地板本来就拖得发亮，在阳光下，更显得光滑如玉，像他家越来越美好如意的日子。他母亲见我们进来，赶忙站起身来让座，显得有些腼腆，脸也一下涨得通红，有些局促不安。那一瞬间，我突然发现，高原红的底色，在她的脸上并没有褪去。如果不是她洗了头发、盘了发髻、穿上了节日才穿的盛装，我其实很难看出她是一个从海拔3000多米的大山包来的女人，坐在这宽大明亮的高楼套房里，我一时还真不好猜她的来路。唯有脸上那两团高原红，让我想到，她是我的老乡，一个出生在土墙草房里，以种荞麦、洋芋，养牛放马，上山放羊为生的山里人。

张德富的父亲，是个60多岁的老人，戴一顶蓝色的帽子，穿一件蓝色的外套，手里拿着烟杆，吸得啪啪响。见我们进屋，赶紧站起身来递烟给我们抽。在昭通，见人就散烟是一种习惯，表示自己的大方与热情。我忙双手打拱，说不会抽烟。老人不饶，说来家里了，要抽一支，我也只好接过来。我知道，昭通的苗族同胞是热情好客的，去到他们家里，你如果啥都不吃，他们反而会觉得生分。

他的一身装束，让我看到了一个不一样的苗族老人，与我之前在大山包见到的那个穿得又脏又单薄、冷得瑟瑟发抖、脸膛发黑的老人，完全不一样了，变了，变得我都有些不敢相信自己的眼睛了。

"搬来虹桥馨居后，啥都好，好到天上了。"

这是临别时老张说得最大声的一句话。

在昭阳区太平街道石渣河社区，有一个移民安置小区格外引人注目。一幢幢高楼拔地而起，直矗云霄。在高原的蓝天下，显得夺目而耀眼。不知情的人，还以为这是哪一家公司开发的新楼盘，实际上，这是一个专门安置昭阳区易地搬迁群众的一个小区。这个小区有一个温馨的名字，叫幸福馨居。

这个安置点的优势十分明显，旁边就是省级昭阳工业园区，在这里，搬迁群众可以就近入园打工。而这一点，正是大多数搬迁群众心里所关心的。他们常常说，搬到城里，坐在这个滑石板上，站着也要用钱，坐着也要用钱，点个电灯，喝个水，用个煤气啥的，哪一样不要钱？因此，群众的心里有恐慌和不安全感，这是十分正常的事。关键的是，作为政府，要给群众打消这些顾虑，让他们放心搬，能就业，能发展。正是有了这样的优势，昭阳区下定决心，陆续安置了苏家院镇、靖安镇、洒渔镇、炎山镇、田坝乡 5 个乡（镇）的建档立卡贫困户。搬迁的目标也十分明确，那就是做到"搬得出、稳得住、持续能致富、群众较满意"。为了达到这个目标，昭阳区在安置点配套建设了就业、教育、卫生、文化等公共服务设施，让群众能就业，有学上，能就医，生活方便，让这些从大山里搬出来的群众真正实现了"农民变居民、务农变务工、农村生活变城市生活"。2017 年 12 月 2 日下午，昭阳区来自炎山、田坝、靖安、洒渔、苏家院等乡镇的 624 户建档立卡贫困户的 2583 人喜迁新居。

来到幸福馨居，自然让我想到了虹桥社区工作站站长肖远燕口口声声说的"赵姑妈"赵声跃了。

我去采访的时候，赵声跃是昭阳区易地扶贫搬迁安置局的副局长，之前是昭阳区凤凰街道文渊社区的党支部书记，后来考上了公务员，担任洒渔镇的副镇长。因为长期从事社区和乡村工作，组织上把她调整到昭阳区易地扶贫搬迁安置局，专门负责做易迁群众的服务工作。在这个岗位上，似乎更能发挥赵姑妈的作用。

赵姑妈 50 岁左右，但看上去似乎更要苍老一些，也许是长期在基层一线工作，每天都要操心很多事，赵姑妈过早显得老气和憔悴。几十年如一日地为基层的人民群众服务，赵姑妈的心里，一直装着群众，无论在哪儿，说起群众的点点滴滴，她就会激动，就会着急，好像那些急得要命的事不是发生在群众身上，而是发生在她自己的身上一样。

从赵姑妈的口中，我们听到了不少感人的小故事。

"靖安的搬迁户姚兴祥，是个 40 多岁的中年女人，老公死了，她很害怕搬迁，她说，赵姑妈，我一出生，就看到我的父母放猪放马，我也只会像我的父母一样，做他们会做的事，其他的事，我啥也不会做。赵姑妈，就为搬这个家啊，我真的几晚上睡不着觉，吃不下饭，我搬去了，吃什么啊！为了稳定姚兴祥的情绪，让她安心搬家，我又帮助她梳头，我说，我们一定会帮助你渡过难关的，你不要担心，也不要害怕，没有过不去的坎，我们一定会让你有饭吃，妹妹。

"在和她的多次沟通交流中，姚兴祥终于表露了心迹。她说自己其实也很想搬，但小叔子就不想让她搬来。加之她家里还有100多只羊和猪，一时也卖不了，全靠她小叔子照管。我们给她补助了3000元的搬迁费，后来介绍她去学校食堂当了一名厨师，我又经常跟食堂的姐姐和副校长说，让她们多关心下姚兴祥，这个以前在老家只会种地养猪的人，要鼓励她学会改变。昭通的冬天特别冷，怕她手受冻，我们又买了手套给她送过去。在语言的交流中，每样事也都站在她的角度去考虑。学校的学生叫食堂阿姨也称呼为老师，姚兴祥的孩子很骄傲，说我的妈妈都当老师了，孩子也更自信了，现在喜欢读书，劝妈妈不要回老家了，家里的100来头猪羊，就让叔叔管理吧，能卖多少是多少。"

见自己的孩子变化这么大，这么懂事，像是换了个人似的，姚兴祥可自豪了。儿子说起现在的妈妈，满嘴满脸也都是骄傲。

"但姚兴祥这人啊，性子特别的急，在学校食堂工作，吃不得气。她听别人说，姚兴祥，你做事不会快一点啊！有一次，都晚上12点了，她还在讲话，同事就说了她几句，让她不要再讲话了，这样会影响别人休息的。就为这句话，她就想辞职了。害得我又去苦口婆心地劝导她。有时，也许别人只是随口一说，但到了姚兴祥这里，她就认为别人是在欺侮她了。为此，我也没少做姚兴祥的思想工作，开导她要包容、要大度，要和同事搞好关系，慢慢地，也还真就有了大的改变，现在已经成了学校食堂的骨干员工了。"

姚兴祥和她的小叔子都是易地搬迁户，两人谈恋爱已经多年，有一天，她的小叔子指着赵姑妈说："你不要以为我们在一起都八九年了，她姚兴祥要是在城里工作，我就不管孩子读书了。"他动不动就说自己啥也不做了，用这些丧气话来怼赵姑妈。但赵姑妈坚决支持姚兴祥，鼓励她进学校食堂工作。

"女人一定要实现经济上的独立，你赚到钱了，能自己养活自己和孩子了，那还要他做什么？"

有了赵姑妈撑腰，姚兴祥也就有了底气，不再怕她小叔子威胁她了。

现在姚兴祥的变化可大了，精神状态也好多了，不再天天提心吊胆地过日子了，她也渐渐从小叔子的阴影里走出来了。尤其让她高兴的是，她的儿子的变化很大，老师每天都会把她儿子在学校的表现发视频给她，让她每天了解儿子的动态。

"像姚兴祥这样的群众还很多，大家都在改变，想做最好的自己，想让自家的日子过得越来越好。现在我们社区里每周、每两周的素质提升活动，让各家各户把帮助别人的时间积分存起来，社区通过爱心超市给群众送水、送米、送油啥的，邻里相帮已蔚然成风。

"苗族妇女王兴芬，当时去省耕山水工作，每天早上7点出门，晚上7点多回来，一去就是一整天，老公在外地打工，孩子上学根本没人接送。我帮助她联系了仁德小学，可以给她家减免学费，但是仍要交3000元钱的基本生活费。我给她说，你在省耕山水工作每月1200元，3个月的工资就可以支付孩子的生活费用了。这样既解决了你孩子住校上学的问题，又享受了较好的教育资源，何乐而不为呢？王兴芬一合计，觉得我说的是对的，最后，也就把自己的孩子送进了仁德小学上学。

"为了解决易迁群众的就业问题，当时我从红十字会争取到了一笔资助，专门用于培训易迁群众的就业技能。可是动员学生家长去参加技能培训时，她们带着孩子在小区里晒太阳。我就问她们，你们怎么不去培训啊？那些妇女就说，去培训了，谁来帮助我带孩子啊？我就问她们，如果有人给你们带孩子，你们就去培训吗？一帮妇女就像是约好一样，齐声回答，好啊，只要你帮我们带孩子，我们一定去培训啊，这样的好事哪里去找啊？求之不得呢！

"作为一名直接面对群众的基层干部，说话是要算数的，做不到，就不要表态，既然说出口的事，那我一定是要办到的，我当天就把肖远燕叫过来，一合计，决定办个儿童之家，把社区里留守妇女的孩子全接管过来，以解决她们的后顾之忧。说动就动，元旦当天，我们就找了一间房，帮助妇女带孩子了。

"那帮妇女也是说到做到，她们开始有些半信半疑，后来见我们动了真格的，真的找了几位志愿者帮助她们带孩子了，她们也就安心地去上班了。我们也鼓励她们，邻里之间也要互相帮助，哪家有困难，都要主动上前帮忙。平时把自己家屋子收拾干净后，还要帮着邻居们打扫好其他家的卫生，要约着邻居一起爱护我们周边的环境卫生，过上干干净净的小日子。

"以前，我们爱心超市经常接受移民群众用平时的公益劳动积分，来兑换米、面、油啥的，现在不了，让群众积累起来，再来兑现，这样他们还可以兑换到冰箱和洗衣机这些大件的商品，群众参与公益志愿服务的积极性也更高了。

"刚搬来虹桥安置区时，因为抢时间，用水成困难，我们就组建了爱心送水队。凡是有老人和小孩子的，都有结对帮扶的人。我们的目的，就是要让群众自我管理、自我服务。"

在易地搬迁安置点，酒鬼可不少。有些群众，在老家时，成天抱个酒瓶，喝得醉醺醺的，搬来新区以后，这个爱酒如命的老毛病一时也改不了，而且还像瘟疫一样传染开去。就为整治这股"酒风"，都挺伤脑筋的。

"在我们社区，就有3个妇女因为老公喝醉酒，被打了跑出去，我们社区的干部又主动上门进行调解。帮助这些酒鬼找工作，改变他们的生活习惯，让他们从只会喝酒到学点生活技能，不断改变他们。

"有的酒鬼喝醉了酒，去找他做思想工作，他们还说，不用怕，共产党会管他们的，不会让他们饿肚子。我就告诉他们，你们这些酒鬼和懒汉，不能全部倒在共产党的怀里，得学会自力更生啊，共产党又没欠你的嘛，你又没存钱在共产党这里。我这样一说，把这些酒鬼也逗笑了，他们想了想，我说的也算个道理吧，他们也慢慢觉得理亏，渐渐地有了改变。"

说起酒鬼李有亮，赵姑妈更是来劲，像是讲一年也讲不完他的辛酸故事。

李有亮，其大儿子李先洪，17岁，小儿子李涛，12岁。女儿外出一直没有音讯。老婆跑了。原来只会吃了睡睡了吃，现在都出去工作了。

"走了走了，没有喝够再回去接着喝。"

这句话，成了李有亮挂在嘴边的口头禅。

"活着真没意思。"

李有亮看来是真觉得生活没劲了。这一点，赵姑妈还真有点担心，生怕这个李有亮啥时搞点事出来。

说来也巧，赵姑妈一来幸福馨居走访，就碰上了李有亮。几次交谈下来，赵姑妈看清了李有亮的心思，这个男人因为在外地打工断了腿，认为没有人管他，加之妻子外出多年一直没有音讯，丧失了对生活的信心。赵姑妈决定改变这个男人。

"不改变不行啊，他还有两个儿子跟着他生活啊，而且那俩儿子挺聪明的，不能废了啊，两个孩子一废，这个家庭就全完了啊！"

赵姑妈说起李有亮，仿佛不是说一个易地搬迁的普通群众，而是说她自己的亲弟弟一样。赵姑妈的那种着急劲一下子就上来了，那表情可不是一时装出来的，那是真急。

我就稳了稳赵姑妈的情绪，我说，慢慢说，先别急，李有亮不是早被转变过来了吗？

听了我的话，赵姑妈的情绪才稍稍舒缓了一下。

赵姑妈联系让李有亮的大儿子李先洪去袁氏修锁店学习修锁的技能。赵姑妈说这是她的一个侄子，看在赵姑妈的面子上，袁氏修锁店的老板对李先洪格外关照，直接让李先洪住在自己的家里。大家都知道，不能让一个陌生人住在自己的家里，更何况这个家的主人是一个在当地较有影响的行业领军人物，其家里一般也不是随便让人住进去的，可见老板对李先洪的关心是超乎常人的。但小伙子年轻，不懂事，淘气，不但不认为这是一个好的学习机会，反而认为是赵姑妈限制了他的自由，吃饭的时候他回来了，平时上班的时候他却又跑了。这让赵姑妈很不省心，又去找他做思想工作，才慢慢转变过来，成了袁老板家亲人般的员工。因为有了这些锻炼机会，因为有了赵姑妈的帮助，现在李先洪已经成为恒大集团的管理人员。同时，他还带动了父亲和其他人的转变。

回忆起自己在洒渔镇做易迁群众工作的那段经历，赵姑妈还十分留恋，也对老公和家人的支持理解感慨万千。

"我老公在昭通烟厂上班，中秋节会买月饼、端午节会做包子送去我挂点扶贫的居乐村，给我们的扶贫队员吃。扶贫队员进城来都会去我家里打地铺。

"我去洒渔镇工作一年零八个月，发展了342个志愿者，一直坚守农村服务。中秋节，我还组织了42个孩子来城里安然公益机构，由102个志愿者带42个山区小孩子，到城里人家体验生活。一个小女孩拉着我动情地说：赵姑妈对我们太好了。"

赵姑妈的好，是源自内心的，她总是能够心贴心地对每一名群众，每一个孩子和老人，与他们处成亲人一般的关系。受赵姑妈思想的影响，那些年幼的孩子，也发生了根本性的思想变化，反过来做家长的思想工作。

"严丽娥，现在乐居一中上高中。当时上了我在村里开办的儿童乐园，回去后就让爸爸不要争当建档立卡贫困户。她父亲听了很生气，说这个赵姑妈把孩子都教坏了。

"有一户人家的女儿还打电话给爸爸说，你在外面打工不要喝酒了，这样我们对不起赵姑妈，对不起关心我们的人。

"孩子们能有这样的转变，我感到心里很欣慰。"

说起赵姑妈这个称谓，她还多少有些腼腆。

"为什么大家都叫我赵姑妈？当时高中毕业时，我想去复烤厂做小工，需要去社区盖章。当时我跑了三次都没有盖成，很生气，我就对支书说，你们这个工作服务太差了。"

社区支书是个老大娘，她对我说："那要是你来干我这个支书，你会怎么干？"

"我会做孩子的姑妈、做老人的女儿、做大家的姐妹。"

今天，赵姑妈都已经是50多岁的人了，但说起当年的誓言，她仿佛又回到了青春年少的岁月，骄傲写满了脸。

在幸福馨居，似乎大家都习惯把社区女干部叫作姑妈。姑妈，这个贴父亲最近的称呼，成了昭通易地搬迁群众对基层干部的至高礼赞。

受赵姑妈的带动和影响，兰家仙，这个40多岁的女干部，也光荣地获得了兰姑妈的称谓，之前曾在石渣河社区担任调解委员，易地搬迁群众搬来社区后，组织上把这个善于做群众工作的兰家仙调到了幸福馨居担任社区支部书记。

兰姑妈和赵姑妈是多么相似啊，两个年龄相仿的女人，成了社区群众最可靠、最亲近的人。

"想不想去培训啊！"

"想啊！"

"那我们的孩子怎么办啊，没人带啊！"

"那我们帮助你背孩子好吗？"

"我们的志愿者就穿上红马甲，去帮助她们带孩子。"

"我们又动员其他妇女去帮助别人家带孩子。"

"当时，我们很快就收到了四五十个孩子。赵姑妈背上也背着一个孩子。"

尽管赵姑妈他们社区干部对群众关心无微不至，但还是会遇到那些挑剔的群众，甚至从他们的语气里，都听出了一股火药味，好像他们搬来新区，不是自愿的，而是被谁强迫搬来的一样。但社区的这些姑妈，她们没有气馁，而是以一种极其沉着的耐心去面对群众。无论受到了何种委屈，她们都忍了，咽了。

"有一位群众就说：'我这孩子不能冷着，不能饿着，不能吃冷的奶。'

"有一个妇女直接从背上放下娃娃，递给赵姑妈，说：来，拿去背着吧。

"类似这样的事，还真遇到不少，有时觉得啼笑皆非，但群众的事无小事，他们有需求，我们就得为他们着想，尽量做好吧！

"为了群众方便，我们直接把支书、主任的电话写在纸条上，递给来办事的群众。这样，让群众有事找到直通车，免得绕来绕去没个眉目。

"下一代的培养，对于稳定易迁群众，至关重要，只要孩子稳住了，父母也就安心了，因此，我们尤其重视对学生的奖励。"

说起社区的服务与管理，兰姑妈两眼放光，情真意切，在她的眼里，那些来自高山峡谷的乡亲，不是别人，更似她的左邻右舍，亲人朋友。

"我说不好普通话，我不是普通人。"

兰姑妈显然是个幽默的人，刚见面时的一句话，足以彰显出她自信、爽朗的性格特点。

说起她的曲折故事，似乎几箩筐都装不完。

"我是贵州人，没钱读书，读到小学三年级就辍学了，后来自己给母亲借了 30 元钱，赶溜溜场。到十多岁时，就嫁到比我们家远的山上。我一定不会去选择比我家更穷的地方，后来逃婚，原计划正月十八离开村庄，后来还是提前两天就逃出来了，到昭阳区守望乡的堂姐家，去砖厂上班。我有一个亲姐姐在小龙洞乡龙汛村上班，介绍说有一家人还可以，就这样嫁了，一在就是 6 年，公婆很好，公公是个工人。后来我发现我素质不好，嘴又恶，经过了很多风雨，跟婆婆不和，就努力改变自己，想让自己变得更优秀一点。

"我 22 岁结婚，三天就分家了。当时我老公在昭阳区木柴公司上班，我赶场画花卖，这门手艺也是我自学的。想着自己去打工才 2 元一天，收入实在是太低了，后来就自己买纸来学画，画了几年，觉得自己也只能讨点生活，并没有大的起色，就改行种植苹果、烤烟。后来就被推选成了村里的致富带头人。还干了 9 年的社长，买了农用车，一到收烟季节，就帮助村里人拉烟，还去烟站协调，帮助群众一起打包卖烟。之后抓住昭通北部新区大建设的机遇，家里又开了一个空心砖厂和白灰厂，还算成功。后来又去承包工程来搞，但收入不多。

"我之前一直在村上工作，连续干了十几年。近几年，我在石渣河社区担任社区委员、调解主任。听到哪家有矛盾，就去调解，做到问题不出村，我也很热爱这份工作。2019 年的一天，我突然接到电话，说易地扶贫搬迁安置区的 5 个社区要成立临时党支部，要把我调过去。这个决定很突然，我还转不过弯来，哭了两天，不愿意去。我知道那里情况复杂，怕自己胜任不了。但我们的村党支部书记说，你是共产党员，你要去，以前老领导教育你说要全心全意为人民服务，不论是石渣河社区还是幸福馨居社区，群众都是一样的。

"听了支书的话，我知道已经没有退路了，只能硬着头皮上了。

"这些年，由于过度奔波劳累，我身体也不行了，生了病，但组织有要求，群众有需要，我虽然年纪大了，但也不能退缩啊！"

正是有了像兰家仙这样的热心"姑妈"，让易迁群众从搬入新区的那一天起，就找到了家的感觉，住在这里，他们没有一点生分感。

兰姑妈又给我讲述了扶贫干部赵声跃"赵姑妈"的故事："疫情封闭期间，凌晨两三点还有易迁群众喝酒。后来赵姑妈来了，建了一个 500 人的微信群。每天晚上在群里开微课，进行教育引导。她担心学生得不到好的照顾，就动员了很多志愿者一对一帮助。把派出所的干警、老师、志愿者拉到群里来，通过强手拉弱手，教易迁群众操家理务，在家里如何尊重老人。微课堂开了三个月，每天晚上大家都主动出来分享搬迁到新区的心得体会。让这些在老家除了猪羊牛，其他啥都不懂的易迁群众学到了很多的生活常识。上了三个多月微课以后，赵姑妈发现还有一些老年人不会使用智能手机，就开办夜校，对乱倒垃圾、乱踩草坪等不文明现象进行教育引导。后来发现有些老人来不了夜校，赵姑妈就利用白天小广场上聚集大量老年人的机会，趁群众吹拉弹唱的间歇，通过文艺快板等丰富多彩的形式宣传政策。真正做到了宣传无死角，不漏一户，不落一人。

"赵姑妈说：为了动员青壮年外出打工挣钱，我们想了很多办法，比如说，群众认为他们出去打工，孩子没人照顾的问题，我们拿出了一个'四帮助一解决'的办法，帮助外出打工的家长照顾留守儿童，像妈妈一样关心他们，家里的老人也交给我们照顾，让这些易迁群众放心外出务工。

"我们还在易迁群众中动员了一批志愿者，在 4 点半课堂做志愿服务，教留守儿童唱歌、跳舞、画画。

"火车跑得快，全靠车头带，村看村，户看户，群众看干部。有什么样的干部，就有什么样的群众。我是一个共产党员，我会全心全意为群众服务。"

兰姑妈说到这，我看到她的眼睛里都含满了热泪。她说得是那样真挚，那样朴实无华，那是从她的心底发出的声音，没有半点的修饰，没有一丝丝的虚假。

说到赵姑妈的贴心奉献与服务，兰家仙作了最好的注解："疫情期间，我带着社区干部坚守在卡点执勤，当赵姑妈骑着摩托车送药和汤圆等食品去的时候，我感动得哭了。当时，我一套衣服穿了几十天，没有时间回去换。有赵姑妈这样的好领导在关心我们，当时我就觉得，不管走遍千家万户，吃尽千辛万苦，我也会把社区干部这份工作坚持下去。"

王英芬是昭阳区靖安镇大坪子村人，因为易地搬迁，住进了幸福馨居社区。

"我从小给我哥家带孩子，大哥家的带大又给二哥家带。我16岁出门到昆明打工，认识了比我大11岁的老公，后来又回到老家大坪子种洋芋，结婚生子。在老家，我最苦恼的事，就是担心孩子大了上学费力，冬天雪凌大，下雨天路滑不好走。一个人还不敢独自走路来赶集，得三两个约好走两个多小时的山路。每次去赶集，我们都拉着马来驮东西，早上去街上，全是下坡路，还好走一些。下午返回来，四五点从镇上起程，得爬四五个小时的山路，待天黑到伸手不见五指，才赶到家。后来听说要搬家，觉得自己做梦也想不到。到了幸福馨居，遇到赵姑妈，还专门找人培训我们这些农家妇女，孩子没人带，赵姑妈又组织志愿者帮助我们带。在赵姑妈的影响带动下，我都成了一名志愿者。社区还有志愿者教老人唱歌跳舞。现在我们群众得到了温暖，但社区干部吃苦受累。我也希望自己能够多帮助别人。

"现在，我们家连同三个小孩子都一起参加了拉丁舞培训，感觉生活充满了希望。"

在昭通坝子北部，离曾经出土了"昭通人"人牙化石的北闸过山洞旁不到 5 公里的红路安置新区，原来是一片玉米地，为了保证两万多易地搬迁群众能够顺利入住，在短短的不到一年的时间里，百余栋高层公寓拔地而起，俨然一座美丽新城。

红路安置区位于昭阳区北闸镇，建设安置住房 80 栋，共安置 5304 户 22751 人，配套建设了 1 所小学、1 所幼儿园、1 所中学、1 个卫生室等公共基础设施。

在一个阳光明媚的早晨，我来到了红路新区，见到了从炎山镇中寨村搬来的金德银。

"我当时搬来红路新区时，手里根本没啥钱。孩子大的 5 岁，小的 3 岁。大孩子当时上幼儿园要交 2600 元，我们建档立卡贫困户的子女去了只收 2300 元，但当时就连这点钱我也交不起。在赵姑妈的协调下，帮助我办理了分期付款的贷款。这个幼儿园里收了 43 个贫困家庭的孩子，安置区还整合了周边的 4 所幼儿园一起，接收了搬迁户的孩子，让孩子先稳住。

"在外省打工的时候，牵挂的事很多，孩子上学难，老人没人管，烦心事一大堆。在这里，有了免费的房子，有了家，非常感谢领导的帮助。我去当这个志愿者，不是说为了能赚多少钱，而是希望学得一点本领，能够帮助别人，是赵姑妈一直在帮助我们变得越来越好。

"我们才搬来时，大家初来乍到，人生地不熟，连路都找不到，公交车也不知道在哪儿坐。特别是那些老人和不识字的人，他们连楼栋上的标识也分不清，看到他们像个无头蝇样乱窜，我心急，我就天天在小区转，看着有人来，立马向社区干部报告，提供服务。随后，社区成立了一个临时工作站，我担任了同心工作站的站长，让我有一个平台帮助真正需要帮助的人。我又摆了一个路边摊，后来因为清洗路面，需要搬迁，我就租了一个小饭店，里面有 13 个卡户务工。我想通过自己的努力，能够为一起搬迁来的群众提供一些服务和帮助，我很乐意。

"这里比老家要好很多。只是受条件限制,我们家只有我一个人挣钱。父亲70多岁,孩子还在上学,但搬到这么好的地方,我心里一点都不慌,在这里特别好,以后我会更努力做好每一件事。"

搬迁安置局的干部洪明顺补充道:"金德银于2019年12月搬来时,是一般的农户,为了养活自己,摆了地摊,看到社区干部对大家好,主动帮助群众做事,后来发展成工作站站长。同时开了饭店,帮助了13个群众就业。金德银还组建了爱心就业服务队,通过召开群众会,组建了4点半课堂,每周一到周五下午4点半—7点、周末全天为放学后没家长管的孩子提供辅导管护服务,每个孩子每月只需要交200块钱,用于请老师,解决简单的餐食。金德银的这个好主意,解决了红路新区100多个家庭孩子的辅导和管理问题,真正做到群众自己的事情群众自己来办,让群众成为主人,给党和政府分担了不小的负担。"

在易迁群众中,47岁的李秀先,是一个身上特有故事的农村妇女。李秀先从小生长在昭阳区田坝乡田坝村,现住红路新区同源社区一单元,她给我讲述了一个关于自己的辛酸成长故事。

"小时候,我们家里有5个姐妹,公路不通也没有车坐,干活用马驮人背。那时上学是相当困难的,没有笔和本子,我只用过一个大字本,要考试了,同学撕一张纸给我考试。上中学,田坝乡没学校,要去炎山。我用一个马去帮助别人驮东西,一路上,埂子垮下来,表面是干的,我踩上去就陷进去了,我的一个老辈子帮助我拔出来,但鞋子还在里面,后来脚又被石头划伤。回想起来,在老家田坝,上个学难于上青天。后来我走出大山,外出打工,有了点条件,就把小妹带出来读书。我带着她从田坝乡走路出来读书,走二三十公里山路,到大山包镇才能坐到班车。我记得有一个冬天,头上全是白的冰凌,脚踩在冰上,不注意就会滑倒,真是太不容易了。那些年,我一直带着妹妹在昭通城里供她读书，我在城里找了份工作，先是30元一个月，后来涨到了60元每月，勉强能够应付。"

说起自己的苦难经历，李秀先总有说不完的话。

"我经历了一段错爱的婚姻，找了一个自认为能同甘共苦的人结婚，结果令人失望。我们是一起在餐馆打工认识的，24岁结婚，比起这段辛苦，我小时候在田坝的辛苦根本算不上什么。结婚后，我有了四个孩子，三个男孩，老四是女孩子。男人没有责任感，根本不管家里的事，常年出门在外，音讯不知，给孩子的成长带来不少的困难。我家中有一个老人，我还要管公婆。我每天要走13里路，一个人背着三个背篓，抱个孩子种地、赶乡场贩土特产卖。去乡街上赶集时，我得背上三个背篓，一个背水果卖了供孩子上学，一个背点肉卖，一个背豆渣回来喂猪。过年老公回来，没钱，还去给他买烟抽。家里的日子真的是过不下去了。"

说到这里，李秀先忍不住哭了，抽泣几分钟后，她又接着倾诉。

"还没生老四的时候，家里吃的没有，烧的没有。男人打一天工50元，我去工地背泥巴，也一样。老公回到家，责怪我没在家做饭，就打骂我，还打骂儿子，儿子被他打得受不了。我眼睁睁看着，但无能为力。我当时想死的心都有，想跳水一走了之，但走到电站旁边一看，水很大，我想天堂应该没有人间这样的苦吧！我也想到了很多帮助过我的人，但一想到自己未成年的孩子，我犹豫了。我记得小学读书时，课本上有一句话说，人固有一死，或重于泰山，或轻于鸿毛。我想，我虽然卑微，但我的命不是我一个人的命。为了孩子，为了这个家，我还得拼命活着。

"我真是上下两难，出去做工，一天能挣50元钱，但是又照顾不了家务活。不出去打工，一家人没钱用。后来我还是硬着头皮去工地上了20天班。我又去给团转的人赊了一支火腿背上街去卖。我也会把家里的红薯背到街上去换洋芋，一斤红薯换一斤洋芋，又把洋芋背到城里来卖。有一次，我背着一大篓洋芋，抱着孩子，手里还提着两袋洋芋。司机不让我上车，说背篓不能上车，后来车上的人又帮助我提下车来。我就背着背篓和孩子，提着两袋洋芋一直沿着公路艰难行走。后来遇到一位好心的交警，看着我可怜吧，帮助我把背篓拿下来。实在是过不下去了，我又带着孩子回到娘家。娘家永远是自己的家，我的父母过世得早，是姐姐在操持着这个家，姐姐对我也很好，但生活条件也不好。要离婚时，我每天都要背个背篓贩农产品到街上去卖，很晚才到家，晚上得把饲料调好了喂猪，再给孩子洗澡。我苦得都不知道未来该怎么办了。"

虽然身在困境中，但李秀先的善良总是在不经意间闪现出来，释放出感动人心的光芒和力量。

"我这人还爱管闲事。有一次，我拉 60 袋红薯上昭通去卖，在昭通火车站遇到俩小孩，一个 13 岁、一个 14 岁，看他们没有家长在身边，孤苦伶仃的，我就主动上前，问俩小孩子是否联系上了妈妈，如果联系不上，可以跟着我，带他俩回家。一了解才知道，他俩坐火车，本来到昭通下车，误了，到了草海，俩小孩就顺着隧洞走。后来我帮助俩小孩子联系上了父母，他们的父母见着我特别感激，硬要拿 50 元钱酬谢我，我坚决不要。我只给两个孩子说，你们今后在学校学好了，要做有用的人。要听父母的话，听老师的话。

"离婚后，我在城里租了一间小房子，做点小本生意。当时，我只有 13 元钱，还是我姐夫给我交的房租。我和孩子两人吃一盒饭，见只有一盒饭，我家老二就说自己不饿，硬要留给我吃。我曾经有两天没有吃饭。学校要求交 200 元保险费，都是老师帮助我交的。后来我去还，老师坚持不要。生活中这些点点滴滴的小事，都让我记忆犹新，非常感动。"

说到搬到红路新区的生活，李秀先喜极而泣。

"我最小的孩子身体相当不好，2016 年做了一个息肉手术。2017

年又做了一次手术。我做活的时候，就把孩子用绳子拴在电线杆上，或者用背篓背在背上。我的孩子都很听话，这一点让我很欣慰。搬到红路新区后，环境那么好，孩子上学就在家门口，学校修得非常漂亮，不要说政府还给我们家免费提供了一套5个人住的房子，对我来说，只要能有个摆得下床的地方，我就很满足了。凭我个人的能力，我这一辈子无论怎么奋斗，都不可能奋斗到这个地步的。这又让我想起了我在老家种地的情景，每天晚上打着手电筒种地，无论刮风下雨，都得去做活，白天一大早，又得背上沉重的背篓去赶集。

"其实，搬来之前，我还是有一种恐惧感，想着搬来人生地不熟，不知道怎么才能生活下去。

"人是摆着的，命是藏着的。能有今天这个命，我非常感恩。

"做生意要讲诚信。之前我去赊火腿，背到集上卖了赚到5元钱，我马上还给老板，得到了老板的信任，也不再押我的身份证了。现在搬到红路新区了，我不会想死了。我做梦也没梦到会有今天这样的日子。当第一天来到新区，见到社区的每位领导，他们都像是我的亲人一样。特别是那位每天都有无数人围着他问这问那的社区干部，帮助才搬来的易迁群众解决问题，嗓子都喊沙了，还是好好地对待每一个人。

"分房那天，我看到干部和志愿者们忙前忙后，特别辛苦。这些易迁群众跟他们非亲非故，我看到他们对待每一个群众都一样的热心，就像我对我的4个孩子一样，希望他们个个都好。个人的力量是有限的，爱心是无限的。我想，不管是穷人还是富人，每人都要有一颗爱心。从这些干部的身上，我看到了他们的善良与爱心。

"我的苦难日子终于过完了，现在搬到了红路新区，有新房子住，我家一个孩子已经大学毕业，另外三个孩子正上高中、初中和小学。逢年过节时还有领导来慰问我们家，送大米和食用油。我今年47岁，我要好好地干活挣钱，把我的3个未成年的小孩子培养成人，做对社会有用的人，回报社会对我们家的厚爱。"

从田坝木厂村西洋坪搬到红路新区的蒋德招，现住同心社区 22 栋。这是一个参加过对越自卫还击战负伤的老兵。

"我在家中给几个儿子做了思想工作，我想凡是搬来的都是贫困户，会有很多难题，大家都要主动帮助，做好邻居。正好搬的第二天晚上，8 栋的一个 70 几岁的老人，出了楼栋就找不到家门了，一直朝着幼儿园方向走去。我替这位老人着急，赶紧追上去主动问他，给他引路，但老人家怀疑我骗他，不信我的话。我说你跟我走，我也是易迁户，我会安全地把你送到家的。之后，我都连续多次送了好些老人回家，小区里接连发生多次老人找不到家住几栋几楼几号的情况，引起了各级领导的重视，想了些奇拳怪招，方便这些不识字的老人。比如有些人不会使用电梯，社区管理员就在电梯上贴了些包谷、花生等植物图案。社区还通过组建老年协会、举办文艺活动等让大家能够相互认识，增进交流。希望这些无私奉献不要被白白浪费。我们这些社区干部，他们对几万易迁群众付出了太多。"

在红路社区采访，张艳这个女孩给了我太多的感动，她老家在昭阳区田坝乡野猪塘，搬到红路新区后住同乐社区。

"我家老大是个残疾孩子，我一直为他的健康成长忧心如焚。好在搬来红路新区后，社区领导一直在线上和大家聊天。易迁局领导赵姑妈问我有没有上班，我说没有，她就很热心地帮助我联系了上班的岗位。有了工作，我的心也终于稳定下来了，我的孩子也稳定了，但我看到我们社区还有好多的小孩子，因为父母要外出务工没人照管。我想了好久，终于下定决心，于 2020 年 4 月 8 日，成立了儿童之家，把社区单身家庭的孩子聚集到我们家来，一起管护。目前，我们儿童之家有 40 多个孩子。我们这些有孩子的家庭，组织了一个邻里互助组。我们楼下有一个老人，坐轮椅，他的儿子为了挣钱赡养他，用一辆三轮车收废品卖。我就动员我们互助组的志愿者，问他们能不能轮流去陪一下老人，没想到我们楼栋里的这些人，二话不说，果断答应。我现在还正在策划，想带动社区的妇女们，成立一个妇女之友机构，大家一起携手，互帮互助，让易迁群众的日子越来越好。"

廖安秀是昭阳区小龙洞乡宁边村搬来的易迁户，现住同源社区，分到了125平方米的房子，住房条件极大改善。但她家的情况较为特殊，老公是个盲人，有两个病娃，一个患先天性心脏病，女儿得了白血病，从昭通医到昆明，都没有医好，16岁就死了。老公也生了重病，刚从医院出来，廖安秀既要操持家务，还要服侍老公，还要挣钱还欠下的医疗费，家里情况很不好。幸好地方各级组织关心，为她家解决了2个低保，还安排了一个打扫卫生的公益岗，生活勉强可以维持。还好，一个女孩正在青岛读大学，为这个困境中的家庭燃起了新的希望。

易迁干部赵姑妈说："像这样的困难家庭，也是易迁局和社区干部时刻关注的家庭，事无巨细，都得一样一样考虑到，为他们提供最好的服务。"

廖安秀的儿媳妇也激动地告诉我："搬到红路新区，对我们家来说太好了，最大的好处就是，现在我父亲看病方便多了，也不怕跑医院了。"

陈光兰，搬来红路同心社区之前，住昭阳区大山包镇车路村一个小村寨。讲起自己的艰苦日子，也是感慨万千。

"我结婚后有了一个小孩，也出去打过工，但带着个孩子，微薄的收入还是难以维持一家人的生活，后来我又回到大山包种植玛咖，在政府帮助下修了一层楼的房子，自己也贷了好几万元的款。有次我姑娘和儿子见人家吃了扔在地上的杧果皮，就要去捡来吃，我当时就哭了，告诉他们不能捡别人丢在地上的东西吃，妈妈会买给你们吃。这一场景对我的刺激很大，我想，得趁年轻，好好做点事，总不能一生都这样穷困啊！后来，我就在网上销售我们大山包的特产荞面和炒面，随后又做豆腐和凉粉卖。我想我们红路新区这么多人口，需求量会很大，我一定要把这个豆腐和凉粉生意做起来。社区干部也很好，还选我做楼栋长，每天街道的卫生清扫，也让我参与管理，白天晚上我都会去做入户调查。从 12 月搬到同心社区，我从未休息过。同心社区的每个工作人员都没有休息，无论什么时候有需要，都积极主动帮助大家，做好宣传。疫情好转后，我又自愿参加了社区服务工作。

"我家有五口人，有三个小孩子。我很满足。原来在老家大山包，孩子走路上学单边要走三个小时，看着孩子辛苦，我就在大山包集镇上租了一间房陪他上学。孩子成绩好，都是全班第一二名，大女儿爱唱歌跳舞。我就想，不能因为条件差，而误了孩子们的前途。所以，当我拿到红路新区的房子钥匙时，虽然因为我们家人口少，住的房子户型小，但我已经觉得十分满意了。我大女儿也说：妈妈，不怕，以后读好书了，买一套房给你。我听了好感动。"

孟会咪，这个穿着时尚的女孩，原住昭阳区苏甲乡布兴村，现住同乐社区。说到在老家时的情况，非常动情。她说："在老家时，房子漏水，就在蚊帐上放个盆，接水。放牛时，山陡路滑，牛儿也滚下山死了，回家还不敢给父母说，但还是得讲，瞒是瞒不过去的啊！当我给我妈一讲，我妈妈脸都变了，虽然没骂我们，但是我能够感受到她的难过。

"搬下来好，以前根本就没敢想能在昭通城有一套自己的房子。

"听说要搬家时，我妈妈其实是不想搬的，她时常挂在嘴边的话就是，搬去吃什么穿什么。啥都要出钱。但我妈妈没有想到的是，搬来后，社区的工作人员还真给我妈找到了一份工作，去昆明专做绿化工程，我父亲给别人跑车。一家人的收入还算可以，比起在老家来，那简直是天壤之别。

"我爷爷80多岁了，刚搬来时，他自己出去就找不回来了，当我们下楼去找时，刚好有一位穿红马甲的志愿者把他带回来，让我很意外，为能够住进这样的新小区感到无比的自豪和感动。

"刚搬来时，家里乱，沙发上乱摆东西，区妇联领导还带着志愿者去教我们叠被子。过节时还举行包粽子和包子等比赛，觉得生活好有趣。

"我是2018年昭通卫校毕业的，之前一直在外面打工，回来也没存多少钱，交通也不方便，从江苏回来到上海转一次车，从昭通到苏甲一天只有一次车，感觉回一趟家好费劲啊，现在一下火车站，打个的就到家了。我感觉，我真的成了这座城市的主人了。现在的政策，越来越好了。"

曾经在大山包镇当过15年代课教师的宁敬伟，现在也成了红路新区同乐社区的住户了。

宁敬伟我是认识的，1994年至1999年我在大山包中心校工作时，他就是马路村的一名代课教师。不过，那时，他也正值青春年华，30岁左右的年龄，看上去朝气勃发。当20年后在红路相遇，我多少还是有些吃惊，相隔这20年，我们都发生了不可逆转的改变。他显得更加沧桑，也更显老。这些年，在他的身上，应该也发生了不少的故事。

"原来我曾经当过15年的代课教师，就想当一名光荣的人民教师，也考上了函授中师，由于种种原因未转正。这些年，由于身体健康等原因，沦为了贫困户，自己也觉得惭愧。庆幸我们生在这个伟大的时代，社会没有抛弃我们。住进红路新区，我感到无比的开心和自豪。我还记得 30 年前的一天，7 月 1 号，我参加了党支部活动，感动得落泪。我们家祖祖辈辈住在大山包，那里属于高寒山区，环境恶劣，我患上了严重的类风湿病，全家人靠妻子一人种地为生，大女儿就读于昭通学院，二女儿在外地读书，2016 年三评四定把我家纳为易地搬迁的贫困户。我想要好好地把子女供出来，才能有好的生活。2018 年，易地搬迁，正值生病，我很犹豫，心想家里孩子上学，妻子不识字，这样的条件搬到城里怎么生活。我坚定不搬的决心，后来在领导的劝说下，为了以后的生活，早日走出大山，还是决定搬迁到红路，当然，心里对老家还是舍不得，觉得搬了可惜。2019 年 12 月，我们的新生活开始了。那天阳光很好。在亲戚朋友的帮助下，一早起来，整整齐齐地把家里值得搬进城的东西装上车。我在心里默念，你快走了，这里不是你的家了，你这病也许到个暖和的地方就好了。下午，我们搬到同乐社区的门口，我还在惦记着老家。毕竟生活了几十年，总是依依不舍的。自己又生病，拿不动东西，还好有社区干部帮助我家把家具等东西全部给摆好了。我拄着双拐四周看看，根本不相信自己还会住上这样好的房子。支书了解了我的身体情况，帮助我四方协调，让我的妻子在会泽县务工，每月可挣到 2000 元钱，我在社区能做点啥就做点啥。能过上这样的日子，我真是没有想到。"

对于这些搬迁到红路和虹桥新区的大山包镇的老乡，我也一直牵挂在心，想去看看他们过往和现时状态。

去老孟家那天，天黑着个脸，早晨像是下午的光景。

老孟家住的村庄，叫团海子，是昭阳区大山包镇的一个小村落，海拔 3000 多米。山上光秃秃的，没有树，一地的枯草，那些绵延的草甸，平缓、荒凉，像是大地上的生命都绝迹的样。风呼呼过，穿过衣领灌进身子，透心凉，让人真切地感受到老孟家和他的乡邻们，住在这高寒山上的不易。

这次去走访的老孟一家，就是两天后即将搬迁到昭通城郊红路安置区的建档立卡贫困户。开始，一提到易地搬迁，老孟一家顾虑重重，怕这怕那，总是担心找钱难，就学就医难，生活不习惯。近两年来，为了做通老孟一家的思想工作，同事赖应涵三天两头自己开车往老孟家跑，从城里到老孟家，近百公里，要穿过20多公里的冰雪路面，一到冬天，每次看到那些翻在路边的车辆，她就再也不敢开车下山，干脆住在村上，直到冰雪消融，才偶尔回家看看两岁的儿子。两年来，这位三十出头的女扶贫干部栉风沐雨，顶霜冒雪，穿越茫茫草地，奔走于她挂包的9户易迁对象。她的先生也在另一个更偏僻的乡当扶贫干部，两岁的孩子只能丢给年迈多病的母亲看管，真可谓困难重重。但她初心不改，一如既往牵挂着挂包户的生活种种。

　　沿着地上的车辙，我们反复折腾了好几次，才终于找准了去团海子的路。事实上，在这个草原样的高山上，因相对平坦，除了主路，通往各村落的道似路非路，正所谓走的人多了，就成了路，跑的车多了，也成了路。

　　沿一条小山谷下到沟底，就见一个破落的村庄沿谷散落而下。之所以说破落，是那些裸露破败的土墙，是那些进村泥泞的小路。我们在村中行走，走了很长一段路，竟然没有听到狗吠、牛叫、马嘶和鸡鸣。想打听下去老孟家的路，却找不到一个说话的人。只远远看到一个小女孩朝我们走来，穿着破旧，头发凌乱。近了，才看清一张污黑的小脸蛋上，扑闪着一对黑油油的大眼睛。想问她话，又止住了，没说出口。猜她太小，说不清楚。就接着走吧，相信条条大路通孟家。

　　终于找到了，包保干部小赖终于在掌心指纹般的脉络里理清了去老孟家的羊肠小路。

　　沿草房边一条逼仄的撒满羊粪的小路穿过，绕过一截断墙，我们来到了老孟家的院门口，远远就看到老孟和他的老伴叶奶奶站在门口张望，像是在盼望久别的亲人归来。那情形，让我想到了我的外婆，像极了 40 年前她站在村口等我们去她家的情状。挂包干部小赖立马迎上前去，和老人亲热起来，嘘寒问暖。

老孟是个憨厚得有些木讷的 60 多岁的老人，戴个帽子，两鬓斑白，穿一件深蓝色的破旧外衣，里面是一件天蓝色的外套，披着。打底的一件黑色 T 恤，胸前一抹红和黄，还有个 W 字样，一条黑色的长裤洗得都有些发白了，一看就上了年月。叶奶奶穿一件乳白色的大翻领外套，面前两颗黑色的大纽扣很显眼，这衣服虽然有些脏了，却隐藏不住它的时尚。显然，这衣服是城里热心人捐的。一条深色的裤子也十分陈旧，脏兮兮的。叶奶奶的头上顶着一块白色的方巾，里面包着一块青色的帕子，脚上穿一双剪子口的毛布底鞋，地道的大山包农村妇女打扮。这一身打扮显然不搭调，但是对叶奶奶来说，能够暖身就够啦，要不是有好心人捐赠，叶奶奶连这一身衣服可能也是没有的。

见我们来，叶奶奶的脸上露出一脸的慈祥，忙热情地招呼我们，领我们从土黄色泥墙中间一道门穿过，里面是一个小小院子，墙角堆满农具和杂物，有些凌乱。正面是她家的老房子，土墙房，室内光线暗淡，黑漆漆的，一个铁炉子摆在进门的右角，没生火，与室外飘飞的雪花映衬，显得更加寒冷。堂屋正面，是一个老旧的柜子，上面摆满了杂物。

最为显眼的，是进门左墙角摆着两具棺材，当地人叫老木，上面用塑料布盖着，一眼就能看出主人对这老木的"关爱"。我就多了句嘴，问老孟这老木如何处理。老孟和老伴都一脸的茫然，说不晓得咋个整啊。我就对两位老人说，赶紧卖了吧，搬到城里住高楼了，以后都要火化的，用不上了。两位老人嘴里答应着，眼神里却还是有些不舍。叶奶奶也说，不搬了，党委政府对我们这样好，我们也要听党的话，棺材和这些旧家具，啥都不搬了，搬到城里新房，也没得摆处。叶奶奶说着，就哭了，那哭声里，分明是感动，分明是与旧生活的告别和不舍。

临别时，叶奶奶和老孟送我们出门，两位老人站在泥墙外，向我们挥手道别。两天后，两位老人也将告别住了一辈子的老屋，搬迁到近百公里外的一个叫"红路"的易地扶贫搬迁安置区。

仿佛是在做一场梦，时代的变化真是让人无法想象。

半月后的一个下午，昭通坝子沐浴在温暖的冬阳里，春节的气氛渐至浓了，昭通的大街上，点点红，或片片红，众商家已然打出了许多红红绿绿的年货广告，抑或把灯笼和中国结夸张地挂在街口显眼处。我们再次启程去看望老孟一家，这次去，不是近百公里外的大山包镇团海子村了，而是去昭通城北郊刚建设完成的红路安置区。车子穿行在昭通北部新区那些新开通的宽阔马路上，我们仿佛来到了一片新的天地，那些路网，刚建成，都还叫不上名儿。好些地方，挖掘机和压路机正在隆隆作响，忙碌施工，一派繁忙景象，用大兴土木来形容昭通，一点不为过。而这一切，都是为了再造一座新城，满足在春节前让易地搬迁群众真搬实住。

我的两位同事、挂包干部来过红路安置点好多次了，为他们的挂包户看房子，带领他们买家具，教他们如何乘坐电梯，如何坐公交车进城购物，等等，事无巨细。叶奶奶说，她不想进城买东西，她习惯赶乡场，乡场上的东西便宜些。同事小赖就指给她附近的北闸街，那儿近。这两年来的频繁走访，小赖和老孟一家都成亲人了。尤其让人感动的是，为了让那些不识字的老人能识别自己家住在哪一楼哪层，社区干部想出了一个让人意想不到的好办法，在每一栋楼房上贴上各种动物：鸡、鸭、鱼、马、牛、羊、猫、鸽、雀。在每一个电梯的按钮旁边贴上番茄、黄瓜、核桃、苹果、梨子等各式常见水果蔬菜。随口问了一位白发苍苍的老大娘，说你家住哪一栋啊，老大娘颤巍巍地说："我家就住核桃那。"那一瞬间，感动得眼睛都湿润了，一股暖流从心间涌起，这不仅是一种识别路径的标识，更是一种留得住的乡愁啊！这些扶贫干部，好细心、好温馨。这些易迁群众，再不用担心年迈的父母和幼小的孩儿找不到回家的路了，可以安心好好过一个祥和热闹温暖的春节了。

老孟一家分到了七层一个 50 平方米的房子，属两人户。打开电梯门，就听到有人聊天的声音。见我们上楼来，老孟和叶奶奶忙起身出门相迎。见到我的同事，叶奶奶上前一步就拉住了她的手，说姑娘你太好啦，经常过来，又添麻烦了。同事没多说话，从袋子里拿出两件衣裳，新的，才买的，老孟和叶奶奶各一件。叶奶奶的暗红色，羽绒的。老孟的是件深色大衣，光看就很暖和。同事小赖忙着帮助叶奶奶试衣服。叶奶奶一脸的高兴，说合身，太合身了。满脸的皱纹都滚出了笑。老孟没有脱掉身上的防寒服，就往身上套新衣，加之人上了年纪，身子也不是很灵便，一直穿不上去，我忙上前帮忙，让他先脱下旧衣服，再穿，成了。老孟戴个蓝色帽子，嘴里含着烟杆，拉了拉身上的新衣服，满脸堆笑，还有些羞涩的样子，说姑娘你太好啦，这么上心，过年了，还给我们买新衣服。另一同事小高也拿出自己买的小毛毯，递给叶奶奶，说坐在沙发上，可盖在身上保暖。叶奶奶感动得眼泪都快掉下来了。

我环顾了下老孟家的新房子，门上贴着喜庆的红对联，一个十来平方米的客厅，一个厨房，一个卫生间，两个小卧室。厨房的灶台上摆满了锅碗、各种炊具和粉条、食用油、红辣椒、腊肉等一些过年货，家的感觉顿时袭来，满满的人间烟火味。透过七层楼的大阳台，放眼望去，一幢幢高楼拔地而起，两条庆祝乔迁之喜、喜迎春节的大红布标从一幢高楼上悬挂下来，在风中飘扬，格外醒目，喜庆之气扑面而来。

临走时，叶奶奶一再说，姑娘啊，大过年的，你们送我们衣服，我可没啥送你们，实在是不好意思了。同事还真是被叶奶奶说得有些不自在起来，赶紧挥手道别，钻进了电梯。

老孟一家，算是易迁户中的典型代表吧！纵观全国的脱贫群众，我们的老孟，何止千千万。

一个不会反思的族群，就不会有远大前程。

尽管昭通上上下下拼尽全力大干脱贫攻坚，尽管在减贫的路上一路坎坷一路歌，也取得了前所未有的突破性成就，但回顾昭通的脱贫攻坚工作，也还有很多需要反思和改进的地方。

在整个扶贫进程中，文件多、会议多、填表多的问题，一定程度存在，稍不注意就有所反弹，影响了脱贫攻坚工作的进度和效率。

在就地扶贫减贫的路上，一些乡、村产业规划和基础设施建设相对滞后、布局不够合理，极少数地方只满足于当前的扶贫验收，只顾眼前没看长远的事，也将在之后的发展中暴露出其动力不足的毛病。

在民房、学校、医院等基础设施建设中，因为气候影响、时间紧迫等原因，施工质量难保障，工程建设有些瑕疵，比如，水、电供给不到位，电梯安装调试不及时，存在使用不畅、给群众搬家带来极大不便的问题等等，都需要在以后的工作中细化完善。

易地搬迁后，群众老家的房屋大面拆除，只保留极少几户原始民居，这种一刀切的做法，在一些乡村客观存在，不利于传统村落和古村落的保护。

因为一些村庄整体搬迁，搬迁后，一些代表村庄灵魂的传统民居和乡愁记忆不同程度地丢失和破坏，在传承上还存在着统筹不够、顾及不周的问题。

群众搬到新的安置区以后，如何尽快适应当地民情风俗，学会现代生产生活技能，增加收入，落地生根，从心理上融入新的生活环境，形成同心共聚的合力，共创美好新生活，还有很多工作需要跟进和细化。

一些县区和乡村，在脱贫验收完成后，有歇口气的松懈思想，对于下步如何巩固脱贫成果思考不够深入，长效机制和措施也还有很大差距。

习近平总书记说过："脱贫攻坚既要看数量，更要看质量，不能到时候都说完成了脱贫任务，过一两年又大规模返贫。要多管齐下提高脱贫质量，巩固脱贫成果。"习总书记的这一精辟论断，非常及时地为我们反思脱贫攻坚举措和不足提了个醒，为今后巩固脱贫成果，与乡村振兴有机结合指明了前进方向。

脱贫攻坚，精准扶贫，是中国为世界减贫事业创造的崭新经验，鲜活样本，唯有在中国共产党的领导下，唯有在社会主义之中国，方有了这样的实践和可能。今天的成就，亘古未有，其来路艰辛，过程艰难，精神坚韧。脱贫攻坚工作，也不可能一蹴而就，是一个复杂而漫长的过程。作为全国贫困人口最多的扶贫攻坚主战场，昭通在脱贫攻坚大决战中闯出的"磅礴之路"，在全国都有一定的样本意义。

2020年5月，云南省又提出了昭通要在促进"滇东北开发"中担当大任。这对昭通的主政者们，无疑又是一场大考。站位全国看昭通，昭通能干什么？站位昭通看昭通，该干什么？更重要的是站在全国与昭通之间，该如何来认识和定位这一历史重任，找准结合点、抢占制高点、因势利导、顺势而为，奋力在促进"滇东北开发"的新征程中谋新篇、开新局。这个重大的历史命题，成为昭通上上下下必须认真作好的答卷。

谈到昭通的发展和未来，昭通市委书记杨亚林信心百倍："历史的潮流滚滚向前，前进的脚步永不停歇。贫穷落后不是昭通固有的标签，历史上的昭通既历经沧桑也曾经辉煌；随着脱贫攻坚即将圆满收官和新的发展格局的构建，昭通犹如乌蒙之巅的凤凰，站在跨越发展其势已成、其时已至的风口上展翅欲飞。我们有信心如期高质量打赢脱贫攻坚收官之战，奋力促进'滇东北开发'。"

搬不动山就搬人。让树长到树该长的地方，让人住到人该住的地方。"敢打善拼，坚韧求成，再硬的骨头也要嚼碎"，在滇东北昭通，这种新时代的愚公移山式的脱贫攻坚精神，成为真实写照，"不到长城非好汉"，昭通人的这股子倔劲，着实让人震撼。在昭通市的昭阳区、鲁甸县、巧家县、盐津县、大关县、永善县、镇雄县、彝良县、威信县、水富市、绥江县、靖安、卯家湾、发界、红路、虹桥、大地、呢噜坪、鲁家院子、龙溪、红光、水田、兆家坝那些万人以上的安置区，如一颗颗明珠般点缀群山江河，在太阳下熠熠生辉，在星光下灯火通明；那些青瓦白墙的民居小楼，或依山而筑，或临水而居，错落有致，筑起了一个个精致的乡村小镇；那些乡愁满满的传统村落，绿树成荫，炊烟袅袅，竹树掩映，如画点染乌蒙群山。在不到一年的时间，数百栋高楼拔地而起，一座座新兴城镇如雨后春笋，建设速度堪称人类迁徙和建筑史上奇迹。昭通市共建设 23 个易地搬迁安置区，35.47 万世代居住在大山深处的贫困群众，一步登顶，进城上楼，入园进厂，从原始生存状态直过到现代新生活的一步千年之跨越，这在人类的迁徙史上，何尝不是浓墨重彩之一笔？

昭通，已然是一只蓄势展翅的凤凰，腾飞指日可待。

"一城三区"的构想，不仅是昭通城市发展的需要，更关键的是，契合了习近平总书记关于精准脱贫易地扶贫搬迁战略的新思想。

在昭通的拓展版图上，一处处新景引人注目，都是昭通人民用勤劳的双手，在绿水青山间涂抹的一抹抹华彩。地处昭阳区北端的靖安，原本只是一个中等乡镇，原本只是一片玉米地。因为易地扶贫搬迁，在短短的一年之内，安置了来自 6 个县区的易地搬迁群众 5 万余人，使之成为全国最大的跨县区易地搬迁安置区。在昭通坝子之北的红路安置区，安置了来自昭阳区炎山、田坝等边远贫困山区乡的 2 万余易迁群众。在昭通坝子之南的永丰镇，新建了虹桥安置区，安置了来自大山包镇的 1 万余群众。在鲁甸县卯家湾安置区，安置了来自梭山、乐红和永善等部分乡镇的 3 万余群众，成为全国第二大的易地扶贫搬迁安置区。

靖安、红路、虹桥、卯家湾，4 个易地扶贫搬迁安置区，由北到南，结珠成链，昭通的城市骨架似乎在一夜之间得到拉伸和拓展。在昭通坝子，这座城市起飞的架势已然拉开。

贯穿昭通坝子的内昆铁路，213 国道，G85 高速公路，可谓云南走南闯北的大通道。正在建设的从贵州都匀到云南香格里拉的"都香高速"，昭通到四川泸州的"昭泸高速"，昭通到宜宾的"宜昭高速"，即将建成的西绕城高速，通向各县的高速公路，以及正在建设的渝昆高铁和昭通新机场扩建，使昭通这座曾经古老和闭塞的城市打通血脉和经络，焕发了无限的生命活力。

"一城三区"，以原有城市居民为主体，新增 10 万跨县区易地扶贫搬迁群众的入住，使昭通城市人口迅速增长到 70 万。昭通，也由中等城市向大城市的方向阔步迈进。

若干小镇，点亮乌蒙水乡。

昭通原本缺水，古有文齐在大龙洞兴修水利，"凿龙池、溉稻田"。今有滇字一号工程渔洞水库"引水润昭工程"，由北经南的利济河，秃尾河，经过截污治理，变成了清水河，昭通坝子，不再缺水，成了名副其实的"乌蒙水乡"。

在昭通城北，有一水库，原本是一水塘，供昭通下游灌溉之用，亦有城市防洪之功用。但一度，周边屠宰场和居民生活废水直排湖中，奇臭无比，成了一个死水塘、臭水池。

按照昭通提出的"守一片蓝天、绿一座群山、护一江清水、建一座果城"的定位，对省耕塘水库进行了保护性开发和打造。精规划，细施工，高起点，大手笔，在不到两年的时间，省耕国学文化公园正式建成，巨大的两个水体成为昭通这座城市最明亮的两面镜子，映照着昭通的发展变迁。绿树成荫，曲径通幽，小桥流水，亭台楼阁，成为昭通新景。诗词歌赋、国学文化，为公园注入了灵魂。

全长近4公里的内外两条环形步道和车道，成为昭通市民和重庆、四川、贵州前来昭通避暑的游客每天早晨和傍晚休闲锻炼的极佳之地。

尤其值得一提的是，随着省耕国学文化公园的建成，国内前十强的实力房地产企业纷纷进入，碧桂园率先入驻，一分钟之内，几百套房子售罄。中梁地产、红星美凯龙、融创、万达、金科等名企各显神通，开发了一个个潜力楼盘。省耕公园四周，如今已是高楼林立，形成了繁华商圈。

紧随其后，位于昭通城南的乌蒙水乡迅速崛起，一个巨大的水体成为凤凰山下最耀眼的明珠，两座钢架拱桥如两道长虹般横卧城南，平添几许浪漫，成了昭通人的"鹊桥"。这片原来脏乱差的城中村，成了今天昭通人的宜居地、休闲区。

正在规划建设中的朱提小镇、凤凰小镇、苹果小镇、千顷池公园，这些错落在昭通"一城三区"之间的城乡小镇综合体，即将成为来自川渝客商的首选地以及避暑地、养生地。

产城融合，半城苹果满城香。

"晒出高原红，才叫昭阳红"，这是昭通苹果的一条宣传广告，其表达的，正是昭通苹果享受了地球上最充足的阳光，加之昭通地处乌蒙高原，离天很近，紫外线特别强，那红彤彤的大苹果在阳光的照射下，晒到发黑发紫，其光合作用达到了极致。加之昭通属亚热带季风气候，四季温差小，昼夜温差大，一天高达二十几度的温差，使昭通苹果糖化的程度达到峰值。因此，昭通苹果每到深秋，表面红润，内里糖心，咬上一口，水汪汪，甜蜜蜜，脆生生，香喷喷，妙不可言，终身难忘。尤其昭通已形成百万亩苹果种在城市周边、5万棵苹果树进城安家、"城在园中，园在城中"的城市发展格局，使得昭通成为一座以苹果命名的城市。苹果产业，已经成为昭通的支柱产业。

城以果扬名，果为城留芳。每到夏秋，这座城市都飘满了苹果香。苹果，本就是一个吉祥之果，寓平安、幸福、甜蜜之意。来昭通，摘苹果、吃苹果、买苹果，已经成为人们心仪的一种休闲度假方式。随着快递物流的兴起，昭通苹果也飞往四面八方，成为馈赠亲朋好友的吉祥果、友谊果。

今天，人们提到昭通，就会想到苹果。吃到苹果，就会想到昭通。

向阳而生，佳果天成。品天下苹果，还看今昭。

昭通苹果，这个原本朴素的外表下，蕴藏的是昭通的阳光雨露，是昭通的绿水青山，是昭通的深情厚谊，是昭通的甜蜜事业，是昭通的似锦前程。

城乡一体，勃勃生机注灵魂。

城有城之味，乡有乡之韵，城有城之优，乡有乡之好。唯有统筹推进，协调发展，一座城市、一方水土方能显其健康与和谐。进入新时代，随着脱贫攻坚工作的圆满收官，伴着乡村振兴的快速推进，一些地方已然没有纯粹意义上的城和乡之别，差距也在缩小。正是基于此，昭通统筹推进城乡发展进程，极为重视城市的拓展，充分考虑进城农民的基本住房、医疗、就学保障，加大劳动密集型企业的引进，鼓励青壮年外出务工，引导打工人员回乡创业，促进内外融合、城乡一体。

今日之昭通，不仅是街道变宽了，变绿了，变整洁了，变漂亮了，就是沿中心城市通到每一个乡镇和村组的路面均得到硬化，厕所配套，通水、通电全实现，爱国卫生运动轰轰烈烈，农村人居环境卫生和文明程度极大提升。

一县一业，一村一品。昭通九县一市一区，各有特色，各有支撑，源源不断丰富着昭通这座滇东北区域之中心城市的味道和色彩，输送着新时代的营养。昭通，这片磅礴大地正在新时代焕发勃勃生机，意气风发阔步向前，城乡一体，融合发展；相互促进，功能互补。

2020年12月3日，中共中央政治局常委会召开会议，习近平总书记发表重要讲话，宣告："经过8年持续奋斗，我们如期完成了新时代脱贫攻坚目标任务，现行标准下农村贫困人口全部脱贫，贫困县全部摘帽，消除了绝对贫困和区域性整体贫困，近1亿贫困人口实现脱贫，取得了令世界刮目相看的重大胜利。"

在中国共产党建党一百周年之际，作为中国贫困面最大、贫困人口最多、脱贫任务最重的地级市，作为脱贫攻坚的主战场，昭通的变迁，不是个例，也不是偶然。是在中国共产党领导下，在习近平总书记的亲自指挥下，在新时代长征精神的鼓舞下，在昭通629万各族人民的精耕细作下，中国为世界减贫的一个缩影，其方法、路径、成果和经验，是在全国脱贫攻坚大决战的大背景下摸索出来的，实践出来的，极具典型性和代表性。也正是在新时代长征精神的鼓舞下，使昭通人民在脱贫攻坚的伟大征程中，没有退缩，坚定地啃下了这块最难啃的硬骨头。同时，也正是这种不怕困难勇向前的长征精神，激励着一代又一代共产党人奋勇开拓，牺牲奉献，不忘初心，继续前进，走出了一条新时代的长征路。

尤其昭通跨县区大规模易地扶贫搬迁，实现了35.47万贫困山区群众从传统农民一步变身市民和产业工人的直过式改变，彻底斩断了贫困代际传递，探索了可借鉴可复制的"昭通样本"。

不积跬步，无以至千里；不积小流，无以成江海。

站在第一个百年奋斗目标圆满实现、第二个百年奋斗目标顺利开启的历史交汇点上，昭通，已然勇立潮头，成为滇川黔交界处一颗闪耀的新星，重担在肩，砥砺奋进，正沿着新时代开辟的磅礴之路，一路向前。

图书在版编目（CIP）数据

昭通：磅礴之路／沈洋著．-- 北京：作家出版社，
2021.3

ISBN 978-7-5212-1335-5

Ⅰ.①昭…　Ⅱ.①沈…　Ⅲ.①报告文学 – 中国 – 当
代　Ⅳ.①I25

中国版本图书馆 CIP 数据核字（2021）第 016412 号

昭通：磅礴之路

作　　者：沈　洋
责任编辑：史佳丽　李亚梓
装帧设计：周思陶
出版发行：作家出版社有限公司
社　　址：北京农展馆南里 10 号　　邮　　编：100125
电话传真：86 – 10 – 65067186（发行中心及邮购部）
　　　　　86 – 10 – 65004079（总编室）
E – mail: zuojia@zuojia. net. cn
http: // www. zuojiachubanshe. com
印　　刷：三河市北燕印装有限公司
成品尺寸：152 × 230
字　　数：230 千
印　　张：18
版　　次：2021 年 3 月第 1 版
印　　次：2021 年 3 月第 1 次印刷
ISBN 978 – 7 – 5212 – 1335 – 5
定　　价：46.00 元